意大利的冬天

米什莱散文选

[法国] 儒勒·米什莱——著

徐知免——译

译林出版社

译 序

法国19世纪著名历史学家儒勒·米什莱(Jules Michelet, 1798—1874)在近代历史研究领域中成绩卓越,被学术界称为"法国最早和最伟大的民族主义和浪漫主义历史学家"[1]。他以文学风格的语言撰写历史著作,趣味盎然;他以历史学家的淹博写作散文,曲尽其妙。在米什莱笔下,山川、森林、海洋、禽鸟、昆虫,一草一木,无不充满深沉的诗意的凝思,然而其作品卷帙浩繁,大都没有引进到我国来,所以这位著名的历史学家在中国并不著名。

米什莱的少年时代是困苦的,他生在巴黎,父亲起初是印刷工人,后来自己经营一家小印刷作坊。1800年拿破仑一世限制报刊和印刷业的法令颁布后,小店负债累累,濒于倒闭,父亲曾因此多次入狱。米什莱一度辍学,做徒工,拣铅字,排版,整天在阴暗潮湿的地窖里干活。但是贫穷困苦没有能阻止他上进的决心。他坚忍自强,凭着智慧和勤奋,读完了中学、大学,1819年以优异成绩获得法国巴黎高等师范学校的文学博士学位,后来又受聘于这所学校,成为哲学、古代史和考古学教授。他精心研究历史哲学,特别推崇意大利哲学家维科(Vico, 1668—1744),奉之为"理性先驱"。1830年的法国革命使他更坚定地接受维科的学说,强调人本身在历史形成中的作用,认为历史就是人类反对宿命、争取自由的持续不断的斗争。米什莱的杰作之一《罗马史》出版后,他被任命为国家档案馆历史部主任。

1 参见《简明不列颠百科全书》中文版,卷5,第875页。(本书注释如无特殊说明,为译注。)

这个职务为他的研究提供了很多方便，于是他着手写作《法国史》。他为此工作了四十年。该书于1833年出版首卷，至1867年才全部出齐。1838年他应法兰西公学院(Collège de France)之邀做历史和伦理讲座，前来听讲者日众。他和另外两位知名人士——历史学家基内和波兰诗人密茨凯维奇[1]的讲课演说攻击天主教，颂扬法国革命，支持欧洲受压迫的民族，这些论述激起了社会上各阶层，特别是青年们的热烈讨论。他于1845年写出《人民》，歌颂底层的劳动者，也表达了对祖国的热爱。他对腐朽的绝对王权非常憎恶，1847年，他因此暂时放下《法国史》去编写《法国大革命史》，对王政复辟进行抨击。1848年二月革命后，国王路易·菲利普虽被推翻，但新建立的共和国并未能长治久安，于1851年被拿破仑第三篡夺，改制帝国。米什莱坚决反对，他拒绝签字效忠皇帝，以致被撤销一切职务。他被迫去了意大利，后来又回到法国，仍然继续他的历史研究工作。他遍历祖国山川海滨，对自然现象、动植物生活仔细观察，写了一系列散文著作：《鸟》(*L'Oiseau*, 1856)、《虫》(*L'Insecte*, 1857)、《海》(*La Mer*, 1861)、《山》(*La Montagne*, 1868)，这些优美的篇章是作者潜心研究的知识结晶，其中既有人文学者充满历史意识的思辨，又有抒情诗人无限高远的浪漫情怀，被人们称赞为“大自然的诗”。他接着还写了《爱》《妇女》《女巫》《人类的圣经》，以表达自己对人类的爱心和对未来的希望。

米什莱从来没有忘记过去，始终和人民在一起。他说：“我出身

---

1 基内(Edgur Quinet，1803—1875)，法国历史学家和政治哲学家，曾对法国发展自由主义传统做出重大贡献。密茨凯维奇(Adam Mickiewicz，1798—1855)，波兰伟大诗人，毕生为波兰民族自由而奋斗。1832年定居巴黎，在法兰西大学院讲课，他们的讲座为当局所不容，先后都被禁止，基内被迫流亡国外。

平民，跟劳动人民一样，曾经用我的双手劳动过，受过苦。现代人的名字，就是劳动者。我在不止一种意义上配得上这个名字。在从事著述以前，我曾亲手排过书版；在凝思属文以前，我曾自己拣过铅字。我深深懂得工场车间的抑郁、烦恼的时间的漫长。劳动者，我比别人更有资格说，我了解他们，我要为树立平民的人格尊严而反对所有这一切遭遇。”[1]

诗人雨果是他的同时代人，同样因为反对拿破仑第三政变而流亡海外，他在收到米什莱寄给他的新作《法国史》卷十三时，曾经写信给作者说：

> 我刚收到您的书，我一口气读了下去。时代需要像您这样的人；每个世纪都有斯芬克司，那么就应当有许多俄狄甫斯[2]。您来到这些阴沉的隐谜面前，您用激烈的言词控诉它们，这个虚伪的伟大世纪，这个虚伪的伟大统治必须揭穿。掀掉它盖在死人头上的假发，把皇袍底下的罪恶亮给大家看吧。您做了这件事，我感谢您。对，您的确完成了一件大事。我感谢您这本书，这个路易十四也同样压在我心上；在一首尚未发表的诗中，我也像您一样谈到了他。我为我们两个心灵的契合感到喜悦。您所有的著作都是行动。作为历史学家、哲学家、诗人，您赢得了这场战斗。您是一位多么了不起的画家，进步和思想使您进

1 米什莱：《人民》序。

2 希腊神话中的斯芬克司是个带翼的狮身女怪。缪斯传授给她各种隐谜。她就在底比斯城叫人猜，猜不出的人当场被杀死。此处喻指历史上的许多大事。谜语后来被俄狄甫斯猜破，这是喻指睿智的历史学家。

入了他们的行列！在斩却这个统治之前，您先把它活生生地示众。为了急于再次捧读您的著作，我的信就写到这里。我决不离开您。

亲爱的伟大的思想家，我抱吻您。

维克多·雨果

1860年7月14日

于高城居

米什莱亲眼看到了第二帝国的覆亡。1874年，他正着手写新书《十九世纪史》的时候，溘然而逝。他的遗体被安葬在巴黎拉雪兹神父公墓。今天若是你去巴黎，若是你去那座墓园，你可以看到在一方长方形的大理石上，这位历史学家、诗人的石像，他仰卧着，眼睑合上，酣然入梦。在他上方，一位衣衫飘逸的女神轻盈地飞起，仿佛他的理想在飞翔。

徐知免

2014年12月16日，南京

目录

海

山

我们的儿子

女巫

妇女

我的少年时代

鸟

1853年，米什莱偕妻定居于南特近郊时写作此书。翌年秋，他们迁居勒阿弗尔附近海滨一所可以俯临埃弗岬角的房屋里。他继续写作，于1856年完成。他对鸟类十分同情，而对人们残害禽鸟的行径非常痛心。因此他想通过描绘鸟的美丽、伟大和于人类有益这些方面劝谕人们爱护鸟类。

原书前有序言，作者在其中说明了自己是怎样走上研究大自然这条道路的。书分为两卷：

第一卷写破坏性强的禽鸟。在描述了所有鸟类的共性之后，谈到海鸟、沼泽鸟、猛禽等，它们专门清除地面上的低级动物和动物尸体，属于“清道夫”的范畴。

第二卷写鸣禽和益鸟，如燕子、啄木鸟、夜莺等。他描写了这些鸟儿的旅行、筑巢和对幼雏的养育。

阳光与黑夜

鱼的世界是静静的世界。俗话说："像鱼一样沉静。"

昆虫的世界是夜的世界，它们怕光。昆虫中即使像蜜蜂，白天劳动，也还是喜欢黑暗。

鸟的世界是阳光和歌唱的世界。

万物生长靠太阳，一切都在它照耀下欢欣鼓舞。南方的鸟儿翅膀浸染着阳光；我们这里的鸟儿把阳光放进歌唱；还有许多鸟儿追逐太阳，四处翱翔。

圣-琼[1]说："瞧，早上它们礼赞朝阳，向晚，又虔诚地聚集在一起，看落日在苏格兰海岸缓缓下降。黄昏时分，大松鸡飞上最高的杉树枝头，不断摇晃着身子眺望，这样，它看到阳光的时间更长。"

对于它们，阳光、爱和歌唱都一样。倘若你要让捕获的夜莺在它们不发情的季节里歌唱，你就用布蒙住笼子，然后突然还给它亮光，它准会引吭高歌。野蛮人把倒霉的燕雀眼睛弄瞎了，催它迸发出绝望而悲痛的鸣叫，它用声音为自己创造出和谐的光芒，用内心的热情为自己创造出它新升的太阳。

阳光于宇宙万物都意味着安全。

无论对人类还是动物，阳光都是生命的保障；就像令人安详、和平、静穆的微笑，大自然的坦诚一样。阳光使在黑暗中追逐我们的恐

1 圣-琼（Saint-John），当时的一位英国博物学家。

怖却步，使梦幻的烦恼和痛苦消失，使困扰灵魂的骚乱思绪逃遁得无影无踪。

长期以来人类群居宴处，已经不了解生活在旷野中的艰辛恐惧、了无防卫之苦，大自然那可怕的无私的律令致人死亡，跟给予生命一样。你祈求，也是徒然。大自然告诉飞鸟：“猫头鹰也有生存的权利。”大自然回答人类：“我必须喂饱我的狮子。”

请你在旅行中仔细看一看荒僻的非洲那不幸的迷路者的恐惧吧，请看一看可怜的奴隶在逃脱了人类的凶残之后又遇上残酷的大自然时的恐惧吧。多么焦虑和痛苦啊，日没之后，成群的豺狼，充当狮子的可怕的前哨，开始转悠起来，它们远远地陪侍着它，或是在它前面用鼻子到处乱嗅，或是跟在它后头，像搬运尸体的仆役那样！它们朝你悲号，说道：“明天，让别人来收拾你的骨殖吧。”这可是多么巨大的恐怖啊！而这一切就发生在你身边……它看到你，凝视着你，它那铜铸的喉咙里低声喑吼，对它面前活生生的猎物喑呜叱咤，喝令，把它吃掉！马也支撑不住了；它浑身颤抖，冒冷汗，直立起来……人蹲在那儿，腹背受敌，这时若是他能点起火来，还有一点力气把火烧得旺旺的，这光亮的壁垒就是唯一足以保护他生命的东西了。

夜对于飞禽也是非常可怕的，甚至在我们这里，危险仿佛比较少的地方，也如此。黑夜里隐藏着多少妖魔鬼怪，在那一片漆黑之中有多少令人惊骇的东西啊！夜间来袭的敌人一般都是这样，悄悄地猛扑过来。枭用寂静无声的翅膀飞翔，像是足下垫了棉花。苗条的臭鼬巧妙地钻进鸟窝，连一片树叶都没碰到。性情暴烈的榉貂嗜血成性，那么迅疾，只一下子就叼住亲鸟和幼雏，扼杀了全家。

一旦有了幼雏，鸟儿似乎对于这些危险就产生了一种新的看法。它必须保护这个弱不禁风的穷家，走兽还比它好得多，因为幼兽生下来就会走路。但又是怎样保护呢？它几乎只能待在那儿等死，它飞不起来：爱折断了它的双翼。整夜，父亲看守着狭小的鸟巢进口，不睡也不困，历尽辛劳，用它那脆弱的喙和不住摇晃的脑袋去抵挡危险，如果它看到面前突然出现一条蛇，张开血盆大口，圆睁着那么大的可怕的眼睛，那该怎么办？

对于任何生物，甚至对于被保护的幼雏，夜晚都是最大的烦忧。荷兰画家[1]很能抓住这一点，并将之在放牧于草场上的牲畜身上表现出来。马自动地走近它的同伴，把头贴在同伴身上。母牛带着小牛犊返回栅栏，心里只想着快快进入棚屋。这些母牛有了一所棚屋，一个安居之所，一处逃避夜的陷阱的歇息的地方。而鸟儿，只有一片树叶！

清晨，恐怖敛迹，黑影已经消逝，小小的灌木丛被朝暾照耀得亮堂堂的。巢边有鸟语啁啾，噪成一片！它们好像是在互相祝贺，喜庆重逢，大伙儿都还活着。接着它们开始歌唱起来。云雀从田沟里出来，又飞又唱，把地上的欢乐带上天空。

1 这里指 17 世纪的荷兰画家。

云　雀

云雀是最典型的田野里的鸟儿。这是庄稼人的珍禽。它总是殷勤地伴随着他们，在艰辛的犁沟中间，到处都有它的足迹。它给他们鼓劲，加油，为他们歌唱希望。希望，这是咱们高卢人的古老铭言；正因为如此，他们把这种平凡的鸟儿尊为“国鸟”[1]。它的羽毛并不美丽，但是它天性勇敢，充满欢乐。

大自然似乎有些亏待云雀。它的脚爪长得使它不适合在林间栖息，它只好就地筑巢，与野兔为邻，田沟是它的穹庐。当它孵化幼雏的时候要度过多少动荡不定、充满风险的生活啊！无数的烦忧，无数的忐忑不安！一片浅浅的草皮怎么能给这位母亲掩藏起它的小宝贝儿，抵挡住狗、鸢和鹰隼的窥伺呢！它匆忙地把小鸟孵化出来，又匆忙地把颤颤抖抖的幼雏抚育成长。谁能不想到这不幸的鸟儿和它那忧郁的邻居——野兔有着同样的悲怆呢！

此物多愁结，惊惧噬其心。

——拉封丹

然而由于它生性愉快，善忘，或者你要愿意，也可以说它轻率，总之是充满了法兰西式的乐天精神，于是相反的情况发生了：一旦脱

1 在罗马人征服高卢以前，高卢人把云雀作为民族徽记之一。

离险境，“国鸟”又重新获得静谧，它又像从前那样歌唱，显示出无法抑制的喜悦。更令人惊奇的是：那多灾多难的动荡生活，那无数残酷的苦难，并没有使它的心变得僵硬无情；它仍然那样快活，善良，合群，满怀信心。它具有这些稀有的优秀品质，堪称鸟类中友爱的模范；云雀也像燕子一样，必要时还会哺育自己的姐妹们呢。

有两样东西支持着并鼓舞着它，这就是阳光和爱情。一年之中它有半年恋爱。每年有两三回，它得承担起做母亲的多灾多难的幸福，忍受着无数风险去尽那份哺育的辛劳。在没有爱情的时候，它拥有阳光，阳光令它兴奋。只要有一抹阳光，它就会引吭歌唱。

它是白天的女儿。每当晨曦降临，茜红微微染上天边，太阳即将升起的时候，它就像箭一样地从田沟里直冲出去，在天空中高唱欢悦的颂歌。这是一首神圣的诗篇，像黎明一样清新，像童心一样纯洁、快乐！这嘹亮而有力的声音正是收获的信号。“走吧，”父亲说，“你们没听见云雀在召唤吗？”云雀跟随着他们，不停地给他们鼓劲；到了炎热的中午，为他们驱赶虫蚋，连连催他们进入梦乡。它把流泉般的柔和曲调倾泻在少女侧过的、蒙眬欲睡的头上。

燕　子

如果你用手抓住燕子，逼近审视，老实说，这实在是一种既丑陋又古怪的鸟儿。但是这正好跟它是最典型的飞禽密切相关，它是鸟类中最擅长飞行的鸟儿。大自然为了达到这个目的，把其他一切都牺牲了：不重外形，只顾动作灵活；把它制作得非常巧妙，使这只鸟儿歇下来很难看，而一旦飞起来，却成了所有飞禽中最优美的品类。

镰刀似的双翼，突兀的眼睛，没有颈脖儿（这是为了使它气力倍增），脚爪细微到几乎看不见的程度，翅膀大得不成比例。它的大致特征如此。还该加上一张特别宽阔的喙，老是张着，在飞行中不停地时开时合，吞食蠓虫。

燕子就是这样，在飞行中吃喝，在飞行中沐浴，也在飞行中喂养幼雏。

如果说它比不上鹰隼的那种扶摇直上、雷霆万钧之势，那么它的飞翔却自由得多；它在天空盘旋，转上千百个圆圈，穿梭似的时来时往，勾画出无数不定的迷宫似的图案，种种形状的曲线，这时要有仇敌堕入其中，会不禁眼花缭乱，晕头转向，不知所措，往往给弄得精疲力尽，只好就此打住，放开它，可它却依然毫无倦色。它真是一位空中王后，由于动作无比灵活，整个空间都属于它了。有谁能像它这样在迅速冲刺和急转中随时改变方向呢？没有。用各式各样、变化莫测的方式去捕食那些总是微微摇曳着的猎物，如苍蝇、库蚊、金龟子和千万种飘浮的、不沿直线飞动的昆虫。这无疑是最好的飞行训练了，这使得燕子超越于一切飞禽之上。

大自然，为了做到这一点，为了使这对独一无二的翅膀诞生，于是拿定主意，略去了它的足部。在教堂里有一种形体较大的燕子，我们称为雨燕，它的足部已经完全萎缩，但翅膀特别发达。据说雨燕每小时能飞行八十法里。这种惊人的速度堪与海洋中的战舰鸟相埒。战舰鸟足部也极其短小，而在雨燕身上，脚爪只是一个小桩桩儿，一停下来就贴到肚子上，因此，它从不停歇。跟别的生物相反，它只是在运动中休息。这种鸟儿从教堂的高塔里一出来，就悬身空中，空气温柔地摇曳着它，轻轻地托住它，使它倦意全消。如果它想栖息，只能用它那双柔弱的脚爪钩住。不过它要是想蹲下，那么就只有歪歪倒倒地像个瘫子，它感到地面坎坷不平，崎岖难行，身子站立不稳，这一下，这位飞禽中的翘楚就堕入了爬虫之列。

从某地展翅起飞，对它来说这是最困难的了：因此它总是栖息在高处，这样只要　振翅，身子就自行飘落，翱翔空际。它多么自由自在。然而在起飞前它不过是个奴隶，当它贴身某处时，随便什么人，一伸手都能把它捉住。

这种鸟的希腊名字叫 A-pode[1]，这就足以说明一切了。燕子这个大家族总共有六十多种，遍布全球，以优雅风度、飞翔和呢喃的鸣声，使大地平添了喜悦和愉快。正因为形状丑陋，只有很细小的一双脚，它才获得了所有这些珍贵品质；它的天赋、它绝佳的飞行艺术，使它居于飞禽之首；而另一方面它也是经常留驻、最眷恋故巢的羽类。

这个特别的种族，足部对双翼丝毫没有什么帮助，只教育幼雏学习运用翅膀和进行长期的飞行训练，幼雏待在巢中要很长时间，需要

1 A-pode，意为“无足”。

母亲照料，给它们无数指导和无限抚爱。

这也是百鸟中活动最为频繁的一族，夫妻恩爱，它们的巢不是临时的同居之所，而是真正的家庭，互相帮助，牺牲自我，不畏艰苦地哺育幼雏的圣地，雌燕是温柔慈爱的母亲，忠实坚贞的妻子。我还知道什么呢？年轻的姐妹们都忙于帮助母亲担当家务，保育婴幼。雏燕对于比它们更幼小的乳燕则濡以柔情，给予照料和教育。

啄木鸟

若凭啄木鸟所受到的种种诬蔑和迫害，这绝不会是劳动者的理想吧。它那些卑微的同类遍布于东西两半球，它们为人类服务，教育并感化人类。这种鸟儿的毛色是各式各样的；辨认它的共同标志就是这位好工人那肥厚结实的脑袋上通常总罩着一顶猩红风帽。它干活的工具是它那方方正正的喙，既可当镐、当锥，又可当凿子和刮刀使用。它的腿矫健有力，坚韧而笃实的脚再配上一副乌黑的铁爪，使它能稳稳地攀定在枝柯上。除了清晨，它整天都保持着那怪不舒服的姿势，上上下下到处敲打。每天一早，它总是先活动活动身子，舒展一下肢体，就像那些优秀的劳动者为了不致中途撂开手上的活儿，在开始工作前先做一番准备动作似的，随后，它就专心致志地啄上长长的一整天。时间很晚了，我们还听得见它的声音，它一直工作到深夜，这样能多干好几个钟头呢。

它的体质颇能适应这种艰苦生活。它那总是绷得紧紧的筋骨使它浑身肌肉变得非常结实，硬如皮革。它胆囊很大，仿佛显示出它那种多胆汁的、激烈的、猛力干活的禀赋；尽管如此，它可并不那么容易动怒。

对啄木鸟做出最中肯的评价的莫过于北美洲印第安人了。这些英勇的人认为啄木鸟是英雄的鸟类。他们最喜欢用这种鸟儿的头部装饰自己；对于这样打扮的人大家就称之为“象牙嘴儿的啄木鸟”，并认为这样做能把飞禽的活力和勇气带给他们。深沉的信仰，还有经验，都证明了这一点。只要常常看到这十分生动的象征，坚定的心就会感到更加坚定；他想："我的力量，我的坚贞，一定要跟它的一样。"

不过，值得注意的是，如果说啄木鸟是英雄，那么它首先应当被称为爱劳动爱和平的英雄。除了已有的各种条件之外，它什么都不多要。它的喙很可怕，爪尖也极其锋利，具备这些不为别的目的，而是为了做工。工作叫它着迷，其他任何好勇斗狠的事都不能打动它。工作需要它全力以赴，于是它就一心扑在工作上。

它的劳动纷繁而复杂。它是个既机灵又富于经验的护林好手，首先它使用槌子——就是用它的喙——检验一下树干。它像医生听诊那样，谛听这棵树怎样回响，树在说什么话，树里面有着什么东西。现代医学上使用的听诊法正是千万年来啄木鸟的主要技能。它叩询，探索，运用听觉去仔细观察千疮百孔的树身上那些深深凹陷进去的洞穴。这棵树，表面看上去躯干伟巨，健硕强壮，还被特别标出可供建造海上船舰之用，而啄木鸟，真是高明啊，它判定此树内部早已虫螨丛生，蛀蚀殆尽，完全腐烂了；如果用来造船，船身必有裂隙，漏水甚至沉没。

经过反复检查之后，啄木鸟就独膺重任，将身固定于树，开始施展起本领来啦。这棵树的树干已是空荡荡的，腐朽不堪，洞穴之间，万虫攒动，俨如城寨。必须对城门猛击一番才是。你瞧，经过这一击，那里面的公民们步伐杂沓，一片混乱，纷纷溃散，有的翻越城墙，有的从地下水道潜遁。它们本应有些士兵放哨警戒才是，可是并没有。我们这唯一的进攻者目光炯炯地监视着，还不时瞅瞅后面，准备飞快地伸出它那像小蛇似的长舌，把所有落荒而逃的家伙一网打尽。追捕本无十分把握，得手后却满足一副好胃口，使得它对此产生了异常浓厚的兴趣。它透过树皮和木质层看到内部，望见敌寇惊恐万状，狼奔豕突。有时，它觉得有些被围者可能还躲藏在树身的某个秘密处所，于是它迅速将身子不断向下移动。

一棵外表健壮的树，实际上内部早已蛀空，对于关心城邦命运的爱国者来说，这确实是一个触目惊心的可怕景象。罗马，在共和国濒临衰微之际，也跟树木一样。有一天，在这城市的公共集会上，突然飞来一只啄木鸟，刚好跌落在行政执政官手上。众人皆大为惊讶，忧思不已。他们召请神明，神明降谕：如果留下它，则只殃及自身，即将它握在手中的人。此人是谁？就是执政官自己。这样，执政官艾里乌斯·杜贝罗立刻将鸟杀死，他本人亦随即殒命，而共和国却继续绵延了两个世纪。

会唱歌的夜莺

从前那个著名的克莱尔草地，就是今天的圣日耳曼市场[1]，大家都知道，每逢礼拜天这里是巴黎的鸟市。这地方名目繁多，非常有趣。可以说这是一所占地辽阔、经常更新的动物园，堪称法国鸟类学方面的、活动的、饶有兴味的博物名苑。

此外，在这么一个拍卖捕获动物的去处，许多飞禽不免总强烈地表现出一种被囚禁的味儿。这些鸟儿像奴隶似的被商人们陈列售卖，百般夸耀，令人想起东方的那些奴隶市场。这些长着翅膀的奴隶，尽管不懂我们的语言，却也流露出多少奴隶的哀愁：其中有些固然天性温驯，但是也有些神气抑郁寡欢，总是在渴望自由。还有一些鸟儿看上去仿佛在跟你招呼，示意过客停步，好把它们买去。它们只求能有个好主人。不知有多少回我们看到一只聪明的金翅鸟，或是一只娇态可掬的红颈鸟儿，凄楚地凝望着我们，那眼神里分明在说："请买下我，好吗！"

今年夏天，有个礼拜日，我们到那里参观。这可是一次永远也忘记不了的参观。

这一天，在这座市场上的鸟儿中，最漂亮的要数一只黄莺了，人们把这位珍贵的鸟中艺术家像一颗无双的宝石似的特别放在架子上其他所有鸟笼上方。它轻盈而妩媚地飞舞着，光艳动人。经过长期

---

1 此文作于 1855 年，当时这个市场已不存在。

驯养之后，它好像已经习惯于幽禁生活了，毫无怨怼，处处给人以温馨愉悦之感。这显然是一个美丽尤物，轻歌曼舞，通体谐和，我看到它在跳跃，简直就像听见它在歌唱似的。

在它的下方，一只寒碜可怜、极其狭小的笼子里，杂沓凌乱地挤着六只体型大小不同的鸟儿。有人让我审视其中一个我简直分辨不清的囚徒，这就是今天早上刚刚捉到的夜莺。卖鸟儿的玩弄诡计，把新来的俘虏放在一群愉快的、久已习惯于幽禁的小小奴隶中间。这些小鹪鹩本来就是生在笼子里的，出生还没有多久呢。我想，那商贩总是仔细盘算过，当夜莺看到周围这份天真的欢乐情趣时，兴许会忘记它自身无数的烦忧吧。

这种悲怆肯定远远比用眼泪表达出来的任何忧愁更加动人。无言的悲哀深深地藏在心中，但愿永远是黑暗一片。它缩在笼子深处的阴影里，一只小食槽半掩住身子，羽毛贲张，双目紧闭。那群得宠的、喧腾的小家伙在又调皮又鲁莽地嬉闹，推推搡搡，碰撞着它，可是它总是一动不动，连眼睛也不睁开。显然，它不想看，也不想听，不肯吃食也不自我安慰。我感觉到这种自愿与世隔绝的状态正是它在极度痛苦中的一种“力求解脱”，它仿佛蓄意自戕。它在精神上迎接死亡，尽可能地闭目塞听，屏气静息地死去。

你该注意到在这种状态中，它却毫无怨恨、辛酸或愤怒之情，一点也不像它的邻居——那位暴躁的燕雀——挣扎得那样猛烈，那样难过。甚至那些幼稚无知的小鸟儿，对它既不关心也不尊敬，往往冲到、压到它身上，也并不会使它表现出任何不耐烦的容色。它显然在说：“对于已经死去的，这又有什么呢？”尽管它双目紧闭，我仍然看得出它的心思。我感觉到一位艺术家的洋溢着温馨和光辉的灵魂，对于世俗的野蛮、命运的坎坷，既不恼恨，也不峻拒。

怎么不能称它为艺术家呢？它具有人类所罕见的高雅风格，一切艺术家的品质，优点缺点，在它身上都十分丰富。它既孤僻又惧怕、多疑，然而并不狡猾。它不顾自身安全，老爱单独外出，到处遨游。它很爱嫉妒，在这方面堪比燕雀。从前有一个历史学家在描写它时写道："它纵声高唱。"它挺得意地百啭娇啼，它最爱定居在有回声的地方，以聆听并时时予以应答。人们看到它在囚禁中烦躁不堪，时而白天久久睡眠，做着激动的梦，时而又挣扎，提防，力求摆脱。它有神经痛，癫痫老是发作，纠缠无已。

它仁慈，但也很凶猛。我来说明。对于弱小，它的心是温柔的：如果你把一些孤儿交付给它，它会负责关怀，时刻放在心上，它即使是雄性又已年迈，也会像妇女那样，哺育并仔细照料幼雏，无微不至。可另一方面它对猎获物却极其凶残，贪婪而狼吞虎咽地吃下去；在它心中燃起的火一般的热情几乎总是使它保持消瘦，并使它感到需要新奇：这也是人们容易捕捉到它的原因之一。一清早，特别是四五月间的早上，当它唱了一夜的歌之后，猎人只要装上个套子就能捉到。黎明时分，它精疲力竭，既虚弱又贪食，常常盲目地扑向诱饵。它很好奇，为了想看到一些新的东西，它自己反倒上了钩。

一旦捉住，若是你不注意把它的翅膀扎起，或者不把笼子蒙好，外面护上厚棉垫，它准会惊悸得乱蹦乱跳而死。

这种剧烈行动不过是表面现象。它的内心却特别柔和而驯良：正是如此才使它高尚其志，成为真正的艺术家。它不但最富灵感，而且还最有教养，最文明，也最勤劳。

你瞧，这些幼雏团团围住它们的父亲，注意听它说话，求长进，练嗓音，一点一点地纠正错误，改掉开蒙时刺耳的腔调，使自己的声音变得柔和起来，这个场面多么动人！

你看到它在自学中成长起来，提高自己，慢慢地怪得意地在讲述新的题目，何等有趣！这份毅力，这份认真，出于对艺术的崇敬和一种内心的虔诚，这正是艺术家的品德，它神圣的加冕礼，这使它卓尔不群，不屑与那班虚伪的率尔操觚者为伍。那些无意识的呓语，絮絮叨叨，不过是大自然的回声罢了。

那么，爱情和阳光大概都是它的起点吧，艺术本身以及爱美，虽然仅仅隐约可见，但却令人强烈地感到，都是滋润它心灵的第二甘泉，并予它以清新气息。一旦向无穷开放之后，其发展是无限的。

艺术家的真正伟大之处，乃是超越他的对象，乃是做出比自己所想做的更多的东西，那完全是另外的东西，超过了原来的目标，超过了可能，并看到更加遥远的彼岸。

伟大的悲哀，无尽的烦忧之源就在这里，为它从来不曾有过的不幸而哭泣的可笑的崇高也来自这里。别的禽鸟不禁为之震惊，有时会询问它心里揣想着什么，有何愁思。它快乐而自由地待在树林里，只是在岑寂中歌唱我的俘虏，以回答它们：

Lascia ch'io pianga！[1]

---

1 意大利文，意为“任我悲吟”。

夜莺的迁徙

它不成群，又没有气力，孤零零的一个能做什么呢？可怜的孤单的夜莺啊，你无依无靠，又没有伙伴，你怎么能像别的鸟类一样，去迎接这漫长的旅程呢？朋友，你怎么办？一个声音。没有什么比你自己身上的力量更强的了。你可以穿着暗褐色的羽衣，沉默地悄悄飞过去，与秋天褪了颜色的树林混作一色。不过，现在！树叶仍然是一片绯红；并不像初冬那份阴沉的死褐色泽。

啊！为什么你不留下？为什么你不模仿那些只飞到普罗旺斯去越冬的胆怯的鸟儿呢？在那边，那山崖后面，我保证你能找到一个亚洲或非洲的暖冬。奥利乌勒[1]峡谷可比叙利亚河谷要好得多呢。

“我要动身远行。别的鸟儿可以留下；它们不需要东方，而我，我的摇篮在召唤我：我要重见那片灿烂炫目的蓝天，我的祖先歌颂过的古建筑遗址；我要栖息在我早年的心爱之物，亚洲的玫瑰上；我曾沐浴在那边初升的阳光……那里正是生命的奥秘；那里，旺盛的爱情火焰使我的歌声更加嘹亮；我的声音，我的缪斯，就是阳光。”

于是，它出发了；我想它愈飞近阿尔卑斯山，它的心会跳动得愈厉害：积雪的峰顶张开了令人畏惧的巨大缺口，在那边的悬岩上，栖息着白日和黑夜的残暴之子，秃鹫和兀鹰，一切爪牙锋利的嗜血的强盗，该死的丑陋动物，它们是人类的愚蠢的诗，有些高贵的贼首会迅

1 奥利乌勒，法国东南部瓦尔省首府。

疾地杀死你并吸干你的血，别的一些卑鄙下流的盗贼就扼杀毁坏，用一切刽子手导致死亡的方式。

我想那时这可怜的小音乐家，它的声音变得微弱，它失去了才华和敏锐的思想，也无人可以商量，它停息下来，在进入萨伏瓦峡谷的漫长陷阱之前仍然流连梦乡。它在山口驻足，歇息在我熟悉的一家友好的屋顶上，或是在夏尔迈特[1]柔美的树林里，它仔细思量，想道："若是我白天飞过，那些强盗都守在那儿；它们懂得这是鸟类迁徙的季节；鹰朝我猛扑过来，我一准死。若是我夜里飞过，老枭那个大公爵，多么恐怖的魔鬼，在黑地里怒目圆睁，会攫住我，去喂它的幼雏……唉，这怎么办？无论是白天还是黑夜，我尽量设法避开它们。清晨，薄明时分，当冰冷的露水浸透了树梢，冻僵了不会筑巢的巨大猛禽时，我悄悄飞过……等到它们看见了我，还来不及展开濡湿而沉重的翅膀呢，我早就逸去了。"

尽管打算得好，可还是出了多少意外祸事。深夜出发，在这道狭长的萨伏瓦峡谷，它会迎面遇上劲烈的东风，使它迟迟滞留，无法动弹，粉碎了它双翼的努力……上帝啊！天已经亮了……十月里，这些哀伤的巨人早已披上了白色的衣裳，让我们在它们无垠的雪地上看见振翼飞翔的一个黑点。这些山峦在这幅巨大的起伏褶皱的裹尸布底下，是个坏兆头，多么凄凉！……它们那尖尖的山峰纹丝不动，然而却在周围制造出永远动荡不安的感觉，波涛汹涌，碰撞，迸裂，有时还奔腾狂怒。"若是我从较低的地方过去吧，那带着淹没一切的轰击声、在烟雾中呼啸的激流突然将鼓起龙卷风，把我卷走。若是我升上莹光四射的高寒区域，徜徉自得，风霜又将侵袭我的双翼，使我速度

1 这是一片小小的栗树林，离旧日华伦夫人租居的那所房屋（在夏尔迈特村，与商贝里为邻）很近，卢梭曾几度在此小住。（参看卢梭《忏悔录》）

减慢。”

一阵努力才救了它。它头朝下，扎了下来，降落在意大利苏兹或都灵[1]附近，它歇息，让翅膀更结实些。在博大的隆巴德[2]宝盆深处，它恢复体力，隆巴德，这往昔维吉尔曾听见过它的鸣声的花果之乡啊。土地依稀如昔；今天的意大利人，却在自己的国土上流浪，在别人的田地里耕种，可怜的农夫，他们还追捕夜莺呢。它明明是吃昆虫的益鸟，却一直被当作吃谷子的禽鸟加以摒弃。倘若它能，就让它逐岛飞过亚得里亚海吧（尽管长着翅膀的海盗还同样在那些礁石上游弋），它也许能够到达鸟类的乐园，到达美丽、好客而富饶的埃及，在那里，所有的鸟儿都会得到优待，得到食物、祝福和良好款待的。

然而这更加幸福的土地却难免盲目地殷勤好客，虽说她并不爱杀手。确实，夜莺和斑鸠都会受到欢迎，但是她对鹰隼也同样接待。啊！可怜的旅行人啊！在这些苏丹的露台上，在这些清真寺的楼阁上，我看见一对对灼亮的、可怕的眼睛正朝着这边窥望呢……看得出它们已经注意到你！

不要逗留太久吧。美好的季节不太长了。沙漠的罡风就要漫天扑来，把你那少得可怜的食物吹干，吹得无影无踪。顷刻间连一只滋润你的嗓子、营养你的双翼的苍蝇都没有了。别忘了你在我们树林里留下的旧巢，别忘了你在欧洲的爱情吧。天空固然昏暗，但是你可以创造一个新的天空。爱围绕着你；每个人听到你的歌声都会激动得不住颤抖；最纯真的爱心为你突突跳动……这是真正的太阳，最美丽的东方。有爱的地方才是真正的光辉。

---

1 意大利西北部城市。

2 隆巴德是意大利北部接近阿尔卑斯山的一个地区，首府米兰。

虫

米什莱在写完《鸟》之后，接着就进行昆虫的研究，当时他正在准备关于16世纪的历史著作。1856年春他隐退在日内瓦湖北岸蒙特勒(Montreux)，后又曾寓居卢塞恩(Lucerne)近郊。他常常和年轻的妻子在枞树林中散步，观察各类昆虫默默的辛勤劳动，深为感动。1857年，此书完成于枫丹白露。

书除“前言”外，分三部分：一、“变形”，是对昆虫由卵、蛹变作成虫的描述；二、“昆虫的使命和艺术”，写破坏性昆虫，也写了蚕和蜘蛛；三、“昆虫社会”，写经营社会生活的白蚁、蚂蚁、黄蜂和蜜蜂等。

米什莱，也像在写《鸟》时一样，号召人类怜惜昆虫，它们虽不能都成为家养动物，但可以让它们成为人的朋友和助手。

枫丹白露森林

塞南古尔[1]所谈到的枫丹白露对耽于幻想的人来说完全是一堆没有意趣的景色。确实如此，这里的风景一般非常纤秀，阴郁，低沉，孤寂，绝无粗犷之感。动物稀少，大致可以估计得出有多少只黄鹿，鸟类也不多。能见到的泉水极少，甚至没有。这种地表的水源匮乏尤其会使来自阿尔卑斯山的人感到难过，他们还带着故乡那无数流泉的清新气息，眼睛里还浸染着那儿的潋滟湖光。湖啊，你这硕大的美丽动人的明镜啊，多么令人难忘。由于流水和白雪的映照，阿尔卑斯山的一切都显得十分明媚和辉煌。而这里，只是一片黯淡。然而这小小的一隅之地却是个谜，在整个法国别具特色。这里处处是毫无生命痕迹的僵硬的砂岩；尤其是今天，它给你看到的是刚刚栽种的松树，树荫下什么也不生长。要寻觅那些隐藏在地下的东西，必须有一根榛木棒，才好叫清泉汩汩涌出。[2]只要用它一指，你就准能找着。这根棒是什么呢？我说：一番研究或是一分爱、一分激情才足以照亮这个内部世界。

这地方的魅力并不存在于它所蕴含的艺术里。

城堡[3]用它形形色色的回忆和它的古老使这里的森林感到愉悦。

---

1 塞南古尔（Etiénne de Sénancour，1770—1846），法国作家。

2 这是从前很流行的一种说法：临近泉源时手持的榛木棒就会旋转起来。

3 枫丹白露古堡是一座著名的文艺复兴风格的建筑物，建于弗朗索瓦一世和亨利二世时代。

但相反地，它并没有因此而增加任何效果。真正的仙女是大自然，是这个奇妙的境地，昏暝、空灵而贫瘠。

这儿到处都是森林，也跟任何森林一样，呈现出一种异常伟岸的气派。那下布雷奥产的山毛榉直冲云霄，无限壮丽，尽管它们枝干挺直，树皮光滑，我却仿佛觉得这是人们在别处都可看到的东西。这地方的特色不过是地势低洼，昏暗，山中磊磊多石，遍地可见嶙峋的砂岩，树木虬曲，有坚韧不拔的榆树和刚强有力的巨大橡树。

森林的面貌是变化无穷的。她有阿尔卑斯山的寒带树，而在这种树下面又隐藏着最怕冷的植物。在万物萧瑟的冬季和早春天气，只见巉岩崎岖，令人骇异，可是一到秋天，整个林子都披上了一袭锦袍，树叶全红透了。在同一天里林子可以随意更换多少闪光的薄纱，就像朗达拉[1]在画幅里所描绘的那样。这一带森林的树梢之间常常萦绕着一层淡淡的轻雾，如面纱，如围巾，如腰带，真是变幻莫测。伟巨而沉重的砂岩，兴许你以为它永无变化吧，可是它们却也不断地变换着外貌、颜色，甚至形状，时时不同。比如那座叫作阿风崖的小小山峦总是氤氲着灌木的香气，清晨还曾跟我们打过招呼，黎明快活的阳光、迷人的朝暾把砂岩染成一片玫瑰红色；万物含笑，与充满诗意和虔诚的心灵的探索和谐一致。黄昏时分，当我们归去时，这无常的仙境就完全变了。那些原来在轻盈的阳伞下面笑靥迎人的松树，顿时变得粗野起来，发出一连串呼啸、蠢笨的哀号。这些矮小的灌木，早间还曾温雅地邀请披着洁白衣裳的仕女暂时留步，采撷浆果或花枝，现在在它们的矮树丛中仿佛隐藏着不知什么灾祸、强盗还是女巫。但是变化最大的还是曾经款待过我们的山崖。是黄昏，还是骤

1 朗达拉（Lantara，1729—1778），法国风景画家。

起的风暴，使它们全变了呢？我不知道。但是它们一眨眼都变成朦胧昏沉的斯芬克司[1]、偃伏在地的巨象、猛犸和那些早已绝迹了的洪荒时代的怪兽……不错，现在它们都蹲着身子；可是如果一旦它们挺立起来呢！无论如何，时间正在流逝，让我们迈步走吧……有人倚在我手臂上。

这森林配得上喜剧 *As you like it*[2] 这样的名字吗？

不，为了对这森林公正些，应当说这些幻化游戏，这一切眼睛所看到的变化都不过是外表的东西罢了。尽管那树叶和雾气不断变化，那流沙常常消逝，这里却具有一种兴许是任何别的森林所没有的深厚的地层，与心灵连通的固着力量，心灵使之巩固，在自己身上发掘并寻求其中所蕴藏的永恒不变的东西。请不要老是驻留在这些古怪的、突然发生的变化上吧。外面说："任凭尊意。"可是里面却说："永远，永远如此。"

这是发自内心深处的、忠诚而温馨的、真正的美，令人想起夏尔·德·奥尔良[3]的诗句：

此景谁能厌？
映丽永如新。

有一天我独坐在宇西峰[4]上凝望枫丹白露时想起这些。我知道在这狭小而平凡的空间里，在这砂岩、树木、石头表面的凌乱无序中，

1 斯芬克司是希腊神话中带翼的狮身女怪，这里指一种神秘莫测的东西。

2 莎士比亚的四大喜剧之一，《皆大欢喜》，故事主要发生在远离尘嚣的森林中。

3 夏尔·德·奥尔良是 15 世纪时法国亲王，曾被俘去英国，被俘期间写过不少诗。

4 宇西峰是枫丹白露森林中的一座小山。

确实有一个相当规则的形状，其中蕴藏着一个偶然乍见无法参透的秘密。

总之，这几乎纯然是一圈森林和丘陵地，这里的一切表面看上去似乎显得干燥，但是这砂岩却很湿润，沙丘含着水分。从四面八方来的、看不见的水都汇集到涧谷深处的巨大蓄水池中。

这里经常有暴风雨袭来，而雷霆却很少见。几乎每天人们都在等待着暴风雨的来临，但森林留下了它们，使它们停驻，把丰富的水源留给了自己。等到用它的叶片、树干和树下的沙土筛过之后，这才转送到幽谷底层。水沁入地下，谁也看不见了。

掘吧，你准能找到。

甚至在十分岑寂的时辰，森林还不时发出声音，一点微响或是一些喁喁絮语，使你想起生命。偶尔，在橡树上挖洞的勤劳的啄木鸟在忙碌的劳动中忽然一声长鸣，它是在策励自己吧。时不时地，采石工人的大锤一下一下落下，人们从远方就能听见这沉重的巨响。总之，你只要谛听，你准能捕捉到一丝丝意味深长的轻微声息，你可以看到，就在你脚下，在层叠的枯叶中间有无数的小生命在奔驰，它们是这地方的真正居民——蚂蚁。

如此众多坚持劳动的形象，把一种真正的庄严之感渗入于遐思默想之中。它们各自都在以它们自己的方式发掘。好，你也一样，把你的劳动继续干下去吧，探索你自己的思想吧。

这里是治疗今天的重大病症的碌碌营营、动荡不宁的胜地。这时代对于自己的病痛一点也不了解。人们不过是略略接触，就已经自觉心满意足。人们从极其错误的观念出发，认为在一切事物中最好的是表层和上面，只要伸出嘴唇即可触及。可是，上面常常只是些泡沫，下面、里面才是生命液汁之所在。一定得向下深入，凭着意志，凭着习惯更加深入到各种事物里面，从其中找到和谐，幸福和力量即寓于和谐之中。如果不幸陷入思想上的贫乏，那就必然会精神涣散。

我喜欢那些能够收拢、集中思想的地方。这里，在这一片狭小的丘陵地中间，种种变化纯粹是外部的，完全可以目睹。有这么多浓荫遮蔽，风自然没有多少变化了。空气的凝结给人一种心理上的平衡。我不知道在这儿一个人的思想会不会大大地觉醒过来；但是那充满生气蓬勃的思想的人肯定能长期保持下去，执着地怀抱着他的梦，从中捕捉到、品尝到一切外部的变化和一切内里的秘密。心灵将在其中生根，并将懂得生命真正完美的意义并非仅仅涉猎外表即可取得，而是要深入其中去研究，去寻觅，含英咀华。

蚂蚁是这荒原的真正居民，旷野的灵魂；蚂蚁挖掘泥土，就像石工采掘岩石一样。他们做的是同样的工作，“蚁人”在地上，几乎完全像“人蚁”在地下一样。

我欣赏他们彼此类似的命运，类似的勤劳与耐心，类似的令人赞叹的无限毅力。这些砂岩，极其僵硬、顽劣，常常碎裂得不成样子，使这些可怜的劳动者感到十分失望。特别是那些漫长的冬季使得在天寒地冻未尽之际就回到采石场上的劳动者们觉得这些巨大石块（如此坚硬，但水分又如此易于渗入）完全潮湿，并呈现半裂开状态。因为这个缘故，才会有许多不好铺路的街石和渣滓。他们毫不灰心，又开始了他们艰辛的工作，一无怨言。

蚂蚁同样在教人要耐心。打鸟的、捕捉野鸡的人常常给它们带来损害和扰乱，把它们辛辛苦苦在一季中筑成的浩大工程毁于一旦。于是它们又以无限勇敢的热情不停地重新开始建造起来。

阿尔卑斯山中的枞树林

环绕在我面前的这个湖还不是那个狭长的、诸峰屏拱、波涛汹涌的玉丽湖[1]。不过遍地的枞树林提醒你对于季节可不能掉以轻心，告诉人们这里是一个寒冷的地方。许多东西都包含着某种野生、粗犷的意味。冬季的烈风从南方吹来。在我的对岸，昏暗的比拉特山巍然壁立，这座山巉崖嶙峋，峰峦如削，侧翼作黧黑色；十里之外，雪白的圣母峰[2]和银顶遥遥可望。

这里很美，也很凉爽，一般到了九月气候已渐寒冷。你会感觉到高天滚滚，恍若万顷波涛倒悬其间，寒冽逼人。这个湖是一个大水库，欧洲所有的主要河流都发源于此。圣哥达高原[3]绵亘达十法里，其水流一支注入罗讷河，另一支引至莱茵，还有一支蜿蜒为勒斯河，复向南流，称塔善河[4]。谁也看不到这个水库，即使远远望见也只是个侧影，但是人们能感觉到它的存在。你要水吗？那就来这儿吧。喝吧，这个大杯子可以供千万人畅饮，浮一大白。

为了显示那进不去的地区，每一道山脉都从它的冰川喷射出一股凝练、静谧、澄碧的激流，它进入广阔的湖中，化作清波，将几道

---

1 玉丽湖是瑞士四州湖延至阿尔道夫南端的一部分。

2 圣母峰是阿尔卑斯山脉靠近伯尔尼的山峰，高 4 181 米，山在此湖西南。

3 圣哥达高原是阿尔卑斯山最大的高山区域，位于意大利、瑞士交界处，最高峰达 3 226 米。

4 罗讷河流经瑞士和法国；莱茵河流贯欧洲西北部；勒斯河在瑞士，流入四州湖；塔善河是瑞士与意大利之间的一条河流。

湛蓝的水，引出大河，浩浩荡荡，把阿尔卑斯山的灵魂送往各处。冰川的宝藏常年如新，这一片浩渺蒸发出多少烟雾，弥漫、升腾于群山之间。

远方的景致如此和谐，这许多湖和它们湍急的河流都映现出重峦叠翠的山峰，凝望积雪皑皑，云蒸霞蔚。

固定和流动。迅疾和永恒。

雪覆盖着无数碧绿的树木。从夏天起就令人预感到冬天。

人们享受着这一切。明知不会享受多久，但是内心仍然为这如此严肃、如此纯洁的世界颤动不已。

这地方少长咸宜。老者居此更加结实，与大自然结合，无忧无虑地向巨大的山影致意；而那些绿鬓少年，他们在这儿感受的只是曙光和黎明，享有的只是充满宗教温馨的喜悦：大自然把最柔和的宇宙的灵魂给了它最幼小的孩子。

我们最喜欢的散步场所和我们的工作室是塞比崖后面，一个略略高于湖面的小枞树林。这林子有两条路径可达，途中唯见湖水灿烂如镜，四州风物映现其间，光艳夺目。由此向卢赛恩远望，没有一处景色比这里更美、更肃穆、更庄严了。在另外一边，可以饱览圣哥达山千堆青黛。但是我们只要向前迈进一步，这种光辉伟大顿时在我们的枞树林下结束。人们简直会以为到了世界尽头。光辉黯淡，尘嚣敛迹，连生命仿佛均已绝迹。

这就是我们最先见到的这些树林的一般印象。其次，一切都起了变化。枞树强加在别的植物（它们想在它的树荫下面长大）身上的窒息感觉或者至少是那种从属关系却使这树林内部明亮起来；当眼睛已经习惯于这种昏暗的微弱光线时，人们再看远处就更加清楚了，现在人们把森林中的一切障碍和错综复杂的情景观察得纤毫毕现。

在森林许多崇高而阴森的巨柱（简直像个寺庙）下面呈现出来的，首先是死亡的景象，不过这不是一种会令人悲伤的死，而是一种经过装饰、美化而丰赡的死，这正是大自然时常赐给植物的那种死亡。每走一步，就可以看见遍地都是尚未连根拔起的、断裂的树干，粘满了软绵绵的苍苔，仿佛披着一身斑斓无比的绿天鹅绒，它们时时刻刻变幻着形象，浮光点点，映日生辉。

然而可爱的生活在哪儿呢？我们的耳朵已经习惯了，听得出也猜得出来。我不是说那山雀的啁啾，啄木鸟奇怪的笑声（它们是这里真正的主人）。我想到的是另外一群，树林里的禽鸟时常跟它们交手打斗。你听，一阵巨大的嗡嗡的声音，响得足以盖过汩汩流淌的小溪，这是告诉我们，有一群马蜂飞到林子里来了。我们已经看见了它们的营寨，从那里飞出不少，跟随着我们，侦察我们的行动，显得有点来者不善。

在马蜂不常光临的地方，可以听到一些轻微而低沉的响声，仿佛来自许多树木内部。这是树的精灵，还是山林女神？[1]不，恰恰相反：这是树木的神秘仇敌，是一群魔鬼。它们沿着树干的脉络，蛀蚀出无数路径和河道，修筑起它们的走廊。在一棵树里面往往差不多就住着十万棘胫小蠹（这就是它们的名字）。松树在它们日夜啮食下全成了玲珑剔透的镂空花边。从外表上看毫无损伤，其实生命已逝，剩下的只是幽灵罢了。

在这里面，一个植物，一个动物，两个生命在鏖战，真听得见吗？实在说不准。有时也许是人弄错了。

1 古代希腊人认为在每一棵树里都住着一个神。

在这并不寂静的寂静中，我不知道谁曾对我们说过死一般的森林是生气蓬勃的，仿佛要说话。我们满怀着希望走进去，相信准能找到。我们深深感到一个伟大的复杂多样的灵魂将对我们好奇的心灵做出回答。在这瑰丽的暮霭中，她[1]手里拿着一根小棍走到我面前，问讯黝黯的森林，又好像在寻觅那黄金的枝柯。

1 指米什莱夫人。

热带的昆虫

我曾经见过它们，在博物馆的框架下面和一些盒子里我曾见过这些僵死的昆虫，但是在大自然中，谁想它们竟这样万头攒动、光彩夺目？有谁曾见过这样繁忙的场面呢？这么多活生生的虫子在火一般的气候中繁殖滋长，这里的一切跟它们多么谐和，空气、水、草木都饱含着丰富的火焰，热烈恣肆，与成群的小动物那种粗犷的活力和不断而又迅速的生死消长正相颉颃。

美洲巴西和圭亚那的森林这个可怕的渊薮总是在酝酿着生物间的巨大交易。植物与动物奇异幻境交相辉映。各种犷野、粗涩、哀愁的鸣叫声（不是歌唱）合成了一曲交响乐。无论在森林里，还是在大草原上许多飞禽发出它们奇怪的叫声，嘹亮或是沙哑，然而却都有规律地轮番震响，仿佛是在报时。这些声音是沙漠里的钟声。有的在白天，有的在夜里，把早、中、晚三个单位时间，划分得清清楚楚。它们模仿我们人的声调和世俗的种种喧嚣，好像含讥带讽地在嘲笑我们。这多么令人不安。一些鸟儿叫喊，有些在啼鸣，还有些在哀号。这边打着铃铛，那边敲着木锤，另外一边仿佛正在吹奏风笛。茫茫的草原上忽然响起一阵红腿叫鹤的巨大鸣声。沼泽地上勇敢的叫鸭——这蛇的克星不断发出生涩而粗壮的吼叫，使未开化的野人听了，误以为是鬼怪经过，不禁浑身战栗。

黄昏时分，阵阵蝉歌唱晚，蛙声阁阁，应和着夜枭的怪啸，吸血蝙蝠的哀号以及群猴的嬉闹，响成一片。突然一声狂吼，宛如心胸撕裂，迸发的巨响，撒下恐怖，使一切都归于沉寂。这是那爪牙锐利的游荡者——迅猛的美洲豹来临了。

总之，这儿什么也不能叫人放心。这些碧绿的水潭，表面是这样平静，其中不时传出几声哽咽的叹息；如果你把脚放进去，你准会满怀恐惧地看到这水肮脏得无法形容。不少鳄鱼用它们青黛色的背构成水面，望过去俨然青苔或水中的荇藻。只要有一个活物出现，水里马上都昂起身子，万头攒动；人们乍见这一群怪物直立起来，怎能不毛骨悚然。这就是全部吗？……不，除了这些称霸水面的家伙之外，在它们下面还有不少暴君呢。食人鱼像刀片，尽管凯门鳄身子沉实，也敌不住它动作迅速，齿如利剑，那鳄鱼还不曾转身呢，尾巴就已经给截断，拖了就走。凯门鳄几乎总是这样伤残致死，若是它的厚甲不能阻止它的敌人把它肢解的话。这可怕的解剖学家，只要用它的解剖刀风驰电掣地一划，随随便便就能把掠过水面的飞鸟一截两段。人们捕获的许多水禽都有这样的伤残躯体。还有些四足动物呢？最强大的都被吞掉。在这些深渊里不停地发生可怕的战斗。这里活泼泼地洋溢着生命，可是也充满了死亡。这里正进行着一场迅疾而剧烈的自然界的厮杀，互相吞食，然后又再重生。

昆虫一般都很悍猛，但外形美丽。蝇虻、蚊蚋用嗜血来表现其生命的狂热，而其他品类则利用鲜艳诱人的颜色、奇异的花纹、异样的形状使人惊愕或骇怕。巨大的象虫，披着满洒着点点金粉的翠绿甲壳，仿佛刚穿越过金属矿砂似的，在行程中变得如此丰富多彩。吉丁虫，全身黄中带绿，好像一堆镶嵌得极其精致的宝石，有如浮光回流。圭亚那的巨大盲蛛，裹着件七宝彩衣，头上翘起两只长长的触角，身下多少神奇的脚爪，在高耸多刺的草叶上行走如飞。瞧它那件美丽的衣裳，黄底子，上面绘着无数弯弯曲曲的黑色条纹，仿佛无人能解的古代楔形文字，这生物真是个双倍奇特的谜。它令人想起印度纺织物上的图案，为了款式不致雷同，艺术家在那上面绘制了不少断裂的波浪似的线条，以使色泽和谐、斑斓。

蝴蝶是一种爱好合群的美丽昆虫，这个带翼的部落布满河边，把整个草原化作一片绚丽的花毡。最典型的蝴蝶要数巴西的一种王蝶，通体蓝色，浮光铄金，轻盈地在灼热的阳光下面飞舞，在花枝烂漫的树梢掩映的水面上浮动。这些和平而佳丽的动物，真好像是这雄伟的大自然的骄子。在它后面，有一连串别的蝴蝶追随着，沿着溪水，飘过一片蔚蓝色。

一个漂亮的德国女人，梅里昂小姐[1]，她特地移居到这一火伞高张的地区，曾经天真地对我们谈起她对这些奇观感到恐惧。她是技艺最精湛、最勤劳的雕塑家的女儿和孙女，本人也是个艺术家，学识渊博。她给我们留下了她用拉丁文、荷兰文和法文写的一本关于苏里南[2]的昆虫图谱，真是佳作。

她到圭亚那去并在那里画了好多年。

她很认真。她在当地寻找到那些可怕的昆虫标本，先叫人摆好，以供绘画：她自己很害怕它们。有一回还未开化的印第安人给她送来一篮昆虫，她在工作之后竟睡熟了。一个奇怪的梦打扰了她的睡眠。她好像听见有人在弹竖琴，弹一支爱情曲子。随后这个曲调燃烧起来，这不再是一首歌曲了，是一场火灾。整个房间里都是火……她惊醒过来，而这并非梦境，一切都是真的。篮子就是竖琴，篮子就是火山。幸亏她很快地看到这座火山熄灭了。满篮子都是斑衣蜡蝉，它们唱了一支婚礼进行曲。

---

1 梅里昂是17世纪时德国的一位著名女画家，擅长画花卉。

2 当时南美的苏里南还是荷属圭亚那的一部分。

在这些地方，人们因为怕热，常常夜里行路。如果没有闪光的昆虫照明路径，旅行者就不敢深入到漆黑的密林中去。旅人老远就望见它们闪烁，跳舞，飞翔；待靠近了才看到它们都停歇在伸手可及的灌木丛间，于是把它们抓来给自己做伴，把它们固定在鞋子上照路，这样蛇老远就逃遁了。他感激昆虫的帮忙，当清晨天色微明之际，就小心地仍旧把它们放回到灌木丛间，让它们重温鸳梦。有一句美丽的印第安谚语这样说：“把飞虫从火焰上赶走吧；但是要把它们再放回到你原来取走它的地方。”

田野里的蜜蜂

这些都是从三月开始的。时有时无却已经蕴含了一些热力的太阳唤醒了大自然沉睡的青春活力，田野里的小花紫色地丁，草原上的雏菊，绿篱间的黄色毛茛，早开的紫罗兰，迎风盛放，把空气蒸熏得一片芬芳。不过这只是一会儿工夫的事。正午刚开，三点钟后花枝就都闭拢了，遮盖住它们不断颤抖的雄蕊。在这短暂的暖和时间里，你看，一个金黄色的小小生物，浑身绒毛，挺怕冷似的，正大着胆子舒展着翅膀呢。蜜蜂离开住处了，它知道花丛间已经为它和它的孩子们准备好了甜甜的蜜汁。

现在几乎什么都没有，大部分的摇篮都还空着。蜂王的惊人繁殖能力还隐藏在它的肚子里。定期快速地产卵、创造新的一代的工作，还得稍后一点，要等到晴朗的五月才会开始呢。

多奇妙的契合。大部分冷得瑟瑟发抖的花枝，跟冷得瑟瑟发抖的蜜蜂一样，都在等待着一个更稳定的季节，准备在亮堂堂的阳光里舒展花冠。它们的天生丽质实在经不住目前这变幻无常的四月天气。

观看这些迷人的小家伙穿梭似的飞来飞去，真是愉快。柔弱的花枝在昆虫的时时骚动下不停地弯腰，晃动。那在风前闭拢了的圣地却向着它心爱的蜜蜂开放，小蜜蜂全身沉浸在花丛里，传送着春天的消息。大自然向世俗采取了绝妙的预防措施，来掩藏这里的奥秘，但怎么能制止这坚决的追逐者呢……

蜜蜂居住在那仙山琼阁深处，下面铺着柔软的地毯，上面是美妙的楼台，黄玉作墙，蓝宝石是天花板。然而，这些死板板的玉石怎能跟它的邸第相比！……花枝摇曳，发出一阵阵香气，花儿在期望，在等待。花儿迎接蜜蜂，这小小的隐蔽王国的幸福的征服者，侵入那洁净无瑕的屏障，小家伙把这儿的一切都搅乱了，混合在一道，可是花儿都向它道谢，再见吧，祝福你满载着芬芳和蜜液离去。

多少受祝福的地方，多少幸福的时刻，蜜蜂你在进行着纯洁的劳动啊，你一边收获，一边完成着千千万万的婚礼呢。在岸边，比如那傍近旷野的大海，人们很少去寻觅这些和平肃默的牧歌，但只要有一个安全隐蔽、日光映照的地方，大自然总要造成一个小小社会：这儿，花枝为蜜蜂流淌出它最甜美的蜜汁；这儿，蜜蜂轻轻卸下满盛着欲望、弯下了腰身的花枝的重负。

黄昏前的时辰是暖和、湿润而温馨的。花枝被最后的阳光轻轻抚弄着，仍然保留着它体内的温热气息，它的花冠被白色的轻雾所濡湿，于是花儿感觉到又复活起来；它爱，它正在爱。花心舒展开来，抖动着它们的香尘雾绡，在这神圣的时刻，会逗引来多少蜜蜂！

白　蚁

普雷丰泰纳[1]谈起他在圭亚那旅行时曾看见一些黑人包围住某种外观奇特的建筑物，这就是白蚁巢。黑人们只敢站在远处用火器攻击，并且事先还小心翼翼地在四周开了一道小沟，流水可以阻止这支被围困的军队突围——万一被围的联队企图突围，水会把它们淹死。

这些建筑物不是蚂蚁的住所，这里面居住的是另一类昆虫——白蚁。白蚁不仅圭亚那有，在整个非洲、新荷兰[2]和北美洲的大草原上都有。

你可以想象一座十二英尺的土丘（也曾经有人见到过二十英尺的），远远看上去很容易被误认作当地土著的茅屋。但是只要一走近，你就清清楚楚地看到这是一件高级艺术品。它的形状十分奇特，尖尖的圆顶，或者说像一座高耸的尖塔。这塔是由四五个，以至六个高达五六英尺的尖塔支撑住的。下面就靠在差不多有两英尺高的矮塔楼上。整个建筑的风貌宛如一座东方款式的大教堂，它的主要尖塔简直像一所清真寺的，越伸向高处越细；由于这是硬性黏土做的，所以极其坚固，若是经过一番研烧，当可制成最好的砖块吧。不只是许多人登上去丝毫动摇不了，甚至连野牛都奈何不了它，野牛时常站在上面警戒瞭望，看那片平芜的丰草之间是否隐藏着狮子、美洲豹之

1 普雷丰泰纳是法国博物学家。

2 新荷兰是澳大利亚旧名。

类，准备偷袭。

不过尖尖的圆顶是中空的，圆顶下面的基座是由一个中间半镂空的建筑物支撑着，其下有两三英尺的四个拱形组合而成。这些拱顶十分结实，尖尖的，类似哥特式建筑。再往下又延伸出无数甬道或回廊，那些安有顶盖的空间可以称作厅堂，还有不少舒适、宽敞、合乎卫生的房间，能住得下一大批白蚁；总之，整个都是地下城。

一条宽阔的螺旋形管道打着转儿徐徐上升，直到建筑的最厚实部分。既没有通风口，也没有门窗；进出口是隐蔽的，而且距离甚遥，远远地延伸到平原上去。

这最雄伟、最重要的建筑物表现出了昆虫的本领；浩大的工程需要无穷的耐心和大胆的艺术。不要忘记这些变得如此坚实的厚墙原来都是易于粉碎和倾圮的泥土垒成的。要垒起这样的摩天大厦该用上多少不懈的努力啊，何况还要先搭起许多临时建筑物，一俟这些主楼修建得比较高了才逐步拆去。匠人们开始只是兴建一英尺半或两英尺的外层锥体，随后再搞第二级建筑。不过这个第二级建筑物非常结实坚固，它们勇敢地挖掘基部打通甬道、回廊和螺旋形楼梯。在又尖又圆的塔顶下面也要进行同样的工程，把里面刨空，这样大穹顶才能空出来，并把它的底座安放在四个拱形架的狭小穹顶上，这里是整个建筑的中心和基础。

请注意圆顶就建在它本身的底座上，它的那些附属建筑物对它完全足够，因为旁侧的角锥体只是它的并非独立存在的附属物。这算得真正、完整、大胆的艺术结构，因为它无须拱扶垛和墙垛，而只依靠本身和它的合理结构，绝不求助于外来的支持。

是谁引导艺术以臻此妙境的呢？应当说正是实用本身。尖尖的圆顶，许多小塔楼或尖顶都叠合得极其精致，足以抵御热带常见的可怕的骤雨。这圆顶能阻隔雨水，使雨水快速流过。即使圆顶破了，托住它的那块隔板就像屋瓦似的仍然可以使水溢出围墙外边，流到地面上去。圆盖顶像个窑似的中间凹陷，这样就能很快地使里面暖和起来，保持室内充分的热量；圆顶还能把热传到地道以孵化蚁卵，让那些赤裸的初生幼虫感到舒适，而当气温高时更加宜人。

当生活和定居在树木中的各类白蚁逼近我们时，要想防止它们的损害就不大有什么办法。白蚁以不可思议的精力迅速地干着。人们曾经看到过它们在一夜之间就能钻透一只桌子的脚，而从桌子另外一只脚下来。

白蚁这样大力猛干，在穿过房屋檩条和大梁时的效果你可以想象得到。最糟的是等到人们发现时，这种情况已经存在很久了。大家以为这些蛀蚀了的支柱完好无损，可是有天早上房子突然倒塌了：人们此前还安安稳稳地在这座明天就不再存在的房屋里睡大觉呢。

新格雷那达群岛[1]的瓦朗西亚城，由于白蚁在泥土中拼命蛀蚀地下建筑，结果现在就垂悬在这些危险的地下墓穴之上。

我们在罗塞尔[2]曾亲眼看见过海船带来的白蚁在这个城市的一部分房屋大梁上所进行的初步工事，许多建筑物表面上一点都看不出什么，但其实整个都已蛀蚀，木头凹陷，中已全空，一直到楼梯栏杆。千万不要用力去扶它，因为只要稍微一用劲，就垮了。直到如今这些可怕的啮食者似乎企图就在这所城市的某一区域盘踞下来，而其余市区还没有动。兴许，这个海军和商业史上的重要历史名城，将会步赫尔古拉能和庞贝[3]的后尘吧。

---

1 新格雷那达群岛即今哥伦比亚共和国。

2 罗塞尔是法国港口城市，濒临大西洋。

3 这两个古城原位于意大利南部，于公元 79 年维苏威火山爆发时被湮没。

蚂蚁的内战

六月八日晚上，有人从森林[1]带来了一大块泥土，这土块里夹杂着不少小木片，其中大都属于北方省繁生的那类树木碎片，杉树针叶或是一些荆棘似的带刺树叶。

土块中间，乱纷纷一窝蚂蚁，大小形态各异，有卵、幼虫、蛹、身量较小的工蚁、颇像战士和保护者的大蚂蚁，还有一些刚刚披上婚礼吉服的雌蚁，它们在爱情生活中总是插着一双翅膀。这是一个完整的城市标本，这么一群褐黑色的小动物，外貌固有差别，但是身上却具有同样的标记——每一只蚂蚁的胸甲上都有一个暗红色的斑点。乍一看仿佛杂乱无章，但每只蚂蚁级别与职司不同，各有居处，很容易辨认：那些管建筑的工蚁，用小木片为它们搭起了一层层房屋。

这群小动物，在外界环境的巨大变动下，毫不气馁。它们在继续干活。主要的工作就是从过于强烈的阳光照射下把蚁卵和蛹搬开。这项共同劳动把它们从地下室吸引到地面上来。小小的蚂蚁不停地活动，大蚂蚁围绕着一个大土坛（这是小城邦的一部分）穿梭似的往来巡逻，它们迈着坚定的步伐，遇到什么也从不后退；即使我们在场，也毫无惧色。我们故意把一些障碍物——比如一根小树枝或是我们的手指放在它们面前，挡住去路，它们马上就趴下身子，灵巧地挥动小胳臂，像小猫咪似的拍打着我们。

1 当时米什莱住在枫丹白露森林，研究动植物。

当它们围绕着土坛巡逻时，在沙丘上碰到不少黑蚁——这另一种蚂蚁在我们花园里最多。黑蚁在地底下建造了许多寓所，但从来不用木头，而是泥水结构，以唾液和泥土，再加上自身体内的蚁酸构成，这样既干燥又卫生。

黑蚁用蔷薇、苹果树、桃树来美化环境，还把大批蚜虫运送到树上，以获得蜜汁，供自己和幼儿食用。

这两拨人马相逢并不友好。虽然大木蚁队伍里也有身量较小的蚂蚁，但根据长腿和胸甲上的红斑它们就能一下子辨认出黑蚁来。大木蚁是无情的。也许它们怀疑这些四处游荡的黑蚁是敌方派来侦察的探子，要不就是黑蚁企图对新来的移民设下陷阱。总之，这些大木蚁把几个小黑蚁杀了。

这件事引起了一连串可怕而无法估量的后果。不幸土坛恰好在一棵苹果树旁边，果树上尽是绒毛蚜虫，它们使园丁叹息而使蚂蚁无限喜悦。黑蚁早已占有了这群宝贝甜虫，并在树根下面安营扎寨，财源近在咫尺，随手可以取用。平常这一大群黑蚁都聚集在地底下。

这场激战发生在上午十一点钟。最迟十一点一刻，整个黑蚁部全都警觉，沸腾起来，它们挺着身子，从各个地下室爬上来，从所有的门口冒出来。一道道长长的暗色队伍淹没了沙土；小径上一片乌黑，非常热闹。地下可能就更加热闹了，它们大概具有极其敏感的大脑吧。太阳光笔直照射着小花园，刺痛、灼热了大批人马，使它们向前猛进。酷烈的热气，对于高大的外来敌人侵犯到它们的家园的戒惧，这一切驱使它们大胆而坚决地战斗，前仆后继，视死如归。

在我们看来这无疑是送死，因为每只木蚁抵得上八到十只这种小黑蚁。第一次交锋，我们看见一只大的向一只小的猛扑过去，一下子就把它歼灭了。

然而黑蚁数量众多。你知道后来怎么样了？若是第一排被堵住，战死了，第二排就立即冲上去，接着第三排也冲上去，但如果全军开上去都阵亡了呢？这真叫我们为之焦灼不安。我们为园子里的这些土著小民族受到由我们引来的这些异族粗野蛮横的侵扰而心酸。

外来者并没有遇到任何挑战，竟然首先启衅杀戮起本地居民来了！应当承认，我们仅仅是从双方实力进行对比的，根本没有对它们的精神力量做出估计。

我们看到，在第一回合中，小黑蚁一边的那种机智和融洽，实在令人惊异。它们每六只蚂蚁去对付一个入侵的庞然大物，每一只都抓住对方一条腿，死死逮住，叫它动弹不得；又有两只，爬到大蚂蚁背上，咬住触角，毫不放松：强大的对手肢体都被钉得死死的，一动也不能动。它仿佛失魂落魄，迷迷糊糊，对自己的力量优势完全动摇了。于是又有另外几只过来，上上下下，毫无危险地刺死了它。

临近观看这一幕真是可怕啊。不管这些小蚂蚁的英雄行为怎样值得钦佩，它们的狂怒可真叫人害怕。那些被捆绑起来的可怜的巨人被悲惨地拖曳纠缠，东拉西扯，就像漂泊在大海里似的漂泊在激愤疯狂的浪潮里，盲目，无力，无法抵抗，仿佛一群被牵往屠场的羔羊。这怎能不唤起我心中的怜悯呢？

我们真想把双方分开。可怎么办？面前是无数黑压压的蚂蚁，人的力量在这么众多的蚂蚁面前消失了。我想了一个再好也没有的法子，把这里遍地都灌上水，一片尽成泽国，但这似乎不行。冲突双方还是不肯停止交战，大水漫过之后，这场屠杀仍然继续进行下去。我又想到一条妙计，确实非常残酷，不过却更加厉害，这就是点燃起大把稻草，将胜利者和战败者统统付之一炬。

最使我震惊的就是，实际上被捆绑或抓住的只是很少的一些大蚂蚁。如果它们中间那些身子还自由的以迅雷不及掩耳之势，一下子猛扑到这群攻击者身上，就足以致对方于死命，准能轻而易举地进行一场可怕的歼灭战，但是，它们完全没有觉察到这个。它们疯狂地乱窜，这一下刚好闯进了危险的垓心，误入敌军重围。啊！它们不仅仅是败了阵，而且简直就像发了疯啦。那些小蚂蚁呢，觉得这是在自家的土地上打仗，表现出非凡的坚定；外来的大蚂蚁，没个生根之处，竟成了危城覆没后一支绝望的孤军，晕头转向，不知道自己将转徙何方，只感到这里的一切危机四伏，充满敌意，任何躲避的地方都找不着……它们处于一个民族沦丧、失去了神明庇护的悲惨境地！

啊！该原谅它们！我们看到那支散播死亡的大军，那些可怕的、又黑又瘦的小个儿组成的大军这时简直令人恐怖，它们一齐爬上凄凉的土坛，在这块窄狭、窒息、灼热的地方，没有空隙容身，悲愤欲绝，人马杂沓，互相践踏。渐渐地，大蚂蚁明显败局已定，这当儿黑蚁格外显示出骇人的胃口来了。我们看见情况蓦地一变。在它们那不出声的、但又极其雄辩的姿态中间，我们仿佛听见一声呐喊："它们的孩子都挺肥啊！"

于是这支瘦小蚂蚁组成的贪食大军一齐猛扑到那些木蚁婴儿身上。婴孩，品种原本硕大，一个个身体相当重，特别是长方形的蛹壳，圆圆的轮廓，叫人无从下手。两个，三个，四个，小黑蚂蚁，齐心协力。好容易才从土坛深处抬起一个，一直抬到油光光的内壁上，它们猛然下了狠心：撕开外壳，取出赤裸裸的幼虫。很不容易撕开，因为幼虫紧紧贴住，它那蜷缩的肢体更像是焊接在一起；这种凶暴而急速的启开弄得它遍体鳞伤，四分五裂，狼藉不堪。那些给割成了碎块的肢体还在颤动，它们就这样给运走了。

一开始抓捕婴孩，我们原来只以为看到了一幕掳掠奴隶的情景，好像这不过是人类社会和蚂蚁社会里发生的极其普通的事情，现在我才懂得这完全是另外一回事。它们残酷地把幼虫从赖以生存的外壳里拖出来，就清清楚楚地表明对于幼虫在里面生活这一点根本毫不在乎。它们掠走的只是一些肉，是可以食用的肉，是为躺在自家窝里的小蚂蚁准备下一餐鲜嫩可口的美餐，这些肥胖的幼虫即将活生生地送到它们的瘦小幼虫口中。

这场对一个种族和婴孩的大规模屠杀真干得利索极了，到了下午三点钟，一切差不多都已告结束：这个城邦已被全部洗劫一空，荒芜满目，将来也永远无法振兴了。

我们相信还有某些逋逃者躲藏着，如果我们把它们连同这毁去的城市迁离此地，运送到园子外面堆放工具的地方去，也许战胜者会放弃这块荒无人烟的土地吧，再没有什么东西可以供它们的家人大嚼了。于是我们就这样做了。

六月十日早晨，人们看见黑蚁布满了通向花园另一角落那通向它们故居的小径。看来失败者的命运是终结了。寂寞无声的城市已经不存在了，现在这里成了一座荒冢，只剩下断骨残骸、枯树、北方树木的古老花萼和哀伤的针叶（从前曾经是常绿的松树和杉树的叶子），什么都跟这个旧城一并湮没了。

我觉得这样一次报复和原来起因或借口的行为如此不相称，这使我感到无比的愤怒，我心里改变了初衷，对这些野蛮的黑蚁充满了反感。

我看见不少黑蚁依然不可一世地在这片废墟上高视阔步，于是我粗暴地把它们拂向墙外——那个土坛的边沿。不管人们怎样温和地跟我说这些黑蚁起初曾受到过冒犯，它们在一场殊死的战斗中曾经表现出最大的勇气，也是枉然。这是一个野蛮、残忍而骁勇的部落，就像往昔曾在密西西比河流域和加拿大森林地带居住的那些喜爱报仇的英雄们——易洛魁人和休伦人[1]一样。任何好的理由都不能使我平静下来。这些骇人听闻的罪行总是压在我的心头。我并不想弄死它们，我承认，不过这些凶残的黑蚁如果偶然窜到我脚下，我可绝不轻饶。

这灾难的空土坛却令我流连不去，总还是想起它。十一日傍晚，我又来到那里，席地而坐，手托着腮帮，堕入沉思。我的目光凝注在大地深处。一片岑寂中，我执意想看到一点生命的信息，一些可以说明这里的一切并未终结的什么东西。这种坚定的决心仿佛有着某种召唤的力量，就像我的愿望能把这荒城可怜的亡魂召回人间一样。一个劫后余生的遭难者出现了，它急急忙忙想逃出这个屠场，奔跑着……我们看见它还带着一个幼蛹呢。

夜降临了，木蚁处在一个完全陌生的地方，这里四面楚歌，完全是敌方营地。那很少的几个洞穴，你可能将之当作避难所吧，不，那实在只是黑蚁的地狱之门。这倒霉的逃亡者还背负着幼儿，这可更加重了它的不幸，它仓皇乱窜，不知到哪里去是好，我的眼睛、我的心一直尾随着它；后来，黑夜把它从我的视线中隐没。

1 这是 17、18 世纪时居住在加拿大南部的印第安部落。

蜘　蛛

在肥沃的非洲土地上，猎物十分丰富，因此蜘蛛能在这里过着群居生活。它们围绕大树张起一面公用的巨网，共同把守着每条通路。由于时常要跟强大的昆虫打交道（有时甚至要对付某些小鸟），它们在危难中总是努力协作，互相支持。

不过这种集体生活只是个例外，仅限于某些品种，而且，也只是在最优越的自然条件下才会发生。这种动物具有猎手的犷野性格，在一般情况下，出于其机体本能和生活需要，它得靠形形色色的猎物生活，因此它总是处于一种嫉妒、好挑衅、排斥异己的孤独状态。

还要补充说明，它并不像通常猎手们那样，在行猎中只是损失掉一些精力和频繁活动；对它来说，它每次出击花费的代价非常巨大，而且要求一笔重要的长期投资。它的一生中，每天，每个时辰都得抽出新丝去编织那张为它提供食物和更新养料的大网。因此，为了取得营养它甘心挨饿，为了恢复体力它情愿累得精疲力竭，它把自己搞得精瘦，然而心里却时刻巴望着身体壮大肥硕起来。蜘蛛的生活是一种命运的赌博，它把自己交付给千万次无法预卜的偶然性。这当然使它变成了一种急躁不安的生物，对同类没有丝毫同情心，它在交往中只看到别人是敌手；一句话，这完全是一种自私自利的动物，要不这样，它就得被消灭。

最差劲的就是这可怜的动物长相丑得出奇。它不像有些动物只是肉眼看上去很丑陋，但若是放到显微镜下面去仔细观察一番，就会觉得迥然不同。基于某种强烈的职业特性，我们常常用人的眼光去评价它，某个肢体萎缩了，另外某个地方又过分夸张，以致失去了总体的和谐；铁匠常常是个驼背。同样，蜘蛛总是大腹便便。在它身上，大自然为了它的专业行当，为了需要，为了满足这种需要而产生某些重要器官，于是把其余的一切都牺牲了。它是个工人，一个制作绳索的工匠，一个纺纱工和一个织工。你别老瞅着它那副尊容，要看它的艺术成品。它不仅是个纺织工，而且它本身就是一个纺织厂。那紧缩的、圆滚滚的身体，外加八只脚爪，头顶上长着八只高度警惕的眼睛，那偏过一侧的隆起的大肚子可真叫人吃惊。那极其难看的怪模样，疏忽而轻率的观察者可能只看到它的饕餮吧。嘿！恰恰相反：这肚子可是它的工作车间，它的仓库，这是制绳工人摇纱时擎在身边盛棉纱的一只口袋；不过，它这只口袋可只是专门装养料的，它拼命撙节，这样才能使自己变得肥硕。你看看它的全身吧，其他部分瘦削得像柴枝似的，但总是腆着个肚子，鼓鼓的像个宝贝，这里是它劳动的必需资料，它经营的工业的希望所在，也是它未来的唯一保证。真是个典型的工业家。“假如我今天忍饥挨饿，”它说，“兴许我明天可以饱餐，但万一我的工厂关了门，那就一切都完了蛋，所以我的肚子必须停止活动，永远节食。”

我头一回跟蜘蛛打交道可一点也不是什么愉快的事。在我生活拮据的童年时代，我独自一个在我父亲开的那家小印刷所里干活(我在《人民》一书里谈过)，当时印刷所已濒于倒闭。临时车间设在一幢地窖一般的房子里，光线还可以，在我们居住的大马路这一边是地窖，而在巴斯街那边却是间门面房子。到了中午，才有一小道阳光从带栅栏的大气窗里斜斜地透进来，映照在我排字用的那个小小的铅字盘上。这时，我总是清楚地看见墙角上一只怯生生的蜘蛛向字盘爬去，可能它认为阳光会给它带来某些晕乎乎的蠓虫做午餐吧。尽管我心里感觉有些嫌恶，我还是仔细观察着它那腼腆、舒缓而乖巧的细微动作，它似乎在察访它准备委托自己生命的这个人的性格。它用八只眼睛着着实实地打量着我，仿佛在思忖着："这人，是不是一个敌人呢？"

我没有分析它的形状，也没有仔细辨认它的眼睛，我感觉到我自己正为它所注视，所考察；过了好一会儿，看来它在观察中对我颇有好感。也许是由于劳动的本能吧（比起同类来这只蜘蛛很大），它感觉到我大概还算是个温和的劳动者，像它一样，我也在那儿忙着织我的网吧。不管怎么说，它不再那么躲躲藏藏了，也不那么小心翼翼了，下定决心，就像已经进行了某个坚定但有些冒险的步骤似的。它不乏优雅地沿蛛丝下降，落在我们的共同疆界，我的铅字盘的边沿，这时淡淡的太阳正射出一道金黄色的光芒，照在那上面。

我心里蓦然产生了两种感情。我自认从来不曾有过如此亲密的交往关系，我也想不起曾有过一位像它这样的朋友；另一方面，这个谨慎小心、酷爱观察的小小生灵并没有认错人，没有虚掷它的信任，它在对我说："喂！为什么我不可以稍微享受一下你这儿的阳光呢？……尽管彼此如此不同，但我们都是从清苦的劳动和阴冷的暗处过来光临这温暖而辉煌的盛宴的……请接受我的这颗心吧，让我们兄弟般地友好吧。你让我共享这道阳光，那么也请从我这儿接受我心中的阳光吧，收下吧……它将在半个世纪里，永远照亮你的冬天。"

海

此书出版于 1861 年,书中诸篇都是米什莱不同时期在海滨小住时所作。他到过的地方,在英吉利海峡,有格朗维尔和埃特尔达;在大西洋沿岸,有吉隆特河口附近的圣乔治;在地中海沿岸,有热那亚附近的耶尔和奈尔韦。

全书分为四卷。第一卷"诸海一瞥",写从岸边观海及海中的波涛风暴;第二卷"海中生物",写海洋的各种主要动物,从低级动物(如植虫类、石珊瑚、水母等)开始,渐次上升到软体动物、甲壳动物,然后是鱼类,直至哺乳动物,如鲸、海豹;第三卷"征服海洋",写人类征服海洋的历史,包括三大洋的发现,欧洲探险家对北冰洋的探索,潮汐与风暴规律的发现,海中动物的破坏;第四卷"海的复兴",提出洗海水浴等利用海洋资源的合理建议。最后他希望每个城市里的儿童都去进行海水浴,以增进健康。

从格朗维尔岸边观海[1]

有个勇敢的荷兰海员，是一位坚定而冷静的观察家，他的整个一生都是在海上度过的。他坦率地说起大海给他的第一个印象便是恐惧。对于陆地上的生物来说，水是一种不适合呼吸的、令人窒息的元素。这道永远不可逾越的天堑把两个世界截然分开了。若是人们称之为海的这泓浩渺的水，迷茫、阴沉而深不可测，它的出现在人的想象中留下了极其恐怖的气氛，我们也不必大惊小怪。

东方人认为海只是苦涩的漩涡，黑夜的深渊。在所有印度或是爱尔兰的古代语言里，“海”这个字的同义词或类似词乃是沙漠和黑夜。

每天傍晚，观看太阳——这世界的欢乐和一切生命之父，没入万顷波涛，真给人以极大的苍凉之感。这是世界，尤其是西方的悲哀。尽管我们每天都看到这个景象，但仍然感觉到一种同样的力量、同样的惆怅压上心头。

倘若人没入海中，下沉到一定深度，立即就看不见亮光；人进入了某种混沌朦胧之中，这里永远是一种色泽，阴森森的红色；再往下去，连这点色泽也消失了，只剩下晦暗的长夜，除了偶然意外地闪过几道可怕的磷光之外，完全是一片漆黑。这无限广阔、无限深沉的海域覆盖着地球的大部分，仿佛是一个幽冥世界。这就是使得原始时

1 这是《海》的首篇，抒写人在面对海洋时的感想。格朗维尔位于法国诺曼底西海岸，在布列塔尼省境内。

代的初民震惊、畏惧的原因。他们以为没有亮光的地方生命即已终止，除了上层之外，这整个深不可测的厚度，它的底（如果这深渊还有底）是一个黑黢黢的偏僻去处，那里除去无数骨殖和断残的木片，只有荒寂的沙和碎石，悭吝困顿的环境只取不予，它们怀着妒意把那么多人类失去的财物埋葬在它深深的宝库之中。

这空灵剔透的海水丝毫不能使我们安心。这不是动人的仙女居住的幽涧清泉。这水浩渺、昏暗而沉重，终日猛烈地拍击着海岸。谁到海里去冒险，谁就会感到仿佛被高高托起。是的，它帮助了游泳者，但一切仍然由它操纵；你会感觉到自己仿佛一个孱弱的孩子似的，被一只强有力的手臂摇晃，荡漾。不过，记着：它随时都能使你粉身碎骨。

小船只要解开了缆绳，谁知道一阵狂风，一股无法抵御的潮流，会把它冲到哪里去呢？就是这样，我们北方的渔夫才在无意之间找到了美洲极地，带回了不幸的格陵兰的恐怖消息。[1] 每个民族都有自己关于海的传说和故事。荷马、《一千零一夜》给我们保留了大量令人骇异的传说，多少暗礁和风暴，危险万分的大洋的静止状态，人们遇上它往往就被困在水上渴死，还有吃人的生番、妖魔、海怪、长蛇和海中巨蟒等。从前最勇敢的航海家——腓尼基人和迦太基人，曾经企图囊括全球的阿拉伯征服者，为黄金和赫斯珀里德斯四个女儿的传说[2] 所吸引，跨过地中海，朝着大海进发，但马上就停止了。在到达赤道之前他们遇到了永远是彤云密布的那条黑线，他们无法前进，只

---

1 在哥伦布发现美洲以前，冰岛人早已到了格陵兰，还有人认为北欧渔民曾到过北美洲海岸。

2 希腊神话中夜神赫斯珀里德斯的四个女儿，负责看守该亚作为结婚礼物送给赫拉的金苹果树，但赫拉克勒斯骗过她们，摘了三个金苹果。

好停下，叹息：“这是幽冥之海啊。”于是掉转船头，返回故乡。

“假若侵犯这一圣地，就是渎神。对于按照亵渎的好奇心行事的人，灾祸必将降临到他头上！他们在最后一个岛屿背后看见一个巨人，一个可怕的神灵。神灵大声说：‘不准再走远了。’”

对于旧世界这种颇有点稚气的恐惧跟一个从内地来的、毫无经验的普通人突然看到了海的那种激动心情并没有什么不同。可以说任何人意想不到地见到大海都会产生这种印象。动物显然会惊慌失措。甚至在退潮时，海水显得柔和、宽容，懒洋洋地曳过岸边的时候，马仍然不禁为之退避，浑身战栗，嘶鸣不已，用它自己的方式诅咒可怕的浪花。它永远不会跟这个它觉得充满敌意的可疑事物和睦相处。一位旅行家曾对我们讲起堪察加[1]的狗，要说它早该习惯于这种景象了，但仍不免于恐惧，激动，愤怒。它们千百成群地在漫漫长夜中向呼啸的波涛大声咆哮，疯狂地冲击着北冰洋。

西北部的江河那忧郁的流水，南方广阔的沙漠或是布列塔尼的旷野，都是天然的渡口和桥梁，海洋的前庭，从这些地方就能预感到海的伟大。任何人倘若从这些渠道到海上去，一定会为这种预示海洋的过渡地带惊叹不已。沿着这些河流，全是灯芯草、柳树等各种植物，宛如波浪翻腾，一望无际。水也是依次混合，渐渐发咸，最后终于变成近海。在这片荒野中，在到达大海之前，先看到的往往是生长着蕨类和欧石南属粗矮的草的浅海地区。当你还在一两法里之外的时候，你就可以看到不少瘦小、羸弱、若有愠色的树木，用它们的形态（我是说它们各具奇异的姿势）预示已经接近这位伟大的暴君和它威慑的气息了。如果说这些树木根部没有被攫住，那么它们显然是

1 堪察加是西伯利亚东北的半岛。

想逃遁；它们背对仇敌，向着陆地眺望，仿佛准备离开，披头散发地奔溃疾走。它们弓着身子，直弯到地面，好像无法站定，尽在那儿随着风暴扭来扭去。还有些地方，树干短矬，让枝柯向横里无限延伸开去。海滩上，贝壳散落，涌起一些细沙，树木都已为沙土侵入，淹没。没有空气，毛孔全堵塞了，树已窒息而死，但却依然保留着原来的姿态，待在那儿，成了石头树，鬼树，被禁锢在死亡之中，凄凉的影子永远不会消失。

在没有看见大海以前，人们就听说并猜想到它的可怕了。开始，远处一阵阵苍郁而整齐的嘈杂声。渐渐地，一切喧哗都给它让位，都被它淹没了。一会儿，人们注意到这庄严的更迭，同样的强烈而低沉的吼声不住地回旋，愈来愈翻腾狂舞起来。大钟不规则的响声，荡漾起伏，这是在给我们计时吧！不过这钟摆没有那种机械的单调乏味。人们仿佛感觉到生命的颤动声息。确实，涨潮的时候，海上一浪推过一浪，无边无际，有如电掣，随着海涛而来的贝壳、千万种不同生物的嘈杂声和疯狂澎湃的潮音交错在一起。退潮了，一阵阵轻微的喊喊喳喳使人知道海水和着沙土把这帮忠实的水族又带回去，纳入了它浩瀚的怀抱。

海还有多少别的声音啊！只要海激动起来，她的怨喃和深沉的叹息跟忧郁的海岸的岑寂适成对比。海岸仿佛正在凝神谛听海的威胁，远海，昨天还曾经以她温馨的柔波抚弄过海岸呢。现在海要对海岸说什么呢？我不想预测。在这儿我一点也不想谈起兴许它将要给予的可怕的交响音乐和山岩的二重唱，它在洞穴深处发出的低音和沉闷的雷鸣，或者那种令人震惊的呼喊（人还以为听到喊“救命！”呢）。不，让我们在它低沉的日子倾听吧，这时它矫健有力，但不凶猛。

格朗维尔原属诺曼底，但外观绝类布列达尼。它骄傲地用它的悬崖峭壁抵挡住巨浪的凶猛冲击；巨浪有时从北方带来英吉利海峡洋流不调和的狂怒，有时从西方卷来千里奔驰中不断壮大的洪波，以从大洋积累起来的全部力量，进行搏斗。

我喜欢这奇特而略略带点哀愁的小城，这小城的居民们依靠最危险的行当——远海捕鱼为生。家家都懂得他们所恃的只是碰运气的彩头，或生或死，拼着性命干活。这一切使得这海岸严肃的性格中染上了一种认真而和谐的气氛。我常常在这里领略这份黄昏的惆怅，或是在下面已经显得有些阴暗的海滩上散步，或者，我从位于山崖绝顶的城堡上观看日头渐渐沉入微蒙雾霭的天边。那茫无际涯的半圆时常印上一道道黑色和红色的纹路，逐渐沉没，不停地在天空绘制出奇妙的幻境，万道霞光，令人目眩。八月，已是秋季。这里已经不大有黄昏了。太阳刚下山，立即吹起凉风，浪花涌起，黯淡无光。只见不少披着白色衬里的黑斗篷的妇女的影子在活动。倾斜的山坡牧场俯临海滩，高可百尺，野草稀疏，还有一些羊群滞留在那边，发出咩咩的哀鸣，益发增人愁思。

城堡很小，面临大海，北面全呈黑色，笔直地耸立在深谷边缘，迎风独立，极其冷峭。这里不过是一些陋屋。人们把我带到一个专门制作贝壳画的手艺人家。踏着石级，走进一间阴暗无光的小屋，从窄狭的窗户里我看见这份凄惨景象。这使我就像从前在瑞士的时候一样激动：那时，我也是从一扇窗子里，完全出其不意地，眺望到格兰瓦尔德的冰川。我看冰川好像一个尖头的冰雪巨魔向我迎面扑来。而这里，格朗维尔的海，波涛澜汗，有如千军万马，奔腾而至。

这位屋主人并不老，但身体非常虚弱，易于激动。八月天气，他家的窗户还用破纸堵着。我一边观看他的作品一边谈话。我看得出他有些颓唐，头脑已经被某些家庭事故所损坏了。他的兄弟早已在一次惨酷的冒险中在这个海滩上死去。他觉得海就是灾难，海似乎总是对他怀着恶意。冬天的时候，大海总是不倦地用冰雪和凛冽的寒风抽打着他的窗子，不让他安睡。在漫长的黑夜里海一刻不停息地冲击着他屋下的山崖。夏季，海向他显示出不可估量的雷雨和漫天闪电。逢上大潮的时候，那就更糟。海水上涨到六十尺，狂怒的浪花跳跃得更高更欢，蛮横地一直打进他的窗子。当然不能肯定海永远坚持在那里。海满含敌意，会狠狠地作弄他一番的。他真无法觅得一个避身之所，兴许他不知不觉间被什么鬼魅吸住了吧。他好像不敢跟这位可怕的神祇彻底闹翻。他对海仍然保持着某种敬意。他从来不谈起海，通常总是暗指但从不直呼其名，就像冰岛人在海上航行时不敢呼叫"乌尔格"[1]，以免它听见了就会到来。屋主人凝望着海滩说："这叫我害怕。"现在，我还看到他那张面色苍白的脸。

1 "乌尔格"是北欧传说中的海中怪兽，能吞没船只。

军舰鸟

军舰鸟是一种海上猛禽，它总是在波涛上翱翔，从来不在陆地栖息。

当太阳西沉、夜色蓦地笼罩大海的时候，水手们乍看到一种不祥的小小形体，一种忧郁的黑色的鸟，往往感到非常惶惑不安。说它黑色实在并不确切，黑色还比较鲜艳呢，这鸟儿的真正色调无以名之，可以说是一种模模糊糊的暗褐色。一团地狱的阴影，或者是一场噩梦，在水面上漂过，在波浪之间漫游，把暴风雨踩在脚下。这海鸟（以及海鲂）是航海者最怕见到的东西，他们认为这是噩运的征兆。这是从哪儿来的？离陆地这么遥远，从哪儿突然会出现这玩意儿呢？要不是即将发生海难，它们又是来寻觅什么的呢？瞧它不耐烦地飞来飞去，那样子一定是已经选好了什么尸身了吧。凶残而可恶的海啊，你这个同谋犯，是你把尸身扔给它的吧。[1]

这一切都不过是虚构的恐惧罢了。一些不太胆怯的人在这可怜的鸟儿身上兴许会看到另一艘海船的失事，一个疏忽大意的航海者兴许在某个远离海岸的地方，毫无保障地遭到了海难。这条船对军舰鸟来说正是一个小岛，可以供它栖身。这条船乘风破浪在水面上留下了唯一的航迹；这已经是一个避难所，一个帮助它消除疲劳的地方。鸟儿不停地、轻捷地飞起，把船上的楼堡置于它自己和暴风雨中

1 米什莱指出从前海员有一种迷信，认为军舰鸟的出现是船只失事的预兆。

间。由于人们既腼腆又近视，只是在入夜时才能看见它。它很像我们，惧怕雷雨，它怕，它不愿死，它也像海员一样，说："要是我死了，我的孩子们怎么办？"

黑夜消逝，阳光重现，我看见天空中小小的一角蓝天。在那暴风雨上面，依然是和平而肃穆、幸福而宁静的地方。在这角蓝天里，一只翅膀修长的鸟儿，庄严地翱翔在万仞高空。是海鸥吗？不，它的翅膀是黑色的。是老鹰吗？不，这鸟儿身量很小。

这小小的海鹰，堪称羽族第一，它是从不卷帆的大胆航海家，暴风雨中的王子，千重万重危险中的冷静观察家，这斗士就是军舰鸟。

几乎没有躯体：它的躯体比公鸡还小，但是它那神奇的垂天之翼舒展开来长达十四法尺[1]。飞行中最重要的是坚韧和超越，否则任翅膀展开多阔也没有用。这样的一只禽鸟，它就倚靠这些，由着自己随风飘荡。雷雨来了吗？但它飞上了一定高度，在那上面它感到无限宁静。这不是什么诗意的隐喻，它完全与其他禽类不同：实实在在它高卧在暴风雨之上。

若是它想认真划上几下，一切的距离就全消失了。它朝食于塞内加尔，入夜就到美国去进晚餐。

或者，若是它想多花点时间，在旅途中嬉游，那么它尽可以去嬉游；它将在漫漫长夜里不停地继续航行，但仍能保证休息……依靠什么？依靠它凝然不动的长而大的双翼，它双翼展开，浮悬空际，御风而行。风像侍从似的殷勤地将它摇荡，空气承担了它旅行的疲累。

请记住这奇特的生物还具有许多无畏的高贵品质。躯体虽小，但异常矫健大胆，它敢于向任何空中霸王挑战；必要时甚至敢蔑视白

1 法国古长度单位，一法尺合 325 毫米。

尾海鸥和南美大兀鹰;这些巨大而笨重的猛禽飞起来摇摇晃晃,十分艰难,而就在这时,它早就轻轻地飞出去十法里之遥了。

当我们在热带那瓦蓝瓦蓝的天空,那不可思议的高度上、肉眼几乎看不到的地方,瞥见一只黑鸟豪迈地飘过来,雄志倜傥,任意翱翔,简直令人羡煞。略微低点的地方,还有一只雪白的鹲鸟悠然自得地在空中盘旋,打着转儿。

然而,逼近审视,却叫我大吃一惊:这飞禽王国的佼佼者竟没有因自由生活养成一副宁静的外表。它的眼睛那样严酷、暴戾、闪烁、焦躁不安。它那痛苦万分的神态仿佛一个不幸的海岸哨兵似的,时刻监视着无边的大海。它不能不这样,要不会被杀死。这鸟儿显然正努力向远方瞭望。若是目力不济,它的黑脸也就黯然失色;大自然会惩罚它,让它死去。

逼近了注意看它,这才看出它简直就没有脚。至少是脚很短,蹼足,不能行走,栖息时蹲着。它有巨大的喙,却没有真正海鹰的利爪。它算不上鹰,但它的胆量和飞翔能力确实比鹰还高,只是它力气不大,它没有不可战胜的攫夺力量。它冲击并杀死对方;可是它能抓得住吗?

因此它的生活完全是不稳定的,只好靠侥幸,进行私掠船的、海盗式的生活,不像个正经航海者经营的生活。从它的脸上明显地总可以看出这个老问题来:“我的晚饭怎么办?……今晚我将拿什么喂我的幼雏呢?”

它那颀长而壮丽的双翼一触及地面却成了一份危难,一件麻烦事儿。为了飞上天空,它需要大风或是一处高丘,一个岬头,一块岩石。倘若它栖伏在它经常歇息的平坦的沙滩、洲渚或低凹的暗礁上面,突然为人发现,这时的它是毫无防卫能力的;尽管它发出威胁、企图袭击也是徒然，它只有束手待毙，被乱棒打死。

但当它翩然奋翼，飞临海国，那宽阔映丽的翅膀却不适宜于低低地掠过水面。若是沾水浸湿了，它的躯体就会沉重下坠。这一下子可是大难临头！它成了大鱼口中的美味，成了它原来想吞食的低级水族的食物：猎物吃了猎人，抓人的反而给抓住了。

那怎么办呢？它的食物在水里啊。它必须接近水，再从那儿折回，必须不停地轻轻掠过这威胁它、妄图吞没它的可憎而丰富的海。

这个带翼的生物在眼力、飞行能力、胆力方面比其他鸟类都优越，但是它过的只是一种颤抖而脆弱的生活。倘若它没有本事为自己创造一个食物供应者，那么它只有去骗取食物。它的办法，嘿，多卑鄙，就是袭击一种肥大而胆怯的鸟——鲣鸟，这可是个捕鱼能手呢。军舰鸟躯体不大，盯在鲣鸟后头拼死追逐，用嘴啄它的脖子，逼它把食物吐出来。这一切都在空中进行：鱼掉下去，还没落地，军舰鸟就猛地闪过去，在半空中一口攫住。

如果这个办法不行，它甚至敢袭击人。一位旅行者说："航行到阿尚雄[1]的时候，我们遭到了军舰鸟的袭击。有一只竟想从我手里夺走一条鱼。它的伙伴纷纷飞集在煮肉的大锅上方争抢锅里的肉，对围在锅旁的那些水手毫不在意。"

比尔[2]曾经看见过许多老病伤残的军舰鸟歇在礁石上，这礁石好像是这些伤残者养息的地方，它们从鲣鸟幼雏的食物中掠走一部分，以供享用；鲣鸟仿佛是它们的专司膳饮的臣仆。不过，当军舰鸟年富力强的时候，它们是很少沾地的，它们像流云一样生活，巨大的翅膀经常翱翔于海天之间，等待好运；它们用严肃的凝视刺破那无边无际

---

1 阿尚雄是西非洲的一个小岛。

2 比尔是18世纪时的英国航海家。

的苍穹和碧海。

第一流的羽族是永不栖息的飞鸟。第一流的航海家是永不停泊的海员。陆地、大海，对它几乎都是禁地。你这永远无定的流亡者啊。

我们什么也不必羡慕。这尘世间没有任何生灵是真正自由的，没有任何天地是足够广阔的，没有任何飞翔是足够伟大的，什么翅膀都不行。最强的羽翼就意味着奴役。心灵所期待、祈求、希望的应该是另外一些：

超越于生命之上的双翼！

超越过死亡之外的双翼！

灯　塔

谁能说得出这些灯塔曾搭救过多少水手、多少船只？在可怕的茫茫黑夜里，连最勇敢的人都感到心旌摇摇，纷乱无主，然而灯塔射出的光芒不仅指出了航路，而且使人鼓起勇气，精神倍增。它是你巨大的精神支柱，在极度危难中我们心中响起："挺住！再努一把力吧！……哪怕狂风大海都跟你作对，可你并不孤单；整个人类都在支持你。"

古代，当人们沿着海岸航行的时候，总是不断地朝着岸边张望，他们比我们更需要灯光照耀。据说从前伊特鲁里亚人[1]已经开始在神圣的石堆上燃起大火，彻夜不熄。那时的灯塔是一座祭坛，一所庙宇，继而是一个巨大圆柱，最后才建成了塔楼。克尔特人[2]曾建造过灯塔；许多巨大无比的石桌坟至今犹在，它们都安置在最适当的地点，水手们老远就能望见火光。罗马帝国在每个海岬都点亮灯火，灯火照亮了整个地中海。

只是，对北方海盗的无限恐惧以及黑暗的中世纪生活的惶惶不安，使这些灯光都熄灭了。人们不愿让灯光为敌人提供登陆之便。大海成了可怕的东西。所有的船只都是仇敌，一旦搁浅，却又成了战利品。抢掠遇难船只倒成了封建领主的一笔收入：这就是所谓的高

1 伊特鲁里亚人是古代居住在意大利的一个民族。

2 克尔特人是高卢的一个民族。

贵的“难船权”。大家都知道那位赫赫有名的雷翁[1]伯爵就是靠暗礁发财的，他说过：“这石头，比人人赞美的王冠上的宝石都珍贵。”

如今，渔民们在岸边燃起的火堆，从海上眺望却往往于无意间造成灾难。甚至灯塔本身，由于人们不易辨认也会招来横祸，把某处灯塔误认作邻近的另一处灯塔有时竟会铸成大错。法国在经历了几次大战之后，首先创造出了新的照明技术，并实际应用于拯救人的生命。人们沿着海岸设置了弗雷斯奈尔[2]灯（一盏灯抵得上四千盏灯的亮度，十二海里之内都能看见），灯塔发出的光形成了万道明霞交相辉映的亮灼灼的彩带。黑夜这才从我们的海面消失了。

对于那些习惯于根据星辰导航的海员，这灯塔仿佛大海上落下一天星斗。它同时“创造”了行星、恒星和卫星，这些人造的星星，它们的亮光和特征跟天上的星辰完全不同。色彩的闪烁、时间的长短和强度变化万千。通常在平静的夜晚，它总是发出宁谧的灯光；但是，在另一些情况下，它那摇曳、旋转的光芒，像大火一样照亮了整个天边，宛如无数怪兽在海面喧闹，跳跃，时而烈焰涌起，时而黯淡无光，时而喷薄迸射，终至熄灭。每逢阴沉的暴风雨之夜，灯光动荡，上下翻腾，灯塔好像也参与了这场海洋的“痉挛”，毫无惧色地放射出光芒，与天空中的闪电遥相呼应。

你要知道这个时期（1826 年），甚至 1830 年，仍一如往昔，整个海洋都还处于黑暗之中。欧洲的灯塔寥寥可数。非洲除了好望角就没有别的灯塔。亚洲也只是在孟买、加尔各答和马德拉斯才有。在辽阔无垠的南美洲连一座也没有。但从此以后，各国都效仿法国建造起灯塔来了。渐渐地，海面上呈现出一片灿烂灯光。

---

1 雷翁是法国布列塔尼西北部的一个海岬。

2 弗雷斯奈尔是 19 世纪法国物理学家、发明家。

现在，我想跟你们在夜间做一次环海航行，从敦刻尔克到比亚里茨，把我们伟大的灯塔巡视一遍。这大概会是一次漫长的旅程吧。

加莱有四座灯塔向英国放射出不同颜色的光（从多弗尔便可望见），向途经英国的人热情地亲切致意问候。塞纳河口那美丽的海湾，从埃韦到巴芙勒尔，处处燃亮起友好的灯塔，把从阿弗尔港驶来的美国船只直接迎入法国内地。

灯塔伸向海洋去迎接艨艟巨舶，温情脉脉地照耀着布列塔尼的每一个岬角。无论在布莱斯特的前沿，还是在圣马修、邦马克和桑斯岛，到处灯火辉煌——闪光或亮几分钟或亮几秒钟，各个不同——它们仿佛在对航海者呼叫："当心啊！注意这座峻岩……别触着那块暗礁……绕过这边吧……好！现在你终于安全进了港。"

1859年10月的一次风暴[1]

我每次从圣乔治到洛华杨去，总要在这只有几个小时的短途旅行中无遮无蔽地遇上暴风雨。我才爬上圣乔治的葡萄地和海岬的荒原，暴风雨就铺天盖地地向我压来，当我沿着洛华杨那宽阔的半圆形沙滩行走时就越发厉害了。这块荒原，即使在十月里，仍然是一片野花芬芳，我仿佛觉得这时的香气比任何时候更加浓郁，沁人心脾。在依旧平静的海滩上，风吹拂着我的脸庞，又温暖又柔和，而且大海似乎也不乏温柔情态，尽用它那值得怀疑的抚摩，时时漫起，轻舐我的双脚。我可没有上它这个当，我觉察到这其中似乎正酝酿着一些什么。

在连着几个非常晴朗的夜晚之后，作为前奏，这一夜刮起了猛烈得可怕的大风。接下去又来了好多次，特别是二十六号这一天。这天夜里，我心里老是揣想着巨大的灾难即将降临。我们的水手都已出海。在这些秋分时节长时间的嬗变中，人们起初还有所期待；后来，这情况延长下去，终于唤醒了责任心和职业感；人们走到外面，冒着千难万险，大干起来。这给了我十分强烈的印象。我心里想："准是有人罹难了。"

尽管天气恶劣，还是有一条领港的小艇驶过去，从危险的航道中搭救那艘船。我瞥见一个遇难者突然被抛向空中，而小船本身也几乎立即沉没，大家都束手无策。这不幸的水手丢下了三个孩子和一

1 米什莱亲眼看见了1859年10月的这次巨大风暴；当时他住在圣乔治村，靠吉隆特河入海处很近。

个大着肚子的女人。尤其令人伤心的是这个杰出的小伙子，基于一种崇高的爱心（水手们都不乏这样的爱心），刚刚才娶了一个失去劳动力的穷苦女孩（她因为意外事故而失去了指骨），她是个残疾人，又怀了孕，而今又成了寡妇，这境地多么悲惨。

有人募捐，于是我到洛华杨去送上我的一份小小的捐款。在那儿我遇到一位领港员，他带着极大的痛苦跟我谈起这件事："我们的职业就是如此，先生；特别是海上天气恶劣的时候，我们更要出海。"海上警务处的官员手上拿着一本活着的和死去了的海员登记册，他比谁都了解这些家庭的命运，他的神情看上去既忧郁又焦灼不安。人们深深感觉到这才是个开始。

我在沙滩上继续向前走去，在这一相当漫长的行程中，我有暇可以对渐渐向着四边展开到八至十法里大小的云层进行观察研究。我的左边，是圣东热[1]，我阴郁而消沉地沿着它的边缘走去。右边，是梅多克[2]，河流把我跟这个地区隔开，这里沉浸在一片昏暗的静谧之中。在我后头，从西侧大西洋那边，升起一大片乌云。我面前，一阵阵席卷大地的罡风，正朝波尔多猛吹。这风沿着吉隆特河顺势而下，简直像准备在这浩浩荡荡的河上掀动巨大的波涛抵挡住洋面涌起的苍凉屏障。

我仍然处于犹豫之中，凝神望望身后，又向科尔端[3]那边远眺过去。我仿佛觉得它屹立在礁石上，周身笼罩在一种神奇的灰蒙蒙的色泽之中，高耸的灯塔好像一个幽灵似的在不断号叫："灾难啊！灾难啊！"

---

1 吉隆特河北面、下夏朗德省的南部地区。

2 吉隆特河南部，这里盛产葡萄。

3 科尔端是吉隆特河出海处的一个小岛，上有灯塔，建于亨利四世时。

我估计了一下整个情况。我看得清楚，地上的罡风不仅即将衰竭，而且肯定会成为敌对方面的助手。罡风极其低下地贴着吉隆特河河面掠过，冲破又扫荡了一切下方的障碍物，替大洋方向飘来的阴云铲平了道路。这风，就像一根滑溜溜的轨道似的，那些飞升的云团在它上面更加迅疾地游动起来。一会儿工夫，从地上来的一切都完结了，什么风都停止了，一切都已在蒙蒙灰色中熄灭；无牵无碍，高天的巨风支配了整个大地。

当我到达圣乔治附近的瓦利埃葡萄地时，许多人都在地里，匆忙地赶着完成应做的农活，他们大概想到要很长时间不能劳作了吧。头一阵骤雨落下来了，一时人们只好纷纷跑向屋里躲避。

我曾经历过多次大雷雨的袭击，也读过上千种关于暴风雨的描述，于是我沉住气静待一切。然而什么也无法使我预见到这次风暴的结局，暴风雨持续的时间很长，异常猛烈，自始至终，毫无缓和迹象。若是或多或少地稍微停歇片刻，或者更加强烈，哪怕有一丁点儿变化，人们的心灵和感官也会从其中得到某种缓和与喘息，而且也确实需要略略有些改变。但是这里，连续不断地五天五夜，无增无减，完全是同样的狂风暴雨，在恐怖中毫无变化。没有一声雷响，只有一个巨大的灰色帷幕笼罩住整个天宇；人们感觉好像给包裹在一大块悲怆的尘埃织成的尸布中间，没一丝亮光，到处都是郁怒得令人绝望的像铅、像石膏似的大海。海只有一种音调。一个巨大的水壶沸腾时的呼啸。任何恐怖的诗篇也不像这份散文这样激动。永远，永远是同样的吼声：呜！呜！呜！或是：吁！吁！吁！

我们住在海滩上。此时我们已经不是这一场面的旁观者了；我们都被卷了进去。一眨眼海水已经漫到我们面前二十步。海每敲打一下，我们的房屋就不停地震颤。窗户受到了（幸亏还略略偏过一边）饱含激流（不，这是洪水，洋面也掀起了倾盆大雨）的西南风的袭击。从第一天开始，就必须急急忙忙（当然也不是毫无困难）关上窗板；如果要想像白天那样明亮，还得点上蜡烛。在目光可以远瞩田野的房间里，嘈杂，震荡，非常明显。我坚持工作，好奇地看着这种专横、粗犷的力量是否能成功地压制、束缚住一个自由的灵魂。我在思想上力持镇静，控制住自己。我一边写作一边小心翼翼地注意着。不过时间一长，疲倦和缺少睡眠大大地损害了我身上的潜在力量——这个作家的最精妙的东西，我想，这就是某种节奏感吧。文思不畅。在我的思维中，这根弦已经断了。

凄厉的嚎叫毫无变化，稀奇古怪的声音跟着烈风向我们猛扑过来。我们这所房屋正挡住风，成了大风以千万种姿态攻击的目标。有时，突然猛地一击，轰在门上；不住地摇撼，就像一只强劲的大手在撕裂窗板；壁炉里传出几声尖锐的号叫，因为无法进入而迸发出哀叹，因为我们闭门不纳而发出恫吓，终于它愤怒已极仿佛发下狠心要把屋瓦整个连根掀翻似的。这一切喧嚣都被巨大的“呜、呜”声掩盖下去。这场风暴的范围多么广阔，强悍，可怕！我们感觉风还在其次，主要它挟着瓢泼大雨侵入，横冲直闯。我们的房屋（我真想说我们这只大船）漏水了。阁楼打穿了，豪雨倾盆下注。

现在事情更严重了！疯狂的暴风雨使出了绝望的气力，把窗户上的枢承从护窗板上拔掉了，这样一来，窗子虽然关着，但是它颤抖，摇摆，晃动不停。一定要把它弄结实，把枢承牢牢地用铁铰链联结在撑持得住的护窗上，要这样做，只有冒险打开窗子。尽管外面还有窗板挡着，我打开窗子的时候，只觉得自己就像置身于一阵旋风中间，几乎要给有如可怕的大炮轰鸣般的巨响震聋了，隆隆的炮声不断地在耳畔轰鸣。我从缝隙中瞥见了一种不可估计的力量，那是波涛自身交错地在冲击，迸裂，溅落。下面的狂风掀起了浪花，沉重的庞然大物就像羽毛似的，漂向原野。若是我们的护窗板脱落了，窗子倒塌了，风挟着巨大波涛冲进了我们的家，强劲的龙卷风把我们冲进了恐怖搅动的旷野，那将会是什么情景呢？……

我们竟然在陆地上碰上了海险，这真是一次奇异的遭遇。我们的房屋那非常突出的屋顶全部要被掀掉，要不也许就是整个一层楼。村子里的人对我们说，他们焦虑着，每天夜里都是这样悬着心。人们劝我们离开，但我们估计这次时间如此漫长的雷雨终归要结束的，于是总是回答这句话："明天吧。"

从陆地传来的尽是船只失事的消息。十月三十日，离我们不远的地方，一条载着三十多人从南方海域开来的船在这条航道沉没了。它在避开了岩石、暗礁之后，行驶到一处细沙平铺的小海滩。这儿是妇女们常来进行海水浴的地带。就在这温柔的沙滩上，那船被旋风高高擎起，又重重地跌落下来，就这样摔倒、松散、迸裂开来。船身躺在那儿，像一具僵尸。船上的人怎么样了呢？一点痕迹也找不到。人们揣想兴许一切都早已从甲板上一扫而光了。

这个悲剧性的事件使人猜想到由此而产生的许多别的事情，全是灾难。但是海似乎还觉得意犹未尽。大家都已精疲力尽，海呢，还没有。我看见领水员冒着危险在西南方那个笼罩住他们的云层后面，在仔细观察，摇着头。他们真是幸运，这时候没有任何船只敢进港，要求他们支援。要不，他们肯定会在那儿，准备献出自己的生命。

我自己也毫不厌烦地凝视着眼前这片大海，满怀憎恨地盯着它。既然自身并未处于真正的危险之中，我更多地对此抱有一种厌烦、失望之感。海是丑陋的，一副令人憎恶的模样。什么也无法唤起诗人的那些虚幻的美丽画面。只是，这真是个奇怪的对比，我越是自己感到黯然，海那样子好像越是生气勃勃。这些被如此狂怒的动作掀起的浪头简直生气盎然，仿佛一个奇异的灵魂。在普遍的愤怒中，每个心灵都有着它自己的愤怒。在总的一致中（这是真实的事情，虽然是矛盾的），有着一种恶魔似的“万头攒动”的感觉。难道是我的眼睛和我本人过于疲惫，弄错了吗？抑或是它本来就是这样？它们给予我一种可怕的“众生”相，让我感觉它们绝不是人，而是一群唁唁狂吠的野狗，千万、万万只疯狗……可是我该说什么呢？狗吗？是一群猛犬吗？那倒不是。这是一堆叫人憎恨、无以名之的幻影，一群无眼无耳、满嘴白沫的野兽。

“妖怪，你们想干什么？莫非你醉心于我从各处海岸听到的这些海上的灾难？你要什么呢？——你要的是你的死和整个人类的死亡，毁灭大地，回复到一片混沌中去吗？”

海中勇士——甲壳动物

甲壳动物唯一最可怕的敌人是风暴和岩石。它们很少浮游于涨潮之际，也绝不潜藏于深深的海底。它们几乎都生活在岸边，可以伺机捕食。时常，当它们在等待牡蛎微微张开、好当美餐的时候，海水蓦然来潮，高高涌起，把它们攫住，卷走。它们的外壳坚硬，毫无弹性，这往往使它们难逃死亡之灾，因为外壳一旦受到外物剧烈撞击，就会给撞得粉碎。它们的尖棱常被岩石撞破，迸裂，成为碎片，落得个肢体伤残。幸好，就像海胆一样，它们自身能够修补，用后备的肢体补好损坏的肢体。既然能自行愈合，它们对此也满不在乎，有时竟不惜自己弄断肢体以摆脱险境。

大自然似乎对这样一些有用的仆役特别眷恋。她赋予甲壳动物以无限大的食量。在全世界所有的沙滩上，到处都有它们，跟大海一样纷繁多样。自然界最凶狠贪婪的海鸥总是跟甲壳动物共同担负着打扫卫生的伟大职责。只要有一个庞大的动物在滩头上搁浅，霎时间，鸟群聚集在上面，而螃蟹则钻在底下，在里面大干特干，一会儿就吃个精光，无影无踪。有一种极其微小、善于跳跃的小蟹（人们会把它当作昆虫，它的样子很像沙蚤）布满了整个沙滩，就住在那下面。若是一次海难扔下了大批水母或是别的动物尸体，你瞧沙土立即起伏波动、泛滥起来，不到一会儿就黑压压地盖上无数这类咀嚼死尸的舞蹈家，万头攒动，轻轻跳跃，欢天喜地地霸住沙滩；它们在两次潮汐之间努力清扫着一切。

那些海蟹或黄道蟹，身材粗大，狡狯异常，真是骁勇善战的水族。它们生性好斗，甚至懂得利用切切嚓嚓的嘈杂声去吓唬敌人。它们摆出一副威胁的姿态投入战斗，高高举起双钳，螯爪格磔格磔地发出响声。每逢遇上强大的对手，它们也会审慎地保持这种姿势。在退潮的时刻，我待在一块山岩高处观察它们。但是，虽然我待的地方相当高，它们还是觉察到了，一旦它们感到被注视了，就马上鸣金收兵，全部战士横冲直闯，各自回到自己的哨所里去。它们并非阿喀琉斯型的勇士，而是一群汉尼拔式的英雄[1]。只有它们自觉强大的时候，它们才进攻。凡是动物，不管死活，它们照吃不误。负伤的人对什么都是害怕的。有人告诉我在一个荒凉的小岛上它们就吃掉过许许多多像德拉克[2]那样的著名水手，水手们遭到猛烈攻击，最后被这麇集蠢动的军团压垮了。

1 阿喀琉斯是希腊神话中的英雄，汉尼拔是古代迦太基名将。前者以骁勇著称，后者却更为善谋。

2 德拉克（Drake），16 世纪时著名的英国航海家。

水　母

我在风光旖旎的耶尔小城[1]度过了1858年的头几个月，在这儿可以眺望大海、岛屿和沿岸布满浓荫的半岛。从这个距离去观赏海洋，海洋似乎比从岸边看过去更具有吸引力。不管人们是沿着花园之间茉莉花和香桃木的绿篱前往，还是略略爬上去一点，穿过油橄榄和夹杂着月桂树和松树的林子通向那里的小径，都很引人入胜。这树林无论如何还留下了某些空隙足以观赏海景，怪不得人们把这儿叫作美丽的海岸呢。

在相当粗糙的岩石之间，海水留下的环礁湖仍然遗留下一些行动缓慢得无法跟上海洋的小动物。有些贝壳完全收缩在自己身体里面，苦于干涸。还有些动物，没有硬壳，无遮无盖，整个被打开了，一片片活生生的伞膜横陈沙间，人们叫它"美杜莎"，很难听。为什么给这么一种迷人的生物取了个这么可怕的名字呢？[2]以前我从来没有把注意力投射到这种海滨常见的死难者身上。这是一种很小的动物，只有手那么大，但却异常娇嫩，具有轻柔的色调。它遍体呈蛋白色，那温馨的紫丁香色的花冠已经像云彩一样消散了，丁香色泽的、长着无数触须的冠冕在上面漂动，纤细的伞膜（这是它的胴体）在底下，接触到岩石。它受伤了，这可怜的胴体皱缩在一边，部分散裂开来的

1 耶尔是法国南方瓦尔省傍地中海的一个小城。

2 法语中 méduse 是"水母"的意思，同时也指希腊神话里的美杜莎，她得罪了女神雅典娜以致被变得面貌奇丑，谁只要看她一眼就立即变成石头。

细微的须子，那是它呼吸、吞食以至做爱的器官。这些都乱七八糟地直接曝晒在外省火辣辣的太阳光下面，霎时间疯狂的旱风猛烈吹过，它才开始醒来。它透明胴体上的那两道线清晰可见。

它所在的那个环礁湖已经干涸，但邻近的其他环礁湖却都仍然春水盈盈，与大海连通。只要迈过一步就能得救。但是它只能用它起伏的触须蠕动，这一步就是迈不过去。在这样耀眼的骄阳照射下，肯定它马上就要溶解，耗尽，消失了。

没有什么比这些海的女儿生命更加短暂、更加瞬息即逝的了。它最富流动性，好像蔚蓝色的轻纱飘带一样，因此人们叫它“美神的腰带”；只要一离开水，就立刻消失得无影无踪。

它究竟是已经死了，还是正濒于死亡呢？我不那么轻易地相信它已死去，我确信它还活着。碰碰运气吧，把它从这儿挪开，扔到邻近的环礁湖里去也不费什么力气。讲句心里话，接触到它真叫我感到有点恶心。这美妙的东西，带着它看得出的纯洁无邪和色泽柔和的虹晕，仿佛一团轻轻颤动着的果冻，正在滑行，溜走。我才不理会呢。我轻轻从下面伸过手去，仔细地把它那静止不动的胴体托起来，于是它所有的触须又重新垂下，返回到它漂浮时的自然状态。就这样我把它放进紧邻的湖水中间。它沉下去了，没有一点生气。

我在岸边漫步。可是十分钟之后，我又看到了我的水母。它正在下风处随波起伏。真的，它蠕动着，随后又漂浮起来。带着一种独特的优雅的风姿，它那在身子下面摇曳的触须不断游动，悄悄地离开了岩石。它的动作并不迅疾，但总是不停地移动，一会儿我看见它已经渐渐漂远了。

它也许过不多久还会翻倒。用这样贫弱的器官、这样危险的方式航行是根本不可能的。它们很害怕岸边，因为近岸的地方有许多坚硬的东西会碰伤它们，不如在宽阔的洋面上，风时时吹得它们不住地旋转。这时它们的鳍须在上面，随波逐流，上下漂荡。它们被鱼类吞食，许多鸟儿也常常捕捉它们来取乐。

我在吉隆特河岸边度过的一整个季节里，常常看见为了清理航道，它们被成千上万地抛到海岸沙滩上，可怜巴巴地全给晒得风干。它们初到时又大又白，娇丽异常，仿佛饰有无数烛台的水晶分枝吊灯，闪烁的光芒里迸射出万点繁星。啊！才过了两天就变得多么不同！幸亏沙土下陷，把它们全淹没了。

它们是一切动物的食物，而它们自己吃的只是一些组织不完全的生命，海洋中微小的浮游动物。它们既无牙齿，又无武器，只有一种本领，那就是使猎物麻木，昏醉，不让被它们攫住的猎物感到痛苦就被吸食掉。不过，要是有什么动物攻击它们，有些水母身上能分泌出一种液汁，像荨麻那样有点蜇人。

鱼　镖

尽管装备简陋，武器窳劣，大海在他脚下咆哮，然而在黑夜里，在冰雪里，正是他敢独自跟那个庞然大物对阵。

他以自己的力量和勇气自豪，以他的臂力，以鱼镖的雷霆万钧之势自豪。他确信那猛烈的一击能够穿透大鲸的粗皮、脂肪的坚壁，刺进它厚厚的肉层。

他相信当受伤的鲸愤怒地苏醒过来，在蓦地狂跃和尾巴的拍打所掀起的风暴中，他绝不会随着它沉没下去。好大的胆子！他在鱼镖上加一根钢索以追踪猎物，跟这种可怕的震动对抗；他完全不顾这惊恐万状的野兽可能突然下沉，一个猛子扎进海洋深处。

还有另外一种危险，这就是盯住的不是一般的鲸，而是其他鲸的大敌，海洋中最可怕的动物，抹香鲸。它个头不算大，几乎不足六十或八十法尺。头（只有它如此）就占了体长三分之一，长达二十至二十五法尺。这可真是海上捕猎者的灾难呢！渔人自己倒变成了鱼，成了这庞然大物的猎物。这家伙生着四十八颗巨齿和可怕的牙床骨，连船带人什么都吃，它嗜血如命。它那盲目的狂怒使所有的鲸类都害怕。它狂吼着拼命逃走，甚至在岸边搁浅，埋没在淤泥沙丘之间。即使它已经死了，其他鲸还是惧怕，不敢靠近它的尸身。冰岛人非常害怕抹香鲸，在海上连它们的名字都不敢提，生怕它们闻声而至。渔夫们认为，另外有一种叫座头鲸的鲸喜欢而且还保护人类，会向这种庞然大物挑战，搭救他们。

许多人都说第一批遇上一场如此惊心动魄的冒险的人需要某种狂热、怪僻而头脑冲动的气质。按照他们的想法，这也并非聪明的北欧人的创举，而是由我们巴斯克的那些鲁莽英雄们开始的。这是一群强健的步行者，攀登悬崖绝壁的猎手，穷追不舍的渔夫，他们的小船驰骋于变幻莫测的海洋、加斯科涅的海湾[1]或急湍之中。他们在海上追捕金枪鱼。一看到鲸群嬉游，马上就跟踪追击，宛若在沼泽地、涧谷和最险峻的深山里追赶岩羚羊一样。这个硕大无朋的猎物因为个头肥壮大大地引诱了人们，他们无论好运或死亡，都拼命捕猎，不管去到什么地方，哪怕它把他们带到天涯海角。他们毫不在乎，就这样可以一直追到北极地带。

在极海上，那些可怜的巨灵，总以为这下子总算摆脱了危险，根本没想到人们会如此疯狂。它们静静地酣睡着，而我们那些大胆鲁莽的勇士屏声匿息，正悄悄地在接近它们呢。

小船裹着最强壮、最矫健的红色腰带，像箭一般地冲出去，在那宽阔无际的巨大背脊上，毫不犹豫，“呼”的一声，把鱼镖扎了进去。

1 即法国与西班牙之间的比斯开湾。

麦哲伦[1]

没有什么人的一生比麦哲伦更加奇特的了。他的整个一生就是一场战斗。他经历了远洋航行、逃亡和诉讼、海上失事、未遂的暗杀，最后死在一座蛮荒的小岛上。他曾远征过非洲、印度，并在马来亚结了婚。勇敢、凶猛，他就是这样的人。

他长期居住在亚洲，攻读必需的文化知识，准备远征，他企图经过美洲到达盛产香料的马鲁古群岛[2]，在原产地获得香料。从印度西部购得这些货物拿得稳可以卖到从来不曾有过的好价钱。所谓事业，从原来的意义上来说，就是指商业。确实，寻找低价的胡椒是他那次世界上最伟大的旅行的主要动机。

当时葡萄牙的宫廷完全笼罩在阴谋诡计之中。麦哲伦受到压制，于是他到西班牙去，国王查理五世[3]恢宏大度，给了他五艘大船，但是根本就不信任这个从葡萄牙投奔过来的人，于是在船上给他安插了一伙卡斯蒂利亚[4]人。麦哲伦出发了，他面临着两个方面的危险：一是这伙卡斯蒂利亚人的敌意，还有就是葡萄牙人的报复。当时葡萄牙人正在到处搜捕他，企图把他杀死。果然，不久船上发生了叛变。他浑身是胆，粗犷豪迈，真是个不可征服的汉子。他终于战胜了那伙

---

1 米什莱此篇叙述了人是如何征服海洋的。他描写了16世纪的伟大发现，坚毅的葡萄牙探险家麦哲伦第一个进行了环球航行。

2 马鲁古群岛今属印度尼西亚，盛产香料。

3 查理五世（1500—1558），当时德意志和西班牙的国王。

4 卡斯蒂利亚在西班牙中部地区。

人，把他们一个个戴上镣铐，自己成了唯一的首领。他把那些最顽固的家伙刺杀，勒毙，甚至活剥。经过这场斗争，船出了事，沉没了。没有人肯跟随他扬帆续航。这时他们看到了美洲岬头的可怕景象，令人绝望的火地岛以及阴森森的前进角。猛烈的地壳激变、近千座火山的疯狂震动使得这一地区脱离了大陆，就像发生过一场花岗岩的暴烈风暴似的。这里，整个大地因为突然膨胀、冷却而皱裂，显得面目狰狞。到处是乱石嶙峋，仿佛怪诞的钟楼，丑陋黢黑的乳房，突兀剞劂的利齿，还有那大堆大堆的火山熔岩，玄武岩，焚烧的灰烬，在这一切上面都蒙着一层凄清的皑皑白雪。

水手们精疲力竭，不肯向前。然而麦哲伦说："不，还要更远些！"他寻觅，转折，甩开了百十个岛屿，进入无边无际的海洋，那一天水面太平无浪，于是，"太平"就成了后来这个大洋的名字。

他死于菲律宾。四艘船都沉没了，只剩下一艘叫"胜利号"的船。最后，船上只有十三个人，不过其中有着一位伟大的领航人，他就是大胆、坚强的巴斯克人塞巴斯蒂安，他是这次环球航行（1521 年）的唯一生还者。

没有比这更伟大的了。这次航行确切证明了地球是圆的。他勇往直前航行过的这个巨浸一片汪洋地弥漫在这个球体表面，这一奇观于此得到了证明。太平洋这个浩瀚而神秘的实验场终于为人类所认识，在这远离我们视线的地方，大自然在深沉地创造生命，给我们精心制作出新的世界，新的大洲。

具有伟大意义的发现，不仅在物质上，而且在精神上千百倍地增加了人类的勇气，从而使人们投入了在科学的自由海洋上的另一种旅行，大胆地努力在无限中漫游，探索。

雪原探险者

天下最吸引人的就是努力但没有效果和几乎办不到的事了。在航海事业中人们曾经花费了巨大精力、坚忍不拔地去寻找北美通道，意欲打通欧亚直达路线。只凭最简单的常识也可能早就认识到：在这样的高寒纬度、这一片冰天雪地之中，即使这一通道确实存在，那也毫无用处，因为根本就没人愿从那里走。

请注意，这个区域可不像西伯利亚那一侧那么平坦，能使用雪橇滑行。这里断崖壁立，绵亘千里，山大得可怕，海面冻了又化，化了又冻，漫长的冰雪走廊乍开乍合，年年都在变化。这条通道刚刚被一个深入腹地的人找到，既然后退无路，只好拼命向前，最后竟给他闯出一条路来（1853 年）。[1] 现在我们终于知道了其中情况。这是人们冷静下来的遐想，对此我们今天谁也不会有什么兴致重返故道了。

倘若我说徒劳无效，我用这个词儿只不过是为人们确定目标，就是说必须开辟一条商业通路——但是，根据这一梦想，人们却找到了许多绝非荒诞不经的事物，它们对于科学，对于地理、气象、地磁研究很有用。

可是在那个时候，人们所找到的只是死亡、饥饿和冰墙。

这次的失败并不特殊。在三个世纪中探险家们以其惊人的顽强信念，奋力开拓，为此而献出生命者不计其数。卡波是第一个，只是

1 1853 年，英国航海家马克吕尔在航行中被冰封住，他坚定地乘上雪橇，终于在冰天雪地中闯出通道。

因为他所率领的那个小分队群起反对他，不让他走得更远，才侥幸免于死亡。巴伦支死于严寒，威洛拜死于饥饿。科特雷尔失去了生命和财产。哈得孙被部下扔进了小艇，没有食物，没有篷帆，最后竟弄得个不知下落。白令在找到了隔开美洲和亚洲的海峡之后，因为过分疲惫寒冷，食物匮乏，而死在一座荒岛上。今天呢，富兰克林葬身冰天雪地之中，人们再找到他的时候早已僵硬。他跟他的一伙人在探险中山穷水尽，食粮尽绝，甚至演变到同类相残、人吃人的地步。

极北航行一开始就碰上了一切令人沮丧的事物。还没有到达北极圈以前，凄凄冷冷的浓雾笼罩在海面上，叫你等得心急如焚，给你全身蒙上了一层白霜。老粗的绳索变得直绷绷的；船上帆片木然不动；甲板上的薄冰直打滑，驾驶也极其困难。人们最害怕的活动暗礁变得难以分辨。桅杆顶上，在那堆满雾凇的小间里，夜里值班的水手（像一些真正的活钟乳石）发出信号，指明新的敌手正在逐渐逼近，这是一个庞大无比的白色幽灵，仅仅浮在水面上的部分就有两三百法尺高。

这悲怆的行列表明了冰雪世界的来临，预示着为了遏止它的袭击必然将有一场战斗。这陌生的极地简直令人不可思议，它有某种崇高的恐怖和英雄苦难的魅力。那些试图做这项旅行的人曾经到达北极，看到过斯匹次卑尔根群岛[1]，这给他们留下了深刻的印象。这许多峰尖、峻岭、悬崖陡壁，高达四千五百法尺的水晶体，像幻影似的浮现在朦胧的海面上。在光泽稍逊的雪原上，那冰川折射出多么强烈的光啊，碧绿的、靛蓝的、鲜红鲜红的，形形色色，闪烁生辉，宛如一顶珠围翠绕、七彩璎珞的皇冠。

---

1 此群岛在挪威北部，其地多山。

一年有好几个月，夜空中北极的晨曦不时地迸射出一种阴森森的灯彩似的奇异霞光。辽阔而怕人的大火布满在整个地平线上，壮丽无比的光焰喷薄而出；好一座绝妙的埃特纳火山[1]，永恒的冬季的景色上喷溅出如此迷人的熔岩。

在冰雪微粒的气氛中，一切都成了多棱晶体，这里的空气只不过是含有明亮的镜片和一些细小的水晶颗粒，因此才产生了这么多惊人的幻境。

这真是幻觉的世界。若是你喜欢梦想，若是你满怀痴情，你喜欢追随这多变的即兴创作和云霞的游戏，请到北极去吧，这一切将会如实地再度降临，在活动的一系列巨大冰块的行列中，瞬息即逝。在行程中它们给予了你这一景象。冰山滑稽突兀地模拟着古往今来所有的建筑格局。这儿是希腊古典款式，有屋顶和无数林立的巨柱。那儿是埃及方尖碑，瞧它那个尖顶由极度倾斜的中柱支撑着，戟指天空。一会儿大山来了，佩利翁山叠到奥萨山上，这巨人[2]的城市，方正，对称，有着那么许多巨石砌起的高墙、石桌和德鲁伊教[3]祭司的石棚。下面深深陷入于阴暗无光的洞穴，这一切都已摇摇欲坠，在劲吹的寒风中晃荡，崩圮。人在这里一点也不快活，因为什么都不牢靠。

有时这里也会发生某种惊人的意外事件。蓦然从南方过来了一座有着厚厚的底座的庞然大物，通过这支庞大舰队，庄严而缓慢地从北方流泻而下，深深浸入海中六七百法尺，猛烈地被海底的暗流推过来。它驱散或掀翻了一切；碰碰撞撞，遭遇到一片冰原；但是它没有

1 埃特纳火山是意大利西西里的活火山，高 3 300 米。
2 佩利翁山和奥萨山是希腊神话传说中的神山，曾被一对巨人兄弟堆叠在一起当作天梯。
3 古德鲁伊教是英国古代凯尔特文化中的宗教。

给堵住。才一分钟，方圆多少海里的大浮冰群破裂，爆炸，就像几百尊大炮似的发出巨大的轰鸣，就像一场大地震。山从我们身边漂了过去，在它和我们之间的是破成碎片的无数大冰块。我们沉没了，而它急速地向东北方向漂去。

山

写于1869年，是米什莱最后一本博物志著作。这主要是他几次居住在瑞士时着手写的。1867年春天，他曾穿越过罗讷河谷和莱茵河谷，到达昂加蒂纳地区的印河源头。在本书中，阿尔卑斯山的描写占了大部分，另外，还写到比利牛斯山和亚平宁山。

《山》分为两部分。第一部分描写山的各种面貌：冰川、江河与湖泊、山口、温泉、山的隆起，以及北极的冰山、火山等。第二部分写山中的生物、草原、森林、阿尔卑斯山的各类植物以及山地居民。米什莱认为人们应当时常带孩子们到山地或海滨去，以锻炼坚强的性格和高尚的情操。

山的魅力和危险

山里人对于山的看法与我们不同。他们对山十分依恋，老是想返回到它的身边，但跟别人谈起来，却总把它称作“敝地”。白花花的、玻璃似的山泉急促地跳跃着汩汩涌出，人们称其为“野溪”。乌黑的杉树林，常年高挂在悬崖峭壁之间，一片和平肃穆之色。这正是他们拼搏、大显身手的地方。在一年最寒冷的季节里，田间劳作都已停辍，山里人就向森林进攻。战争持续的时间相当长，而且危机四伏。并不只是砍伐林木、把截成段的木头推下去了事，还得安排运输，必须把它们在中途取出，使它们在湍急的河床中不致乱蹦乱跳。战败者往往成为胜利者的克星，树木则是樵夫的灾难。森林里潜藏着孤儿寡妇的伤心史。对于妇女和全家来说，一种充满了悲哀的恐怖笼罩在这崇山峻岭之间，树林带着积雪，一道黑一道白地在远山那边阴郁地浮现出来。

从前，冰川是一种可厌的东西；人们往往对它侧目而视。萨伏瓦[1]人把勃朗峰[2]的冰川称作“魔山”。在瑞士德语区那些乡村的古代传说中总是诅咒冰川，说它简直是地狱。愿灾难降临在那些悭吝的妇女头上吧，她们对待自己年迈的父亲也硬心肠，严冬季节，也不给他烤火！于是上天惩罚她，使她不得不带着一条凶恶的黑狗，在冰天雪地里流浪，蹀躞，不能休息。在最残酷的冬夜，家家都在炉边向火，

1 萨伏瓦是法国东南部一个省份，境内横亘着阿尔卑斯山。

2 勃朗峰是欧洲阿尔卑斯山第一高峰。

人们看到在那高山上有个白色的女人，浑身颤抖着，在水晶般的峰尖上踉跄而行。

在这魔鬼的涧谷中，时时刻刻，容弗洛峰[1]顶的雪块不断崩裂，爆发出一阵阵响声，这是那些该诅咒的男爵、凶恶的骑士吧，他们大概每天夜里都在互相碰撞他们的铁额头吧。

斯堪的纳维亚的古代传说中那高大可怕的神道，怪诞地说明了人们对山的恐惧。那里的山宝藏丰富，由相貌丑陋的地精守护着，其中还有一个力大无穷的侏儒。有一位冷酷无情的女神坐镇在冰雪城堡的宝座上，她前额缀满钻石，向所有的英雄们挑战，她笑起来比冬天苦寒的容色还要凄厉。有些冒里冒失的小子轻率攀登上去，最后到达死亡之床，就像给捆绑着似的，留在那儿，跟水晶的妻子举行永恒的婚礼。

在所有令人心情激荡的角逐中最了不起的肯定要数猎岩羚羊了。在这件事里，危险正是其中的魅力；这是一场真正的山中狩猎，收获倒不仅仅是那些胆怯的野兽。人们个对个地跟它格斗，然后将它捕获，瞧它那瑟瑟发抖的害怕的样子。它拥有真实和幻想：坚冰、浓雾、山涧、裂罅、骗人的距离、虚构的前景、令人眩晕的无节制的巡逻。更何况人们热衷此道呢。这些人尽管谨慎，却非常容易激动。沉浸在狂喜中，没有什么比在悬崖边沿追逐野兽更叫人感到这种战栗的快乐的了，这小小的狡猾的有角动物逗引得热衷者十分开心。深深的涧谷在惊慌的眼神下面打起了转转儿，贪婪觅食的秃鹫在头上不住盘旋，这又别是一番乐趣！……去年，老的，曾蹦跳过一次，现在又该轮到小的了。它们之中有一个，刚刚跟它深深爱慕的雌性结

1 容弗洛峰是瑞士伯尔尼附近的阿尔卑斯山的一个山峰。

了婚，却没有少跟索绪尔[1]说上一句："先生，这没什么。就像我父亲死在这儿那样，我，也得死在这儿。"三个月后，它果然实现了自己的诺言。

冬天，当大家围炉取暖时，猎人（这个区域的权威人物）谈起他在这些冰川周围巡行时所看到的一切，他说得多么投入！倾听他叙述自己当时看到可怕的巨大蔚蓝色裂罅时的感受，又是多么胆战心惊！"我嘛，"他继续说道，"我也曾亲眼看见过，在二三十法尺，有时甚至一百尺高的褶皱下面，那许多晶莹夺目的水晶岩洞几乎是直达地层。多少水晶或是钻石！"谁能梦想到这些事呢？轻信的萨伏瓦人心跳得多么厉害！哦！谁能攀登上去呢！这是一大笔现成的财富。六十年的苦难，像脚夫或掏烟囱的人一样，搬啊掏啊，又吃了多少苦！只要放开胆子，坚决干去就行……要想在魔鬼那儿偷盗点什么有多难？魔鬼或女仙在那儿看守他们的钻石。

为了他能有勇气攀登，跨越岩羚羊经过处的高度，必须有这些宝藏的喧嚣，必须有这个混淆了钟乳石和水晶岩、水晶和钻石的无知的想象，我知道什么呢？人们没有找到这一切，但是人们找到了勃朗峰。

1 索绪尔（1740—1779），瑞士地质学家、物理学家，著有《阿尔卑斯山纪行》。

森林的梯形结构

在山地梯形结构的最底下生长着高大的栗树，这使得森林入口处非常壮观。

这类树是森林中德高望重的老族长。它们枝叶繁茂，但并不显得咄咄逼人，中央的那棵大树虽不昂首天外，却是极其广袤，朝四面蔓延，舒展开去竟有五六棵栗树的范围。幸福的后代在老树历尽磨难的旧伤瘢上萌发成长，使老根越发巩固。无论怎样千疮百孔，这原先的主干总是百年常青，愉悦地俯视着儿孙。幼树紧紧依偎在老树身边，垂条葳蕤，有时就相互联结在一起。由此引起一种异样的，甚至可以说是奇妙的生态，让它们看上去蓊郁，庞大无比。这又算什么呢，这正是亲子之间的天性至爱。孩子们总不能一下子离开为了他们而长年辛劳的母亲，离开母亲的温柔怀抱。

栗树需要空气和空间。它适宜在林中的空地上生长。叶片绿莹莹地舒展开来，贪婪地吸收阳光，尽管是浓荫森森，它们的枝叶依然显得青葱明丽，间隔均匀，不致彼此覆盖，遮住别的叶子的光照。栗树最喜欢花岗岩、砂岩的沙粒，它的根部在这些沙石间感受到热的辐射。它不怕熔岩，就扎根在温暖的熔岩上，深深钻入其中。它用光泽闪烁的矿渣在自己周围筑起一道它反射热量的热灶。在我们奥凡尔涅的死火山上，栗树的根总是扎在火山口，甚至伸进它的大嘴巴里面去，那边的山口常常点缀着一片青春洋溢的翠色。

它爱火山和火山的废墟。在齐阿凡那[1]附近，在热气腾腾的山谷深处，有一个栗树林子占据着贡托山的一大片令人生畏的崩塌下来的土石块堆。六十尺高的堆积物直到今天还覆盖着千泪村[2]。这里有碧绿的栗树岸然挺立。

真正的密林实在还得数山毛榉。尽管它厚厚的叶丛使地面蒙上了过多的浓荫，然而却显得异常欢快，逗人喜悦，人们信赖它；穿过粗大的枝柯，跟着它一道登上高山。山毛榉啊，维吉尔曾经描写过你，你曾经为蒂铁尔遮过荫[3]，也可以在北方找到；没有什么地方比丹麦哈姆雷特的故乡——那个雾气弥漫的岛上生长的山毛榉更高大、更红火了。这是欧洲的树木中长得最平衡、最匀称的一种，在我国各地都适宜生长。

它因为要供应那么多树叶的需要，不得不从地下大量吸收养分，向四面八方延伸它的根须，努力寻觅。然而它对其他树木并不过于专横跋扈。它容忍白蜡树在湍急的河边生长，流水和烟雾同时也滋养了它的另一个小兄弟——形态秀美的椴树。在沙土里站着的是桦树、欧洲山杨树，它们总是迎风款款摆动，淡白色的枝叶仿佛怀着无限忧愁，渐渐冲淡了山毛榉的那份喜悦欢腾的色调。

山毛榉对着森林微笑，对着庐舍微笑；它在那里燃烧，喷射出火花，把林子染成点点樱桃红色。山毛榉是农民的骄傲，农民用它制作乡间穿着的漂亮木鞋。有不少南方歌谣即寄兴于此。

山毛榉的树叶亭亭如盖，浓密得足以上遮天日，但却下不蔽地。

---

1 齐阿凡那是意大利塔善州的一个小村庄。

2 千泪村是一个已经被火山熔浆吞没的村庄。

3 古罗马诗人维吉尔在他的《牧歌》中描写过牧人蒂铁尔躺在一棵山毛榉树下面入睡。

在它下面很少有草木、花卉生长。蕨和白色的绣线菊几乎是唯一的植物，悄悄畏缩在那底下阴湿的地里。它容忍这类植物，它的树荫造成的影子又大又繁茂。在枝柯的轮廓上，人们清楚地看到它们在奋力争取空气和阳光。人们看得出山毛榉的意志和渴望，那样子仿佛一个人在活动。

大概是因为感到寒冷，山毛榉为了呼吸得更畅快些，于是才拼命向上猛长的吧。这里有着许许多多的意外遭遇。严肃而骄傲的山脉，以它无穷的变化抑制住山毛榉，免得它随心所欲，蹿得太高。尽管五月里山毛榉准备悄悄露出它的嫩叶，但也时常受到外界的粗暴袭击。

山下的栗树和山上那些含树脂的树木生长环境都挺好，它们简直永不凋零。栗树通过它周围的孩子们不断恢复青春，跟他们一道生气蓬勃地生活着，根本就死不了。杉树和松树因为内含树脂，所以能冒着朔风，不怕种种残害，挺立在严寒之中。这些树木的生命是无涯的，树脂绝不外溢，也不大向叶片输送（杉树能保持树脂达十年之久）。山毛榉毫不吝惜，每年春天树下落叶如海。它以它树皮里所潜藏的顽强生命力与千万种灾难创伤对抗，永远年轻、愉快。

山脉的强大生命，它那广袤的天地中茁壮的生命是跟两种完全不同但交往密切的树木之间的友谊紧密联系着的，这就是绿色的山毛榉和黑色的杉树。山毛榉总是欢笑，而杉树则总喜欢哭泣，但这没有什么。它们都生长在同样的高度上。有时我们看到它们杂栖共处，但更经常的是比邻而居。它们共享一个区域。山毛榉常生于向阳的南坡，杉树更聚集在北侧没有阳光的坡地上，一直延伸到深谷，那儿地势低下，潮湿，雾气沉沉。身材高大的白杉树穿着双色孝服，里面雪白，外表黢黑。它那颀长而强壮的树干，张开修长而深色的梳子一般的枝叶，枝上堆满积雪。有时枝柯过重以致折断，也不免在高贵的痛苦中呻吟，但是它却总是那么庄严自若。

难道说它是巨灵？某些时候人们会这样想。它有时披一身水晶璎珞宛如一只奋翼翱翔的飞鸟。在南方，人们总觉得它阴森惨懔；但在北方，它很受人们珍爱。从波罗的海沿岸，从普鲁士沙地到西伯利亚荒原，这些树是人们强大的屏障和慰藉。枝叶委地，矗立在带着保护意味的黑夜里，十分神秘，它是普天下多少短暂生命的古老家园啊。在那种严酷环境里，有多少生命就因为没有它的庇荫而逝去呢！像坟茔一样岑寂、单一、无限，总是那么雷同，没有变化，因此它更能隐藏到处流浪的不幸者。人们可以在杉树林海中连续跋涉七百里，在它乌黑的臂弯里会像松鼠一样感到安全可靠。这棵树，正向着南方凝望，它像罗盘那样转过枝柯去指引逋逃之客。多少回它掩护、指引、救助了流亡者啊！

昂加蒂纳[1]

昂加蒂纳是欧洲最高的地区，于此不仅可俯瞰意大利境内齐亚凡纳、科摩[2]诸城，甚至蒂洛尔省风光亦尽收眼底。此地有上百个湖泊和三百个冰川，这大大丰富了莱茵河、阿达河尤其是应河的水源，诸川汇集，其下游即闻名于世的多瑙河，漫漫流程七百法里，注入黑海。北方和南方的烈风扫过昂加蒂纳，风势经常是猛烈的。东边的风从贝尔尼那冰川直掠过来，与北方的风力旗鼓相当。我看只是西方无风。

如果你想精确地测定这座山的高度，则必须从意大利齐亚凡纳上溯科摩河至维科–索勃洛诺，在栗子林、葡萄地之间进行。这样，人们就得在马洛牙那极其陡峻的大坡地脚下，穿过杉树林盘旋而上，在走完杉树林之后，还得向上攀登。最后人们终于到达险峻的峰顶，罡风时时刮来，令人愁苦。猛然一回头，就瞥见那架雅可布天梯。[3]

但是相反，每当我们从于利埃山口过来，因为我们所在的地方比较低，往往会觉得这斜坡本身就是一座高山。位于西北方的西尔瓦–勃拉拿[4]真是一个美丽的村庄，很干净，外观极其富饶，一排排白色的

---

1 此篇描写阿尔卑斯山最高的一个山谷：昂加蒂纳。该地属瑞士东部的格力宗州，海拔高度在 1 500 至 2 000 米之间；应河流经此地，流入蒂洛尔省。

2 意大利伦巴地区的一个城市，在米兰北面。

3《圣经 · 创世纪》里说：雅可布曾梦见一长梯直上天空，传说是在这里。

4 西尔瓦–勃拉拿是昂加蒂纳山谷中的一个大村。

房屋在迎接你的来临，殷勤地向你敞开胸怀。三个碧绿的小湖泊，岸边镶着落叶松，松林倒影映照水面，在阳光照耀下显得十分欢畅；四外诸峰壁立，予人以一派肃穆之感。这些湖泊中有两股激流经过，清澄见底，于健康甚多裨益。若以阿尔卑斯山区景物来衡量，整个场面并不大，而格局却颇为匀称有致。从正面观察，圣摩里兹游客众多的温泉浴场非常宽阔，阳光普照，朝着我们微笑。圣摩里兹位于山腰，距离于里埃山麓很近，这里是一个人口相当稠密的小市镇，有不少店家和小商贩。山峦几乎俯临整个涧谷并把它分隔开来，在它的前面和后面，人们都能远瞩到一望无际的湖水、草地和树林。落叶杉具有那种涂抹在儿童玩具上的翠绿色泽，令人愉悦。在这块枞树和粗硕的云杉都不能生长的地方竟能觅得这片嫩绿，树木每年都要换叶子，这份青春气息简直叫人惊叹不已。然而最让人啧啧称奇的还是它单薄的树荫底下长满了上阿尔卑斯山的稀有花卉，这里跟别处一样，遍地都是卓原上的雏菊。最为植物学家所珍视的（他们为此不惜历尽艰险重金购买）是黄色的银莲花，这种花在这儿多极了，车轮过处，到处都是。在一处朝东的山坡上，这些神奇的花儿在这黄昏时分（现在是午后五六点钟）已经照不到阳光了。它们不靠日光映照衬托，其自身的美丽即足以令人倾倒。花枝在轻柔的淡影下显得异常神秘，朝着公路一边倾侧过去，她们仿佛一双双眼睛，一双双大眼睛凝望着我们。

多么动人的景象。这异样、精致、千金难买的奇花（永远也不会降临到我们的花园里呢）竟孤零零地开放在这片荒凉寂寞、多少凡卉无法到达的地方。过了圣摩里兹，峡谷愈加宽阔、巨大，变得异常肃穆起来。沿湖有两三个雅洁的村子络绎出现，村子之间就是草原。一路上未见房屋，既无农田又无工厂。就像人们站在峰顶上（如里齐山[1]）一样，这里是一派崇高、伟岸的岑静，一点声音都没有。不过主要的不同处是在里齐山人们可以看见阿尔卑斯的巨灵们傲然挺立在荒无人烟的草原上，可以远望西尔贝格或是琼格弗洛。在这儿，景色虽然很美，很宽广，却是一种沉思默想。贝尔尼那山重峦叠嶂，离此不远，还有无数冰川、流泉，可是人们只能从空隙处隐约窥见。千崖翠黛都掩映在某些屏山云岭的后面。这儿庞大无比，任凭人们到处寻觅，但却不知它在何方。

到了塞勒里那。这里的地势比圣摩里兹低下，一马平川，湖水蒸腾，完全处于一片山岚烟景之中。

萨马当，人烟较密（我估计约有四百家），但是没有邮局、法院和学校。这儿是上昂加蒂纳的首府。建筑都很整齐。许多高第豪门府邸外面均砌有富丽堂皇的石阶，并且还配上了铁的或铜质的栏杆，精致花哨的大铁栅门（常常是上个世纪兴建的），俨如王宫。

大约清晨四时，我静悄悄地起了床，一会儿我走过去，透过湿润的窗玻璃，凝望这一地区。在不太高的岗峦之间，植被有深有浅，颇不均匀，其所受到阳光照射的程度也不尽相同。

峡谷、草原和小湖以及它的树林都被笼罩在低沉匝地的水汽下面，纡徐委蛇，四处蔓延。一切呈现出某种忧郁、肃默的神秘感觉。这是夏天，但又不是夏天。渐渐，太阳升起来了，于是我看清楚了萨马当的位置，在公路交叉的会合点上，那条主干线沿着湖滨，从马拉雅到蒂洛尔另外有条横线，我看到它直上朋特雷哲纳，右边紧紧倚傍着连绵不断的贝尔尼那诸峰。一些小规模的德国谷物和意大利酒类的贸易常在这儿进行。

1 里齐山俯临卢塞思湖，由此可望见阿尔卑斯山群峰。

在朋特雷哲纳住下。这地方位于贝尔尼那公路线上，可以眺望罗撒格——这座著名的冰川离此不远，就在我们脚下有几道激流汇合在一起。我们在傍晚前，大约午后四时出发。外面吹拂着凉爽的西风，从于利埃高地照来的一抹余晖又让风变得暖和了些。猛然间我看见了什么，感到一震。人们正在给桥栏杆盖上小木板，以免时而结冰、时而化冻的这种剧变会使水泥开裂。这可真令人神往。我感觉到这冰雪载途的隆冬天气真是可怕，这儿的湖水都冻得僵如岩石。真有点西伯利亚的味儿。然而还不仅如此，更厉害的是，一会儿大太阳叫人想起邻近的意大利。一道道强烈、酷热的光简直像斧头一样锋利，在冰雪覆盖的土地上把万物都晒得爆裂开来，扫个精光。

这块高原上有三千人。如果不是从别处迁移过来，我想这儿原来几乎不会有人居住。什么生活必需的东西都没有。每年不只是有七个月大雪封山，而且往往突然一下子变成炎夏。种黑麦全靠老天帮忙。也有时人们会试着种上些大麦。我就曾经在朝南的山坡褶裥里见过，掩蔽得很好，但这可是极少而又靠不住的事儿。牧草主要用人工收割，不用长柄镰刀。草长得不高，但味道鲜美，有一股甜味（自然，草丛中有不少野花）。正由于这个缘故此间出产上好的乳制品，唯产量不大。奶油和乳酪不够，大家就到别处购买。

在树林里干点活，还有一些拖运工作，这里人们所能做的就是这些了。于是，流浪他乡已成了一条生活规律，成了当地人注定的命运。

在贝尔尼那采集标本[1]

昂加蒂纳有句俗谚，说是“九个月冬天，三个月地狱”，这话可真有点叫外地人吃惊。夏季，在这么高的地方，倒也并不炎热。今年的这个季节还挺冷呢。七月里还得生火。

每天早晨，不管炉火多么暖和，外面多么寒冷，我总要出去走走。这么丰富的植物宝藏就在身边，又怎能不叫人动心。我现在已经置身六千英尺的高地，只要再攀登两千英尺，就能毫不费力地把亚平宁山脉的高山植物饱览无余了。

直到如今昂加蒂纳仍然有不少人迹罕至之处，荒山野谷，沟壑深藏，无人知晓。那里唯一的游客是风，是太阳，简直是精灵们的秘密王国。我一直在寻觅的正是这个。我需要一个地方，一片无人凝视过的地平线。如果说有谁熟悉此地，那么只有一个人堪称行家里手，他就是柯拉尼。他是一位著名猎手的儿子，晚年时成了一位植物搜集家。任何一种花首先就属于他，到了时候他会去摘取。他晓得在贝尔尼那的某个漫无人迹的山坡上某一种花即将开放。

他本人也急于想再看看这片高地。今年的春天姗姗来迟，积雪几乎都还没有融化。他准备再登此山，比我还要着急。寒风凛冽。在这高原地区风不断地变换方向，一天要变好多次。有时夏天也像

---

1 这一篇系米什莱夫人所作，描写了她在昂加蒂纳山中的漫游。

春寒料峭时那样狂风大作。每天夜里都结冰。我们动身的前一天，太阳西沉时（这可不是好兆头）被一团奇异、翻腾的雾气遮没了。柯拉尼预测不会有什么好事，他一言不发。只见他嘴里不断自言自语，嗫嚅着一些陌生的花草植物的名字。

我四时起床。六时前收拾停当。天色阴沉。朔风劲吹，扫荡着才开始降落的雪花。管它呢，我们还是出发。我乘坐一辆小小的山车，前面敞着，一动不动，风势锐利而又捉摸不定，就像无数细钢针似的往人身上乱钻。

我右首是贝尔尼那群山。透过震颤着的绿色高山柏树林，我望得见它那白色的树梢。左首，更显得乏味无聊，童山濯濯，嶙峋突兀。但那上面并无积雪，非常冷漠，似乎并不好客。我们朝前走了一程，顶着迎面吹来的风，不得不放慢脚步。公路上行人稀少，今天是礼拜天，他们赶去听牧师布道。我看到一个面色苍白的女子，这么冷的天还在外面跋涉，感到十分惊奇。

我们到达一家客栈，像萨马当的旅馆一样，叫作贝尔尼那旅馆。远远望去非常壮观。上面是冰川，呈现在你面前的这整个裸露的冰川，皎洁玲珑，空镂出千万条碧玉尖棱，扑面而来，予人以过分沉重的感觉。只要看上一眼我心里就像冻僵了似的。

在这黯淡愁苦的日子里，没有什么比逐一观察这些巨灵更觉崇高的了。群峰阴森森地像白色幽灵似的浮现在铅灰色的天空。只有一个黑点，贝尔尼那峰，尖尖地耸立着。公路两侧，远古的冰川扔下了一堆乱石。我们仿佛是在死人中间行走。

尽管在七月里，旅店还是像为避严冬天气的暴风雪而建起的庇护所。没有人迎接我们，门都紧闭着，屋里燃着大火炉，我不知道这里怎么会这样万籁无声。女老板可怜我，把我们塞进老厚的被褥里。

我们就这样进入了山谷。

这里，就像被一个邪恶的仙女用手指点了一下似的，树林突然都止住了。视野失去了整个天边；两座高山之间愈来愈窄，愈加挤轧。山谷实在不如说是一条通向斯特莱塔山口的窄狭长廊。小径崎岖难行。那下面极低的地方，有一股淡青色的泉水汩汩流过。大型马车不能再往前走了。我们在贝尔尼那搭乘了一辆翻晒干草工的车子。雪地阻住我们。我怀着一份又害怕又坚决的孩子般的喜悦越过了雪地。

大地和天空有着多么鲜明的对比啊！浩大的严冬从这凶狠的天空向着我们扑来。雪霰纷纷代替了雪花。风猛刮着，抽打着人的脸面。万物在我们头上黯然含悲——在我们脚下，那雪地边沿，倒是一片生气蓬勃的景象。无可比拟的春季牡丹斜倚着，它一身淡淡的丁香色泽的装束。好时光已经逝去，但是它，仿佛还沉睡在良辰美景的梦幻之中。曼长的金黄色丝绦，轻柔、含着电似的又落在它的身上，护住它——在这座山间牧场里，我向着一个温柔可爱的灵魂致敬，它使我在这满目荒芜的地方看到了上帝。

一切逐渐在我们面前闭拢，荒漠开始了。到处一片岑寂；但是却如此接近这永恒的冰雪，这简直是在死去的自然的门口！

我的向导抬起健壮有力的腿，在我前面走；他跋涉过的山川太多了，丝毫也感受不到一个初来者的激动心情。因为人们对于伐木和猎取岩羚羊都很喜欢，大家仿佛看到了黄褐色的影子从眼前奔驰而过。每次有所捕获，他都为自己和牧神的某些东西大笑。这些花也是一份收获吧。

虽然天空如此黯淡，如此愁苦、寒冷（这生命的仇敌啊），但高山的花卉却在空气中散发出香气。瑞香花，仿佛丁香的颜色，香味也极相似，一种醉人的馥郁气息。靠近它的地方，香子兰在淡淡的草叶间冒出它猩红的穗穗。没有永久不散的香气。即使那些偃卧在下面的水生植物丛里，也送来它好像仍然沉醉在爱的芬芳里的灵魂的回忆。

蓝色的龙胆花已经萎谢，早已关上了它的蒴壶。但在草地上，一片巴伐利亚龙胆还盛开着，璀璨夺目。它那些翡翠色的星星摇曳生光。在这悲苦的日子里这是荒原上的唯一欢乐。它使失去神采的天空恢复了青春，让我又看到了一个深邃而富于变化的穹苍。

这地方十分萧瑟。我一点也找不到要求松树庇荫的林奈花。这松树的女儿，在树荫底下，它把它起伏如波的衣裙披在山崖上，点缀以淡淡的、细小的红色铃铛似的花朵，只要有一丝微风它就不住地摇曳。不过有些人在于利埃、在斯勃路根常见的花卉（比如勿忘草和长梗月季），在这儿我却没有看到。这里山坡陡峭，没有那种含发酵的肥水、足以使花枝茂盛的泥炭层。

这些花各有妙法以应付命运。龙胆能及时开合，颇有分寸地安排其枝茎的繁疏，为了对付寒冷和暴风雨，它常常自己疏去一些枝柯。聚伞圆锥花序的风铃草，即使遇上风果实也不会脱落，反而把果实像穗子似的紧紧拥在自己周围，看上去活像一簇蜂巢。别的一些花，叶片作环形丛生在新长出的枝茎上，匍匐地面。既是奶母又是供应者，它们天生具有母亲的智慧，只要它们的婴孩，那些花儿，在晴天向着阳光秀发出一枝，贪馋地畅饮日华，它们因此死去也在所不惜。

不过这片粗砺的地区却是一处隐居之所。那些高山之巅的小小侨居者为暴风雪卷走，跌落到这儿，准能找到比较可靠的庇护。它们根据本身需要的水、热和光线安顿自己，确定方向。但是在这儿寒冷并不少些料峭之感。冬天会突然降临（甚至在七月里）。可怜的小小的植物，它们是为了挽救厄运才做一次旅行的吧！……

在酷烈的朔风袭击下，许多早开的花早就消失了，风在狭长的山谷中比在山顶上还要强劲。风一股劲儿地鞭挞着，高山钟花，凭着它的柔韧向这山野的神灵挑战，企图挣脱残酷的命运。

柯拉尼已经完全把我忘了。他离我很远，失落在崩坍的山崖迷宫里。我就一个人，孤单单的一个；我找到了我所寻觅的东西，这就是山的忧郁。但是我没有预想到这番岑寂的凄凉。半明半暗的、灰白色的天空中毫无动静。空中没一只鸟儿，没一只小蠓虫漾出生趣。蓦的一声呼哨，真叫我毛骨悚然(原来是一只受了惊的旱獭)，随后，荒漠就不再那么沉默了。这儿没有小溪，没有潺潺的流水。远处有激湍低声呜咽。只有空气被扰乱了，悄悄地呻吟着，过了一会儿又有声嘶叫，迸发出某种深深的哀怨。

我一点也不害怕，只是有一个纯然属于灵魂的感觉，单独跟随灵魂，穿越过无限，回到上帝那儿去。

爪哇的火山[1]

爪哇有两个面。南面是大洋洲，这里有纯净的气流，有活珊瑚和石珊瑚形成的山崖。北面，仍然像那种不适宜于健康的印度尼西亚某些地区，一种黑色的冲积层土壤由于大自然本身的强烈作用在骚动、变化，时而构成，时而解体。富饶的班丹城[2]被抛弃了，只剩下一堆瓦砾。豪华的巴达维亚成了一座规模恢宏的废墟。在18世纪的三十年中（1730—1752），火山吞噬了一百万人，仅1750年这一年死亡人数竟达六万。现在这里的火山才渐渐收敛，平息下来，不那么可怕了。

这里有不少远古时代的动物，看上去它们总是一派阴森森的模样。夜晚，空中掠过在别处见不到的毛茸茸的巨大蝙蝠；白天，即使在正午，也会出现那种混沌初开时的景象，带翼的蛇，奇异的飞龙，等等。许多野兽遍体黑毛，跟周围山峦黢黑的玄武岩浑然一色。虎也是全身黝黑[3]，这可怕的畜生仅仅在1830年就吞食了三百人。在这些平地的恐怖上面笼罩着火山那更大的恐怖。火山似乎也像生物一样存在着。古代人意欲让火山平静无事，于是就为它们建立寺庙供奉。（我们在一座山崖上就看到四百座坍塌了的庙宇。）它们也有神

1 米什莱这里描写的是苏门答腊和爪哇之间的巽他群岛中的一个大岛。

2 班丹在爪哇北海岸，荷兰人当初入侵时先在此定居。

3 爪哇岛上曾经生活着属于小型热带岛屿虎的爪哇虎，身上黑色条纹较密而显著。印尼政府于1988年宣布爪哇虎灭绝。

像、祭坛。惧怕创造了艺术。现存的这些雕像表明了马来人的恐惧，也显示出他们的机智和双手的灵巧。

这些火的巨人与众不同。它们都有自己的名字。在印度神道里，像《罗摩衍那》中的主人公们就是这样。有的诞生在一处奇异的沙漠中间，被镶嵌在泉水源头，但后来却穿透了坚固的水晶，破壁而出。有的在温泉里翻腾不已，那泉水虽已在小池塘中冷却，还仍然保持热度，波澜荡漾。还有的倾倒下一湖奶，一片魔幻的白色。在别的地方，总是涌现出无数巨大的咸味泉水的泉眼，其中最大的一泓那么轻快地跳着，舞着，下面发出阵阵雷鸣的声音。她玩着硕大的二十法尺的土球，球破了，爆开了，把泥土炸得粉碎。——阿贡火山、拉奥火山带着苦涩的波涛似的烟雾滚动，沸腾。在一个晴朗的早晨，伊真火山苏醒过来，倾泻成一条河。

这都是它们的古怪脾气，但又各自不同。从下面看，它们似乎并不过于异样。有时这一座燃烧起来，另一座也着了火，两者相距甚远，并不接近。有时，当这边发生地震时，常常是那边，比较远的地方，一座火山忽然熄灭，就像蜡烛被吹灭了似的。

这里的火山一个最独特的特点就是它们都具有凹槽条纹。基层是远古的玄武岩（好像是这个岛的基础），它们就喜欢玄武岩结构。那些条纹、深沟，大致模拟了这种最早的地质上的黑色结构，就像斯塔法、芬加尔柱廊[1]一样。

双重山脉东西蜿蜒，构成爪哇全岛之脊，这里呈现出许多内部的、集中的隐蔽山谷。它那些反方向的侧面山谷常常变换走向。不同的地形使得森林植被也变得多种多样起来。下面，一种石珊瑚土

1 两者均是苏格兰北部赫布里底群岛上著名的玄武岩洞穴。

壤不久之前还是有生命的。稍微上面一点，是花岗岩的基部和肥沃的废墟，火山的岩浆。在这广阔的梯形上，从海洋到高山，具有六种不同的气候条件，生长着从海洋植物、沼泽植物一直到阿尔卑斯山的各种植物。美丽的梯形，每一梯级都很丰饶，一级一级地从生着主要植物和一些过渡性植物，既无空缺，也没有突然的跳跃，我们登上山去观察，但谁也无法在这六种气候之间划出严格的界限。

从最底下瞻望印度尼西亚和沸腾的巨锅，红树收集了水蒸气。不过，朝着大洋洲和百岛的世界，椰子树高高耸立着，足蹈碧波，轻柔地在凉风中不住摇曳。

棕榈树不多。在竹林和橡胶树之上，有着爪哇珍贵的腰带——著名的爪哇雨林。一律是柚木，这是世界上最好的树木，树中的佼佼者，永不朽蚀的柚木。那样子像是一种躯体伟岸的悬铃木，一种壮美的橡树。

山的死亡

在一切道路中，我最喜欢历史上人们走过的康庄大道，比如说要进入意大利，我比较喜欢的还是那些坡度平缓的古道，这是自古有之的官道，如塞尼斯[1]、圣哥达[2]等都是，而不是森布隆的那种陡峻的坡路。倘若要去昂加蒂纳，我也是走从于利埃经过的通常路径。[3]我宁愿放弃另外一条途经斯芙吕加的路，那条路固然很好，但是它简直令人困倦，我看不到使我感觉兴趣的东西。直至与瑞士格里宗相对，这一下我才算进入了意境绝佳的地方。

于利埃这条路四季可通行，因此人们总是选这条路。远在尤力乌斯·恺撒以前，这条路就这样称呼，据说，这个民族曾以奉献给凯尔特人的某位神祇的名义，在最高的山巅上安置了两根高高的糙石巨柱。在这儿还可以找到往昔占领过本地区的古罗马人的钱币，这说明当时罗马人经常路过这里。

中世纪时，十字军、商贾或朝圣者都取路于此，只有莱茵河苏阿卜地方的人，在前往威尼斯（这是东方的大门）时是向希腊或是埃及、塞浦路斯、耶路撒冷一带走。

在距离古代格里兹三州加盟处稍后一点的地方，景物愈加优美，开阔雄奇。人们总是从下面走，或左或右，山泉急湍，壮丽非凡，泡沫

1 塞尼斯是阿尔卑斯山脉的一部分，地处沙伏瓦至庇埃蒙之间。
2 圣哥达在瑞士南部。
3 于利埃在昂加蒂纳西北。

四溅，涌注跳跃，形成飞瀑，一一投入深涧。面对此景，你不能不感到头晕目眩。水甚纯净，清可见底，仿佛染上了一层青黛，与深湛的莱茵河恰成强烈的对照。平常人们看到这莱茵河几乎像青石似的，巴塞尔或斯特拉斯堡一带的河面是一抹灰色。对！这清澄的激流，它就是莱茵河，未被下游乌黑的杂物所污染的莱茵河。可是，这条河，猛烈地在这崩坍了的石灰岩中间冲出一条路来，它既然运载着如许漂流的碎屑，怎么会这样明亮呢？我简直不明白。我看见河流在悬崖峭壁之下，磨得半光，由于丧失了尊荣，竟毫无留恋之意。我看见四只小山羊以惊人的敏捷，带着坚韧而轻盈的雅致，冒险走下这块正在崩坍的土地，时而纵身一跃，跳向一座绿岛，不禁令人战栗。为了一撮青草竟然敢冒这么大的险！

在莱茵河的这一段，居民讲意大利语，不讲德语。我们听见人们的言谈，在响亮的意大利话里夹杂着古老的拉丁罗马语[1]；荒山野坡，既无林木，又无草地，我敢说此间正由于这种充满智慧的美丽语言而变得欢欣快活，熠熠生辉。这种语言跟纤丽的花儿、跟我第一次见到的美妙纯朴的亚平宁山的诸种植物正相映衬，相得益彰。有几个长着又黑又大的眼睛的漂亮孩子把这种语言和花枝扔给我们。

但逐渐的，这一切都终止了，孩子没有了，甚至连草也没有了。只剩下石头。一片岑寂。尽管七月如此美好，阳光如此明艳，但公路却十分凄凉。公路经过的于利埃冰斗异常宽广，其间塞满了碎土乱石。

沿着整个公路走过时，我常有个想法：山在逐渐死亡。羸弱多病的森林已经无法支撑住这片土地了。稀疏的矮树，消失了的森林

---

1 格里宗地方的居民有一部分讲这种来源于拉丁语的语言。

的残枝，再也无法拖延，无法逃避死亡了。开阔的岩沟（他们这样称呼这些荒凉的、冲成了沟的场所）任凭石头泥土冲过，纷纷陨落，若是说在这条路上你不必害怕雪崩，那么沙土、灰尘、碎石却时时威胁着行人。林木碎片、乱石瓦砾能把人冲到公路下面去。这比雪块还要令人哀伤。

这些岩沟在阿尔卑斯山和汝拉山都常见到，裸露的地表常常有许多特异的规则形状，晶莹的石灰石遗留下不少石质牙槽，样子像个凄凉的干僵的蜂巢。

我们站在山岗上望见许多“魔鬼坟”（瑞士人都是这样称呼它），一堆堆乱石起伏于荒烟蔓草之间，宛如白骨。散落的枯骨没有青冢可以安息，火一般的骄阳，烈焰四射，石头都给晒得干巴巴的，什么也不到这地方来。牧羊人和猎手远远地避开它们。人们不能在上面行走。若是母牛因为被暴风雨而惊骇，蹿入其间，在这乱石的迷宫中又怎么能找到它们呢？水流到这儿也形成不了泉眼。无数裂了缝的岩石把什么都漏走了，不管是熔浆还是雨水，只要注入某一洞隙，某个窄狭的漏斗，就深深地钻进了云壑幽穴。

这险峻的基部约有四五千尺都被杜鹃花、野刺柏遮盖住了。有时你也会失误，被一点点草坪、野花所吸引。在这些花下面，水暗暗地起着侵蚀作用，到了时候，某一天，那丑陋的部分就会裸露出来，那儿就怎么也不能恢复了。

于利埃的冰斗，异常雄伟，上接峰顶，呈深灰色，覆盖在上面的皑皑白雪有些已经融化，这令人伤心地表明了阿尔卑斯山脉这座巨大的墙壁将来必然会崩溃。据我看，这儿的雪没有堆积成冰川，一片银白色的绝少；虽然今年春季姗姗来迟，但积雪都已大大地起了变化，这边翘了起来，那边相反地则在后退，凹陷，略微发黄，后来又变成黑灰，随着泥土化去。究竟是什么使这些乱石堆显露出来的呢？仅仅是雪吗？雪，还有南方的大风，Le Foehn，Le Sirocco[1]。风说："把沙漠暴露出来吧，是撒哈拉派我来的。我有什么办法呢？"

雪和风，还有沙漠，我原谅它们。我只揭露人。

"我吗？"他说，"在我从未登临过的这些高山顶上我能做什么呢？"

在高山顶上吗？什么都不能做。许多都在山坡上，在下面峰顶倚靠的阶地上。

雪大概年年会落满山顶的。那些积雪大概总是在七月间融化；雪堆一迸裂，便散成无数小溪，如果人类不去砍伐古老的森林，如果斧头不去破坏为我们的祖先所尊崇、今天仍然生机蓬勃的绿色栅栏，就不会汇合成激湍奔流。

在最严酷的地方人们说："大自然断了气啦。"从前她曾经给予过生命。什么也不会使她气馁。她有意创造出许多粗壮、坚强而不可驯服的东西，与恶劣气候抗衡，这我能说什么呢？这些东西正是在她的严酷中获得了力量。在荒凉悲怆的于利埃冰斗里，什么都已倒塌下来，那儿大概只有三间草房躲过了陨落如雨的乱石，仍然留在中间。我想，那边总还有不少树支撑住斜坡，兴许从前是一座蓊郁的森林吧。我们总还看得见遗留下的印迹，这标记无法否认，表明那边往昔曾经有过一片密林。我满怀赞美地看着那儿两棵松树，两棵高耸入云的红松，友爱地互相倚傍支持着，兴许它们的根须也联结在一起吧。它们处于一块相当宽阔、隆起的空地的中心。难道这就是生活在那里的五六个可怜人的墓地吗？至少，这些珍贵的树木是他们的

1 德国阿尔卑斯山区把这种南方的大风叫 Foehn，意大利境内叫 Sirocco。

安慰，兴许这就是他们的钟楼、他们的教堂吧。人们很懂得，在这里，庙宇可能就是这些树。它们朝天空高高伸出强有力的胳臂，仿佛有七个支架的巨型烛台。

生活在这里的人们，就像发出一项悲哀的抗议似的，说道："永远熄灭吧。"

意大利的冬天

此书原名《盛宴》，写于1854年，但一直到米什莱死后才出版，前言系其妻所作，书分两卷，上卷题名为《饿乡》，是他在热那亚附近的奈尔维镇居住时的见闻杂记，对当时意大利北部人民的贫穷情况记述甚详。下卷就叫《盛宴》（他说用这个题目的意思是要人们努力使这里人人享受到“盛宴”），这是他关于该地改进的社会哲学方面的思考。纳尔维镇的贫困激发了他进行研究：如何才能使这些不幸的人生活好起来，是沿袭过去教会所采取的那一套措施呢，还是实行当时某些社会主义者的建议呢？他的想法是：这里的各族人民应当和衷共济，共同努力来创造一个幸福的社会。

热那亚人

整个海岸都极其峻峭。这里的风随着季节不同而变化：风有时从陡直的亚平宁山缺口铺天盖地而来，有时又是那种希腊式的刺骨寒风从海上吹来，胜似北风。正是在热那亚，东北旱风被两股子干燥的急速气流吸引住了，粉状的、饥馑的风时时刻刻像利剑的锋刃一样掠过这座城市。

当然，这样的气候病人是吃不消的，但对于锻炼强者却十分适宜。热那亚不愧为豪杰之乡，这里的人天生就是一派征服海洋、控御风雷的英雄本色。

无论是在海上还是陆地，这里曾经诞生过多少甘冒危险的勇士和智慧超群的人物啊！玛志尼[1]是热那亚人；利居里[2]海岸为法兰西共和国贡献了一员大将马塞纳[3]，为意大利送去了万民归心的将军、骁勇无敌的斗士加里波第[4]。意大利的第一位大笔战家波那维诺也来自热那亚。

这真是个勇敢的民族，短小精悍，天生一种纯钢般的顽强的性格，一种不可思议、足以穿透铁板的拗劲儿。他们虽然缺少知识，但是他们能够找到，并千方百计地创造出许多奇迹。这儿山里就有一

1 玛志尼是意大利建国三杰之一。1848 年曾于威尼斯宣布共和国成立，抵抗奥军侵略。

2 即热那亚。

3 马塞纳（Masséna，1758—1817），生于尼斯，法国元帅，以勇敢善战著称。

4 加里波第（Garibaldi，1807—1882），意大利建国三杰之一，生于尼斯，终生为意大利独立事业战斗。

位钟表行业的奇人，专门修理各式最复杂的钟表。你去萨伏纳，一准能看到这些人，尽管对数学或构架完全不懂，他们就是有能耐制造非常精良的船只，向南美洲出售。

热那亚城建筑在海湾中央，所以人们很少关心气候。武装贸易、劫掠、称霸海上是它的全部思想。

它不了解土地，蔑视土地，对此它丝毫也不放在心上。它在山海之间这条窄狭的边缘地带，一层层地砌起宛如巨大阶梯似的许多大理石宫殿，远远望去重叠交错，层次分明。这些壮丽的楼房，由橙子树和露台分隔开来，令人耳目一新，心旷神怡，虽然并不妩媚迷人。为什么呢？人们分享到如此辛勤努力的疲倦；人们深深感觉到像这样一个民族，他们并不依恋自然，经营这一切也并不只是因为消遣。你瞧，这些宫殿实际上都是堡寨，底层栅栏密布，厚实的铁门就像城门那样紧紧关闭着，守护财富。空中的露台总是建得很高，从那上面可以俯瞰邻居的房屋。露台就是瞭望台，老板在那儿远眺海上，等着他的航船归来；船主呢，他们正目不转睛地盯住他的私掠船的黑帆。热那亚在成为城市以前曾是一处银庄所在，早年它曾经是一个甘冒风险的借贷公司的地点，也是武装水手的集合点。这里的人普遍对博彩有着狂热嗜好；他们长时期地干着一项赌注巨大的勾当——战争。

掷两把骰子就能决定它的命运，改变它的前途。这就使得这个民族，在海上总是大胆恣肆，而在商业上则极度谨慎，像今天我们在它身上所看到的这个模样。这两把骰子是这样的：热那亚永远从它著名的大灯炮台[1]那边凝望着海面，两个世纪以来，它不得不睨视着

1 大灯炮台是从前热那亚港口的一座炮台。

科西嘉和它的对手，托斯加的比萨城[1]。它日夜守候，终于等来了机会。它设置伏兵，取得了不可思议的胜利，攻克了比萨，一下子就拿下了整个民族，并把它带到热那亚，永供奴役。比萨一片荒凉，就像我们今天看到的这副样子：所有的妇女都成了寡妇，所有的孩子都成了孤儿。

热那亚这时只是想模仿威尼斯，成为海上霸主。然而吝啬却毁了它。它包围威尼斯；在旷日持久的围城期间，英雄们得意忘形，堕落成收破烂的、商人和小贩；在船舰上开店，大做食盐买卖。结果威尼斯的船只反过来封锁了他们，并将他们捕获。热那亚还在，这儿还有着它的一半人口。它跟比萨的命运相同，永远没有能重新振兴起来。

---

1 托斯加的比萨在 12 世纪时曾拥有强大的海军力量。

贫穷的亚平宁山区一瞥

在奈尔维，一小把蔬菜都算是稀罕、难得的东西，你瞧那把菜的主人多么赞美，多么珍视，细心保管，每天早晨都要向它顶礼膜拜。

这里的绵羊瘦得可怜，人们简直不敢给它剪毛，免得一下子让它裸露无遗。每个礼拜天前夕，才有两三头矮矮的、目光闪烁的黑牛，像举行什么宗教仪式似的被牵到村子里两家屠宰作坊去，这说明了这些“崇尚精神生活”的山里人平日的食物多么清苦。这些聪敏伶俐的牲口都来自道里亚和斯匹诺拉家[1]拥有的牧场（在这里只有贵族才能拥有牛羊群），它们从来就没有吃饱过肚子，从生到死一辈子挨饿。

马很少，也没有狗，猫；或者说这些动物都极少。这些利居里[2]人容不住这些无用的活口。鸟儿也没有。它们往哪儿栖息？橄榄树、橙子树，都是干巴巴的、没有什么叶丛隐蔽的树木。尽管野地里沟壑纵横，到处都是涧谷，山崖间错落着不少小屋，这里还是既静谧又干燥，一片荒原和石块。这里唯一能抗得住的动物，堪称利居里地区最倒霉的走兽，就是那最辛苦、最勇敢、永远不倒的驴。驴顶得住任何疾病，但它也并非毫不叫苦，也不是毫无哀伤的怨喃。驴很聪明，它的吼叫是我们在这儿能听到的唯一鸣声，那里面仿佛蕴含着它的悲怆、它的劳苦和它温顺的耐性。

---

1 这是当时热那亚两家最有势力的家族。

2 热那亚古称利居里（Ligurie）。

对人，尤其是对于外乡人来说，这里的生活并不那么容易忍受。我居住期间简直是不管用火用水，都受限制。水，平常只有一点可怜的涓涓山泉，天一下雨，溪涧才猛涨起来（这里曾有五个月之久不下一滴雨）。火，也是没人去弄；木柴来自五十法里外的托斯卡纳山区。我老早就让人从热那亚运来一只铁制壁炉；但问题是燃料。奈尔维这一带还没有用锯子的，得用斧头劈柴。这一行当造船的木工至少可以垄断。

对于不是从小就住在这里的人，这种对比真叫人生气。大自然似乎对于出产那些锦上添花的东西特感兴趣，这类东西在这儿十分丰富（如橙子树和橙花），不过这些并非必需品；橙子固然可以用来制作餐后甜食，但终究不是正餐。此间有个剧团，装饰得金碧辉煌（连最不像样的茅屋也都油漆一新），但同时它是既贫穷又匮乏。不少小山上覆盖着橄榄林，可这里却找不到上好油料；油还是从普罗旺斯运来的呢。

鱼少而贵，只有一种质量很差的鱼干，热那亚的穷水手日常叫它“stockfish”[1]。当地最大的店铺在四旬斋期间都既没有杏子又没有奶油卖，他们对顾客说，这类只有少数人才买得起的奢侈品已经停止销售了。处处弥漫着一种贫穷和饥馑的气味。

---

1 英文，指鳕鱼干，也泛指晒干的鱼类。

蜥蜴的食物[1]

翻腾的热那亚海岸永远在喧哗，动荡，永远呈现出一幅帆樯竞发、往来繁忙的热闹景象，它不停地给人们的眼帘提供许多新的事物。

东边，我面前的这片地平线，延伸过去不过三法里宽。这时候夕阳斜照，我从码头上把眼前这座海湾一览无余，望过去似乎倒有五十法里光景。漫长、连绵、雾气朦胧的山，岗峦起伏，令人心旷神怡：萨伏纳幽深的褶皱，阿尔邦加附近的山口，那边正是亚平宁山脉，它曾经在我们远征意大利的军队面前屈膝归顺[2]，再过去就是尼斯，瓦尔省，我们神圣国土的大门……这一切，在天朗气清的日子里，都在北方纯净晶莹的冰雪蒙盖下闪烁生光。

我静静地观赏小塔楼脚下的这番壮丽景色，这些小塔楼原来是为了防御北非那些野蛮的侵入者而修建的城堡的残存部分。时常，简直可以说经常如此，我的思想十分凝注地跟眼前的这些山峦谐和地融为一体了。

紧傍着热那亚的夸多--甘多山，那儿尘土飞扬，没有树木。另外，看上去比较远的那一座，几乎同样是童山濯濯。卡波隆哥山伸长了它光溜溜的脖子，像个秃鹫，矗立在两座山前面，仿佛为了把它们赤

1 米什莱在意大利山区看到蜥蜴的食物寒碜得可怜，实质上这正是当地居民生活贫困的象征。

2 拿破仑于1796年率领远征军进入意大利。

裸裸的胴体遮掉一部分；瞧，您还可以看见奈尔维翠绿的山头呢。这模样宛如两个瘦骨伶仃、披着身破衣裳的少女，手挽手儿，殷勤地搀着她们可爱而秀气的小兄弟。Le florissant bambino.[1]

可怜这光秃秃的群山，她们在对我们诉说什么呢？她们说："我们是世袭的采邑，或者是贫瘠的公用牧场，许多上好的土地都早就被富豪所吞没了（最穷的人根本就没有羊群）……可是相反，您请看看奈尔维吧，人们的劳动取得了多大的成果！这一层层森林多么蓊郁！"

群山的这些话，正是亚平宁山脉的全部历史，正是贫穷的意大利的历史，正是这沉思的土地心中的梦想，正是使得那边——与我比邻而居的哲学家——波多费诺岬角如此严肃的忧心所在啊。

苏尼翁岬角从来也不明白，也说不出这么多我在寂寞中沿着奈尔维的礁石走过时所听说的事情。这三指宽的堤岸，这寸草不生的碎石陡坡，常常给予我不少忧郁的花枝。除了贫穷，又有什么能给予呢？

在我的这些温馨的记忆中，我忘不了这些微小的动物——聪明的蜥蜴，它们总是正午时分，在这堤岸上，跟我一道寻觅阳光，它们的快速动作激起了我多少思绪。

它们的观察力给我的印象极深。它们也像我一样，选择进餐的时间和离群索居的时间。当然它们会逃逸，但是看到有人走来时也并非不加区别地一味避开。过不多久我就获得了这一恩惠，被它们看作与物无害的漫步者，当我走近的时候只要缓慢地注意着稍稍让开一点，就不必害怕。那些老的这样待我，它们的眼睛总是一眨也不

1 Le florissant，法文，意为"健壮的"；bambino，意大利文，意为"小兄弟"。

眨地凝视着我，谨慎小心、毫不拘束地看着，但并不气恼。注意：它正在看的可是一个通常令它们恐惧万分的巨人啊。不过，那些年纪轻轻、缺乏经验的小不点儿可分辨不出，它们一看到人就怔怔忪忪没命地飞跑，那么胆战心惊，甚至为了躲避危险，竟晕头转向直往我身上冲来。

蜥蜴跟我一样怕冷，总是想方设法避开从希腊吹来的风；在这里，这种东方的烈风真叫人受不了。年久失修的断垣残壁给它们提供了舒适的冬季寓所，向阳处日光特别充足。只有一件事叫我觉得困惑不解：它们究竟靠什么生活呢？人们对我说，过一段时间它们总要爬到园子里去吮吸葡萄的甜汁，暖暖它们可怜的冰凉的血，就像那些衰颓的老人一样。不过，一般来说，对于田间作物，它们还是益大于害。我想正是因为有它们，昆虫才不致那么大量繁殖的吧。

它们看上去挺快活，同伴相处也挺和睦。我看到它们几乎总是成双结对地漫游，不时互相追逐，但却一点也不过猛，没有那份战争和爱情中的疯狂劲儿。它们彼此紧紧相随，过了一会儿，大概是有了什么其他想法吧，又分开了。我也曾见过它们争夺财物，比如一片树叶，看来那是为了做窝；有时争的是另一种难以觅取的稀有之物，如苍蝇！

您可不要笑。在这个地区生命真是少得可怜，一只壮硕味美的苍蝇，对于它们，就是一头大牛。

有什么样的动物也就有什么样的人。从蜥蜴来看，一只苍蝇乃是一顿丰富的盛宴，它过的这份寒碜生活跟这个海岸的 povera gente[1] 的生活并无二致。从前许多人不是时常烧掉草地吗！在这干旱而贫

---

1 意大利文：穷人。

瘠的山中，草地也不是寻常事物呢。

我记得有一回，刚把某项错综复杂的账目算好之后，我给一个小女商贩付钱，当我在她应得的款项之外，又多给了她一生丁的时候，她的脸上浮现出一种从克制着的内心突然跃出的惊喜和无限幸福的诧异神色。

关于此地，这个生丁和这只苍蝇倒很能说明问题。

苍蝇，对于生活在山上的、那些收割贫瘠的山顶的几茎干草的可怜人来说，也正是他们在这倒霉营生里赚到的十五或是二十生丁吧。

苍蝇，对于生活在半山腰的、那些成天掘地的庄稼汉来说，也正是他们在热那亚贱价卖出的那些不值钱的柑枳和酸柠檬吧。

苍蝇，对于生活在山脚下的人来说，也正是他们一辈子在海上（因为陆地什么也不给他们）寻觅的那份靠不住的、又遥远又危险的微小利润吧。

罗马史

米什莱于1828年开始写《罗马史》。1931年出版其第一卷《共和国时代的意大利》,第二卷原计划题为“帝国时代的意大利”,但没有写。作者写此书曾参考德国历史学家尼布尔(Niebuhr)的著作,但更多的是检阅古代文献。1830年他特地到意大利做了一次两个月的旅行,进行实地考察,因此他的记述描写很生动。

意大利风貌

美丽的意大利在阿尔卑斯山和维苏威火山与埃特纳火山之间，斜斜地插入了地中海，就好像大自然和诸民族拥有的一颗明珠。阿尔卑斯山和亚平宁山的冰雪，高悬于巉崖绝壁，俯瞰整个北方；南方的土地则是火山岩浆泛滥，要不，就是因地壳内部痉挛屡起，震荡不已。

特别是隆巴迪地区，常常受到洪水侵袭。波河[1]河床比斐拉拉[2]的屋脊还高，只要大水一漫过常年一般水位，人群就立即奔向堤岸：这一带的居民在死亡的威胁下，久而久之，个个都成了工程师。

在整个隆巴迪，就像从前凯尔特人[3]建立的村落一样，城市都位于平原地带。北方的植物和凯尔特人的方言使你想起，一直到博洛尼亚，你都生活在根源出于北国的人群中间。阳光炎热灼人，葡萄的藤蔓郁郁葱葱地爬上了树枝，但是远方，天边还是白茫茫一片积雪。

意大利的两侧海岸及其地理生态迥然不同。在靠亚德里亚海那一边，多草原、森林和急流，水势腾跃，直奔大海，常常会冲毁道路。这类急流阻断了此地牧民（他们自古以来就孤独地居住在荒山野谷之间）的对外交通往来，使他们长期处于野生状态。如果把普

1 波河是意大利北方的一条河，流入亚得里亚海。

2 斐拉拉位于波河右岸，距入海处不远。

3 凯尔特人于公元前 6 世纪居住在高卢和意大利北部。

依[1]除外，意大利这一侧海岸的气温还是比较冷的。博洛尼亚虽然几乎处于同一纬度，但是比佛罗伦萨寒冷。

在托斯卡纳、拉丁尼亚和冈巴尼亚[2]这一侧海岸，主要的河流从容不迫地流过各个地区；这些都属于天然水道。

在位于高寒的地区，橄榄树无法种植，这里生长着栗树、巨大的橡树和松树。冷杉一般不超出阿尔卑斯山脉。从十月到翌年五月，体格粗壮的山里人赶着羊群下山，进入马莱姆地区或是罗马平原，一直要到夏季来临才再回山区。这时栗树树荫下面牧草低矮，非常新鲜。同样，每年夏天，普依的羊群经过平原，在尘土飞扬中登上阿布鲁斯山。牧民们进入山区所缴纳的税金全归那不勒斯王国所有。

在进入那不勒斯王国以前，除了葡萄和橄榄之外，我们几乎没有碰上什么南方植物；可是一旦到达风光旖旎的冈巴尼亚，就看到了成片的橙树林，甚至有些非洲草木，如棕榈、仙人掌、多刺的芦荟等也开始出现，这在欧洲往往令人咋舌。古代神话里所说的喀耳刻[3]的宫殿就在这儿。其实，南方的自然环境才是真正带着恐怖和魅惑意味的喀尔刻呢。这块平原一点也不富饶，可是它每平方古法里就居住着五千居民。离开这片覆盖着摄拉地区的巨大栗树林，已渐近意大利的南端，当人们纵观意大利的西西里以及埃特纳火山那雄伟的围场形碛堆时，看到的是周围都堆满了冰雪，只有火山烟雾蒸腾，就像地中海中央的一座祭台似的。

旅客们从阿尔卑斯山跋涉至此，遇上了这些高耸的峰峦，赞叹不

1 普依是古代那不勒斯王国的一个省。

2 拉丁尼亚是罗马附近地区；冈巴尼亚是罗马与那不勒斯之间的地区。

3 喀耳刻是传说中的巫女，她善于诱惑男子并把他们变成兽类。

已。雷吉奥峡谷[1]把尤利西斯[2]的种种回忆连接到布匿克战争[3]，把汉尼拔[4]的征伐连接到阿拉伯人和诺尔曼人[5]的胜利上了。不过这儿更迷人的却是凉爽的海风和挂满了橙子的树林。

1 雷吉奥峡谷在意大利最南部加拉勃尔地区。

2 尤利西斯是传说中的希腊英雄，特洛伊战争后，归途中被巨风吹到西西里沿岸。

3 这是古代罗马与迦太基之间的一场长期战争，凡三次，最后一次在公元前 149—前 146 年，以迦太基失败告终。

4 迦太基名将。他曾直捣意大利，后败退至意大利南端。

5 9—10 世纪，阿拉伯人曾征服过西西里；直到 11—12 世纪，诺尔曼人才把他们驱赶出去。

法国史

1831 年，米什莱被任命为法国国家档案馆历史部主任，并受聘于巴黎大学教授历史课程。他有意在其所占有的资料中探求祖国往昔的历史，于是开始撰述《法国史》。他为这部巨著埋头工作前后近四十年，1833 年首卷出版，至 1867 年才出齐。

枫丹白露宫[1]

枫丹白露秋天的风景最美，而且最富特色，野趣盎然，殊耐遐思。被太阳光晒得暖洋洋的山岩，十月的色彩染红了的嘉树浓荫，令人愈增冬日降临前的梦想。不远处，小小的塞纳河从金色的葡萄地中间流过，这真是最后的一个美妙的安乐窝，足以安度岁月，共庆金秋收获之乐。

不过最喜欢这地方的都是一些曾经有过心灵创伤的人。圣路易[2]目睹中世纪的废墟，深感悲戚，于是常到这座森林里来祈祷。路易十四[3]每逢战败，就避开凡尔赛宫——在那里他生平所搜集的大批名画这时反倒成了一种讽刺——到枫丹白露来寻觅一份安静和绿荫。

弗朗索瓦一世[4]也是如此。每当他对于远方的战争感到沮丧，朝思暮想的意大利无法获得，他就下令在这里建造一个法国的“意大利”。他摹仿着建造出无数长廊，清丽舒适的散步场地，修建了许多他本人再也看不到了的隆巴迪别墅。他完成了他的尤利西斯[5]游憩之所。十年漂泊于兹结束。他终于又回到了他的伊塔卡岛。兴许这

---

1 枫丹白露宫，始建于弗朗索瓦一世时代（1527 年），是法国文艺复兴时期最著名的建筑物之一。

2 路易九世（1214—1270），法国国王，史称“圣路易”。

3 路易十四（1638—1715），法国国王。

4 弗朗索瓦一世（1494—1547），法国国王。

5 在古希腊神话中，尤利西斯原是伊塔卡岛的国王，因参加特洛伊战争，经过十年漂泊才回到故乡。

也是一种命运的安排吧。

人人对艺术家都很尊敬，而弗朗索瓦一世特别眷爱他们。

意大利流亡者在他身上得到了安慰，而且是极大的安慰：他摹仿他们，学习他们的举止，装束，甚至语言。1518年，大师达芬奇来到他宫中，受到了隆重礼遇。这时他已届八十高龄，他的莅临使风气为之一变。国王本人和整个宫廷都摹仿他的装束、胡子和发型。大家说话也都按照意大利语发音。这些情况我们可以从玛格里特[1]的信札中看到。她在信中如实地按照当时人们口头讲话时的语音，把chose写成chouse，j'ose写成j'ouse，os写成ous。[2]

1527年罗马遭到大规模劫掠[3]，1532年佛罗伦萨又告陷落[4]，这可以说是意大利的一个分崩离析的世纪。统一已成泡影。但意大利艺术却因此而远播四方。儒勒·罗曼[5]去了芒都，在那里建了一座城，城中宫殿、画幅仍是罗马旧制，描绘巨人与诸神的战斗情景。有些艺术家远走北方，从犷野的智慧中汲取灵感，他们为残酷的"可怕的伊凡"的帝国建造了克里姆林宫。还有些人来到法国；他们发现了枫丹白露的砂岩，这种材料很难处理，但却具有意想不到的效果，跟当时颇具神秘意味的景色以及国王们阴暗的、谜一样的政治十分协调。于是就雕出了这些墨丘利[6]，椭圆形宫殿的可怕的怪样面饰，雕出了白马院的环绕浴池守卫着的令人震惊的阿特拉斯[7]，三百年来这些岩

1 玛格里特是法国国王弗朗索瓦一世的妹妹。
2 这就是说把所有"O"的音都读成"U"。
3 当时查理五世与教皇开战，纵兵大掠罗马。
4 佛罗伦萨于1532年被美第奇所篡夺。
5 儒勒·罗曼（1492—1546），意大利罗曼派画家，代表作是《巨人的大厅》。
6 墨丘利，罗马神话中主管商业的神祇。
7 阿特拉斯是希腊神话中的提坦巨人之一，后来因为看了美杜莎的头而变成一座大山。在塑刻中常塑作顶地球的巨人。

石雕成的巨人仍然在寻找他们的灵魂，显示出石头中还存在着生命之梦和对未来的希望。

这些意大利人，既已远离故土，摆脱了早先的公众和物议，在一片混沌未开的土地上，他们又受到赞美，他们感到更加自由自在，因此大展宏图，这样也就获得了过去在家乡无法取得的独创性。勒·罗索[1]是在跟一位耽于玩乐的主人（这位主人老是爱说：随你大胆干吧）打交道，所以为了建造一座让病人喜爱的小小游廊，他就把全部艺术融入了最为大胆离奇的构思。

这是自然，这是一种令人心醉神迷的艺术。

弗朗索瓦一世愈老就愈是迷恋艺术。我们知道他曾经对塞利尼[2]说过这么一句话："我要让你给金子闷死。"当罗索把为他建好了的游廊开放的那一天，他说："好，我封你为议事司铎。"于是这位虔诚的艺术家获得了圣·萨佩尔议事司铎的头衔。

勒·罗索并没有享受到这些恩典，他因忧伤而自杀。伟大的优美的画家安德烈·代尔·沙托[3]命运亦复如此。至少，在他罹难以前，他焕发才华，为弗朗索瓦一世画成了他从未达到这种精妙程度的油画——《慈悲》（现藏卢浮宫），这幅画真称得上形象生动，激情洋溢！

弗朗索瓦一世不愿央请外国人来为他装饰卧室，他找了一位法国青年，此人就是让·古戎[4]。这位艺术家赋予了石头一种柔波潋滟的法国风韵；他懂得使大理石像泉水一样线条流畅，宛如草叶荡漾，麦浪翻腾。

---

1 勒·罗索（1494—1540），意大利画家，建筑师。"耽于玩乐的主人"指弗朗索瓦斯一世。

2 塞利尼（1500—1571），意大利金银镶嵌师，雕塑家。

3 安德烈·代尔·沙托（1486—1530），意大利画家。

4 让·古戎（约生于1510年，卒于1564—1568年间），法国雕塑家。

这间神秘卧室的女像柱简直是这个青年人的杰作，大胆创新，不按常规，但精妙绝伦。他是从哪儿觅得这些看上去似乎不大匀称，然而却无限颀长、温柔而娇媚的仙女胴体的呢？你瞧，它们枝柯里的那些人面不就是“泉—美丽的—水”[1]的白杨，那边小溪里的灯芯草，或是托默里[2]的葡萄吗？那双灵巧纤细的手偶然抓住了这一切森林的梦幻，“仲夏夜之梦”[3]，只有在熟睡时才看得见，清晨来临便会为失去踪影而追悔不已。这些美丽的山林女神为艺术所俘获，所凝定，她们再也飞不走了。

这间卧室不太大，但可以俯瞰一个小小的池塘，拉伯雷式的游廊非常暖和，低低的天花板，这就是弗朗索瓦一世晚年的憩息之所。他好奇而多问，不过他也只是在这段时间里有许多话要说。墙在说话。因为庞大固埃[4]碰上了冰冻了的语言，到了春天才会融化吧。无疑勒·罗索所描绘的这类谈话总离不了墙壁。它们滔滔不绝地叙述着新近的巨大发现，亚洲，美洲。印度公鸡、奇异的飞禽是那么令人惊愕，大象妩媚地披着苏丹的饰物，呐，您在这儿可以依次看到这些新的话题。

到了这个世纪中叶，艺术已经衰落。

既然缺少装饰，那么就用高贵去弥补吧。在建筑上，也像在文学上一样，开始了高贵的体裁和凝练的风格。劲健而且典雅。在枫丹白露这精致的小小游廊里，怎么找得到像香波城堡[5]那样的建筑物呢？

---

1 枫丹白露的法文原文是 Fontaine-belle-eau，意为“泉—美丽的—水”。

2 托默里是枫丹白露西南的一个村子。

3《仲夏夜之梦》是莎士比亚的喜剧。

4 庞大固埃是法国 16 世纪小说家拉伯雷的作品《巨人传》中的主人公之一。

5 香波城堡是卢瓦尔河谷所有城堡中最大、最宏伟的一个，已有五百多年历史。

中世纪的教堂

中世纪的教堂是平民的活动场所。人们每天晚上都回到自己家中，不过那可怜的破屋只是个暂时住处罢了。而教堂呢，却是上帝的家。当时的教堂拥有庇护权，确实如此；它给予普天下万物以避难权，整个社会生活都可以在这里得到庇护。人们在这里祈祷，全市镇的人在这里议事，教堂里的大钟就是全城的声音。钟声召唤人们到地里干活，参加公共事务，有时敲钟则是号召人们去为自由而斗争。在意大利，上层公民在教堂里集会。欧洲诸国的代表们前往意大利，要求派遣一支舰队参加第四次十字军东征，当时就是在圣马可教堂[1]。民间的商业买卖也是在教堂周围进行：朝圣，同时也是赶集。商品货物都必须经过祝福。牲畜也要先牵去祷告，现在[2]在拿波里仍然还流行这种做法；教堂对此并不拒绝……不久以前，在巴黎，复活节的火腿是在教堂前面的广场上出售的，每个人在把买到的火腿带走时都要先祈祷一番。从前，人们甚至可以在教堂里进餐，餐后就开始跳舞。教堂容许这类颇有些孩子气的欢乐气氛。

宗教信仰是上帝、教会和平民之间表示思想认同的一项对话。教士与平民，轮流用一种庄严而热情的声调祷告，这声音糅合了古老的神圣语言和平民百姓的语言。于是祷词的庄严性为哀婉动人的歌唱所打破，而且变得具有极其浓厚的戏剧意味。平民大着嗓子在教

1 威尼斯的一座大教堂。

2 指19世纪中叶。

堂里说话，这些一齐大声说话的并非虚构、假托的老百姓，而是从外面进来的真正的老百姓。无数闹闹嚷嚷的人群从教堂的各个入口拥了进去，带着嘈杂的大喉咙，儿童般的叫嚷，就仿佛传说中的圣克利斯朵夫[1]一样，粗野，无知，热情洋溢，但人挺纯和，他恳请入教，要求把耶稣扛在他巨大无朋的肩上。他进去了，把丑恶万分的毒龙也带了进去，他拽着它，在主的脚旁，在把毒龙当作牺牲致祭的一片祝祷声中张口大嚼。有时，他认识到兽性正是在他自己身上，于是他采用了许多荒诞的象征以展示其不幸和残疾。这就是后来大家所称的狂欢节。这种为基督教义所宽容的对于异教狂欢的模拟，再次表现了基督童年时代的种种节日，如割礼节、国王节、圣婴节，还有表示被从魔鬼手中拯救出来时的沉醉欢乐的日子，圣诞节和复活节。当时的这些活动教士们也都参加。这边议事司铎在玩球，那边大家挤在一起在封斋期间大吃鲱鱼。牲畜也像人一样得到解脱。曾亲见救世主诞生的那位卑贱证人，当耶稣襁褓时期常在马槽里用鼻息焐暖他的身子，它还曾经驮着他和他母亲到埃及去，随后又把光荣凯旋的他接回耶路撒冷，此时这个忠心耿耿的动物也自有一番欢乐情趣。节制、耐心、坚定的守分安命，中世纪在驴子身上展示出多少光辉的基督美德。为什么人们还要为它而感到脸红呢？往昔救世主并没有因此而羞惭。在这一切中还有什么罪恶呢？……然而后来，教会禁止平民说话了，教会抛弃了他们，完全疏远了他们。可是在中世纪最初的一百年中，教会并不那么害怕这些民间戏剧，还把民间戏剧用粗豪的笔调临摹绘制在寺院的墙壁上呢。

当时曾经有过一位卓越的戏剧天才，他充满了大胆独创和善意，

1 传说圣克利斯朵夫是一个善良的巨人，他曾把童年时的耶稣扛在肩上。

在他的绘画中常常带有一种感人的童趣。

每逢圣灵降临节，教堂里就放出一群白鸽，鸽群迎着火舌飞舞，鲜花缤纷如雨，教堂的内廊灯火辉煌，犹如白昼。在其他节日里，灯彩把教堂外面装点得十分绚烂。人们可以想象在这些巍峨壮观的大建筑物上的美丽灯彩，这时教士们都身着盛装，手里擎着蜡烛，唱着歌，沿着栏杆在弯曲的桥上走来走去；当灯火和着人声围在一起打转转儿的时候，下面的暗影里人如潮涌，歌声荡漾。这时才是真正的戏剧，真正的奥秘呢，他们表演穿越三界的旅行历程，这是但丁从易逝的现实中获得的崇高预感。诗人把这一切写入《神曲》，使之永垂不朽。

在中世纪漫长繁闹的节日之后，上演这类神圣戏剧的大戏院重又堕入寂静阴暗之中。人们在这里但闻微响，单单教士的声音再也无法充满这些高大宽阔的穹顶（这些穹顶昔日曾容纳过平民响雷似的叫嚷呢）。教堂里空荡荡的，变得非常寂寞。它那种种深邃意义的象征往昔曾经演述得那么洪亮，现在沉默了。这里如今已经成了一项科学的收藏品、哲学的阐述、亚历山大诗体的说明。教堂成了一座精工巧匠经常莅临的哥特式博物馆；他们围绕着它的四周走过，毫无礼数地凝视它，称赞它，但是并不对它祈祷。那么，他们懂得自己所赞美的东西吗？那些博得他们青睐的东西，教堂里那些使得他们愉悦的东西，并非教堂本身，而是庄严绮丽的教堂的装饰，幔幕的流苏，石头的精致花纹，某些罗马帝国时期的哥特式优渥的精品工程。

不管某些宗教后来的盛衰如何，这里总还是存在着某种伟大的东西。基督教的前途在这儿并无关紧要。让我们小心地摩挲这些石头吧，轻轻地在这些青石板上漫步吧。一个伟大的奥秘曾在这儿发生。我在其中只看到死亡，几乎流下眼泪。中世纪，中世纪的法兰西，在建筑中显示出它们内心的思想。巴黎、圣丹尼、兰斯的大教堂比那些冗长的故事更足以说明这些思想。在艺术家热情而严肃的手底下，石头有了生命，获得了灵性。艺术家使它充满了生命力。因此，在中世纪，有一位艺术家曾被人们称颂为“赋予石头以生命的大师”（magister de vivis lapidibus）。[1]

---

1 卢多维克·斯福尔查（Ludovic Sforza）特地从德国请来一位建筑大师为米兰大教堂拱顶合拢，并赐他以嘉号。——原注

贞　德

1337—1453 年,英法之间断断续续地进行了一场战争,被历史学家称为“百年战争”。至 14 世纪 20 年代初期,欧洲大陆实际上存在着三个法国:一个是英国人的法国,包括加莱、庇卡地以至法兰西岛;一个是勃艮第家族的法国,领有东北地区;还有一个是太子查理的法国,偏安一隅,势孤力弱,社会动乱,几乎濒于覆亡。此时英军在摄政贝德福德公爵率领下侵入卢瓦尔河流域,勃艮第方面与之配合,从 1428 年 10 月起长期围攻奥尔良这一法国王室根据地。因此奥尔良的得失遂成为法国兴亡的关键。太子无力调集各路兵马抵御外侮,朝廷涣散,这时有一来自洛林的农村少女贞德自称奉上帝派遣,请缨前往解奥尔良之围,并使查理七世在兰斯加冕,为全法国建立了政治中心;于是人心大振。从此英军节节失败,终于退出大陆,百年战争结束,法国获得统一。

而十九岁的贞德为此献出了年轻的生命。

为什么这位少女要说她是受了上帝派遣来完成这项使命呢?这是因为:中世纪是一个神和教会统治的时代,如果不是声言自己是上天的使者,那么贞德恐怕就寸步难移,哪里还谈得上什么谒见国王,引军出征?贞德以神的名义为号召,爱国的热情与坚定的宗教信仰凝结在一起,形成了一种巨大的精神力量,其所以能克敌制胜,振兴祖国者在此。

历代许多著名作家都曾经写过这位爱国少女的事迹,在法国,18

世纪有伏尔泰，19 世纪有法朗士，20 世纪有贝玑；在德国，席勒写过《奥尔良少女》(1801)，在英国，萧伯纳也写过《圣女贞德》(1925)。米什莱于 1833 年根据档案材料写成此书，作为《法国史》的一部分，于 1841 年出版，1853 年又出了单行本。他以生动活泼、热情洋溢的文笔歌颂了这位爱国女英雄。

一、童年——志愿勤王

孚日山脉的洛林省确确实实具有一种无限肃穆的气氛。从法国境内的这一隆起部分有好几条河流奔向大海，境内到处都有森林覆盖，非常广袤，古时候加洛林王朝曾把这里看作他们皇家最佳的游猎胜地。在这些森林的空地里耸立着吕克塞伊和雷米尔蒙庄严的修道院……

我们所要说的这位曾用剑保卫过法兰西的美丽而勇敢的少女就诞生在洛林的孚日山脉与平原之间，洛林省和香槟省之间的东莱米地方。贞德的父亲是香槟省人，贞德长得很像她父亲；她一点也没有那种洛林人的严峻，但却蕴含着香槟省人的温和气质，还带着某种细腻的感情，就像你在若昂维尔编著的史籍中所读到的那样。

贞德是一家农户的第三个女儿，父亲叫雅克·迈克，母亲叫伊莎贝尔·罗迈。她有两个教母，一个叫让娜，还有一个叫茜比尔。

幼时，当别的孩子都跟着父亲到地里去干活或放牲口的时候，母亲总是把贞德留在身边，教她做针线活或是纺织。她没有学习读书写字；但是她懂得她母亲所懂得的一切关于圣徒的事。她接受了母亲的宗教信仰，这倒不是作为什么课程或仪式学到的，而是通过夜晚灯下闲坐时所讲述的美妙故事，这种通俗而质朴的形式使她继承了母亲的纯真的信仰……

关于贞德的虔诚，我们有一份令人感动的证词，这就是她童年的亲密女友奥茉特所说的话，奥茉特比她小三四岁。“有多少回，”她说，“我曾到她家里，晚上跟她同睡一床，非常要好……她是一个善良的女孩，单纯而温和。她自愿去教堂和圣地；平常就纺织，做家务，跟别的女孩子一样……她经常忏悔。有时别人说她过于虔诚，到教堂去的次数特多，她老是脸涨得通红。”一个农民也被请来作证，他说贞德时常照料病人，还布施钱物给穷人。“这些我知道多着呢，”他说，“我那时还是个小孩，她照料过我。”

大家都晓得她很仁慈，虔诚。他们看得清楚这是村子里最好的女孩子；但他们并不了解在她身上天界的生活总是盖过另外的部分，完全取消了那些世俗的杂念。她永远完整地保持着上帝赐予的童心。她诞生在教堂的高墙下面，儿时总是在教堂的钟声中入睡，她熟谙很多古代传说，她本人就是一个传说，从降生到死亡，一生都充满了灵性和纯真。

她是一个活生生的传说……但是生命的力量，激动而凝定，富于创造性。这个少女，可以说具有一种天生的创造性，她努力去实现自己的梦想，并使之成为现实，她用她那纯真的生命的宝藏感染它们，给予它们一种光辉的全能的存在，令尘世中可怜的现实黯然失色。

如果说诗的本意是创造[1]，那么这就是诗的最高境界。应该知道她是怎样达到这一步的，她从多么卑微的地方出发，最后达到目的。

老实说，她确实出身卑微，但已甚富诗意。她所居住的村庄离乎

1 法语中“诗”（poesie）这个词来源于希腊文“poiein”，意为“创造”。

日大森林很近。从她家门口可以看到一片老橡树林子。仙女常常降临其间;她们特别喜欢紧靠着大山毛榉树的一处清泉,于是人们都称这株山毛榉为神树。小孩子们在树枝上挂上花环,并歌唱它。这些古老的森林女仙已经不再在泉水旁边聚会了,据说她们是因为犯了过错而被从这儿赶走的;然而教堂却时时刻刻提防着这些本地的古老神祇;为了使她们永不再来,本堂神父每年都要来泉水处做一次弥撒。

贞德就出生在这些传说里,在这些民间的沉思默想之中。但是此时这整个国土上提供的却完全是另一类诗,这种诗,犷野,残酷,非常现实,唉!这是战争的诗……战争啊!这一个字就足以说明一切激烈的情绪;当然,并不是每天都发生袭击和劫掠,这只是期待,警报,蓦然惊觉,而在远方的平原上到处可见熊熊的火光……环境多么可怕,但却颇具诗意;最平常的人,低地的苏格兰人,在边境上经历过无数危难而后却成了诗人;叙事诗这朵犷野而充满生命力的花朵在这不祥的(仍然是该诅咒的)沙碛中萌了芽。

贞德在这些浪漫的冒险故事中也颇有收获。她目睹可怜的逃难者拥来,这位好心肠的少女帮着接待他们;她把床让给他们,自己睡到顶楼上去。有一次她的父母也不得不逃亡外出。后来,当成群结队的强盗过去之后,家里人回来,发现整个村子都遭到了洗劫,房屋颓圮,教堂亦被付之一炬。

这样她终于明白了战争是怎么一回事。她深深懂得了这种反基督教义的种种行动,她害怕这种魔鬼的肆虐,使世人死于非命。她反复思虑:是不是上帝永远允许这样?是不是他会让人们不再遭受苦难?是不是就没有一位救星降临人间?……

一个夏天的中午,正值斋戒期间,当时贞德在她父亲的园子里,园子离教堂很近。她忽然瞥见教堂那边有一道令人目眩的霞光,这时她听见一个声音:“贞德,你要做个善良的乖孩子,要常去教堂。”这可怜的少女听着心里十分害怕。

另外一次,她又听见声音,看到霞光,光圈里仿佛有个人影,长着翅膀,好像一位神人,对她说:“贞德,快去救法兰西国王吧,你将使他登上王位。”她听了浑身颤栗起来,答道:“主啊,我只是一个可怜的女孩,我不会骑马,也不会带兵打仗。”那声音又说:“你去找包德里古尔先生,他是沃库勒的统帅;他会派人带你去见国王。到时候圣加大肋纳和圣玛加利大会帮助你。”她直吓得目瞪口呆,不禁流下了眼泪。

那位神人正是圣米歇尔,专司审判战斗的大天使;他又来了,鼓励她,使她勇气倍增,“并告诉她上天对法兰西王国的怜悯”。接着圣女降临,伴随着万道光芒,头戴冠冕,声音柔和动人,令人下泪。当圣女和天使们离开的时候,贞德哭泣得特别厉害。“我真期望,”她说,“天使们把我带走。”

她为这巨大的幸福而哭泣,并非没有道理。在这些壮丽而光荣的显灵之后,她的生活发生了变化。在这以前她听见的唯一声音就是母亲的话音,她唯母命是从,而现在,她竟听见了天使们强大的声音!……这来自天上的声音想要她做什么呢?要她离开她的母亲,离开这温暖的家。她,只有一桩事叫她为难,这就是她要走到一群男人中去,跟男人、跟士兵们说话。她必须走向世界,走向战争,必须离开这个教堂旁边的小园子,在这里每天听到的只是钟声,鸟儿常常跳到她手上来吃食。这一切就是围绕着这位年轻的女使徒的温馨的魅力;天上的飞鸟来到她的身边,就像从前它们在上苍和平的信念中走向沙漠中的上帝一样。

贞德没有告诉我们她是怎样经历这第一个回合的搏斗的。但是显然这种搏斗在她思想里发生过,而且持续了很久,因为从她第一次看到显灵到她离家出征，这其间整整就是五年。

父母亲和上天，这两种力量各自把她朝相反的方向曳引。一方要她仍然默默无闻地劳动，过着简朴的生活，另一方要她离开家，去援救这个王国。天使号召她赶快拿起武器。父亲，一位粗实的农民，发誓说如果他女儿要跟那些兵士走，他就亲手把她淹死。无论如何，他不能答应。无疑这就是贞德内心斗争的焦点。比起这个，后来她对英国人所进行的那些战斗不过是一场游戏罢了。

她从家里得到的不只是反对，还有诱惑。家里人准备早点让她出嫁，觉得这样才能把她拉回到比较理智的念头上来。村子里的一个青年认定她小时候就答应许配给他了，但是她坚决否认，于是对方请求杜勒教会法庭传讯她。人们以为她不能进行辩解，只有听候摆布，结婚了事。可是事实却使众人大为惊愕，她径自前往杜勒，这个平时一向沉默的少女公然走上法庭，侃侃而谈。

为了避开家庭逼迫，她必须在自己家找到一个相信她的人；这可是一桩最难的事。她趁着父亲不在的时候，说服了她叔父，使他赞成她的使命。他带着她一道离开，说是去照料他的妻子。他答应她前往请求沃库勒的统帅包德里古尔老爷的支持。兵士草草不恭地接待这个农民，对他说除了让他仍旧把贞德带回到她爸爸家里别无他法，该“好好地揍她一顿”。她毫不气馁；她要求亲自前往谒见，当然得由她叔父陪同。这可是个决定时刻；她毅然离开了村子和家；她拥抱了女伴们，尤其难分难舍的是她的挚友芒热特；对于她最钟爱的、比她年长几岁的女友奥莱特，她宁愿径自离开，不去告别。

她终于到达沃库勒城。她穿着一件农家妇女常穿的那种肥大的红色长袍，跟她叔父寄寓在一位大车修理匠的老婆家里，这妇女待她极好。她央人把她带到包德里古尔处，态度坚决地说：“她奉上帝派遣来此，谕令太子严守城池，暂与敌人周旋，胜此一役，上帝于四旬斋日复将给予帮助……王国本不属于王储，而属于上帝；然上帝愿王储成为国王。”她又说，目前王储虽困于强敌，然终将为一国之君，她必全力助之。

御林军卫队长听后大为惊讶，怀疑其中或有某种魔法，乃与神父商议，神父亦抱有同感。她没有对教会人士讲述她曾看见上帝显灵之事。神父和卫队长一同来到修理大车的师傅家里，展开襟带，以神的名义谕令贞德离去，如果她是妖魔差来的话。

可是老百姓一点也不怀疑，反而对她充满敬仰之情。人们从四面八方拥来看她。一位贵族讥讽地对她说：“好了！朋友，这样国王就一准会被赶走，而我们都要沦为英国人咯。”贞德见包德里古尔拒绝引见，十分抱怨，说道：“在四旬斋日以前，纵使我的腿脚要磨穿直到膝盖，我也要前往面谒国王。这世界上，不管是英国国王、公爵，还是英格兰国王的女儿，没有谁能占领法兰西王国的土地。虽然我更喜欢在我可怜的母亲身边纺线度日，但今天唯有我能给予一臂之助。当然这并不是我的行当！但是我必须去，我必须去完成这件事，因为这是主的意旨。”“那么谁是你的主呢？”“上帝！”……贵族侍臣大为感动。他答应了她，诚心诚意地把手按在她手上，表示在上帝指引下，他决定领她去参谒国王。一位青年近侍也很感动，他宣称他将追随这位圣女前往。

包德里古尔看来曾经央人去请示过国王，并得到允诺。他带她去到洛林公爵[1]府邸，这时公爵正在病中，他很想征询她的意见。公爵在会晤中唯一的收获就是受到劝告与妻子重归于好，这样可以使上帝息怒。在会晤中贞德也受到很大鼓舞。

---

1 洛林公爵采地是法兰西王国的一部分。

她又回到沃库勒，随即得到国王诏令，命她火速前往。鲱鱼之战[1]的失利使国王决定任何手段都得试试。于是当天她立即宣布开仗。沃库勒的老百姓对于她的神圣使命深信不疑，大家凑钱为她购置装备，并给她买了一匹战马。卫队长赠给她一支宝剑。

现在她还有一个困难需要克服。她的父母听说她将远离，惊恐万分，几乎昏厥；他们又是责令，又是威胁，做出最后的努力想留住她；可是她顶住了这最后的一道难关，让人给他们留了几个字，说她请求原谅。

她的征途充满了艰难险阻。全国各地都处在交战双方军队的铁蹄下面。到处河水泛滥，既没有路也没有桥。这时是 1429 年 2 月。

就这样她跟着五六个兵士走去，没有什么能使这位少女感到颤抖、害怕。一个英国女子、一个德国女子就从来不敢冒这种险，那些个粗俗举止就会叫她们感到无限恐惧。贞德对此却无动于衷；这个女孩子太纯洁了，根本就不会想到这有什么可怕的。她穿上了男子服装，从这以后就再也没有脱过；这一身很贴身的紧身衣裳却成了她最好的保障。她既年轻又美丽，但对于每一个靠近看到她的人来说，仿佛有一层宗教和威严的屏障围绕着她。

她以镇定自若的英雄气概跑遍了烽火连天的整片国土。伙伴们觉得跟着她一道征战非常遗憾；有些人认为她也许是个女巫；他们心里暗暗地想背弃她。然而她内心却十分平静，每到一个城市，她都要停驻下来望弥撒："你们别怕，"她说，"上帝为我领路；我是为此而生的。"她又说："我的天堂的兄弟们要我完成我应做的事。"

查理七世的廷臣们绝非全体都赞成这位奥尔良的姑娘。这位受

1 1429 年，法王查理七世试图抢夺英军补给，在奥尔良为英军所阻击，大败，史称"鲱鱼之战"。

主的启示的少女来自洛林，洛林公爵虽曾鼓励过她，但是，在国王身边，她不能没有王后及其母亲这一派的人支持，不能缺少洛林和安茹这一派的人支持。反对她的人在距希农不远的地方设下陷阱，可是她竟奇迹般地逃脱了那场灾难。

她的对手势力非常强大，甚至当她已经到达王所，大臣们仍然就国王是否应予接见这个问题争论了两天。她的仇敌派人到她家乡去了解情况，稽延时日，一心想把这件事无限期地拖下去。幸亏她也有不少朋友为她出力，除两位王后为其奥援外，还有达朗松公爵[1]，公爵是刚从英国人手里逃出来的，因此心情特别焦灼，急于在北方省与英军作战，以恢复其领地。自从2月12日以来，达努阿[2]曾允诺向奥尔良增援，这时也派人到国王面前为贞德说项。

国王终于在广大群臣中间接见了她。大家原以为这个乡下少女一定会张皇失措。接见的这天晚上，五十支火炬把大厅照得明亮辉煌，宛如白昼，大批贵族领主、三百多位骑士环绕在国王周围，大家好奇地争看这个女巫或是受神灵启示的圣女。

这个女巫才十八岁，容貌秀丽，身量相当高大，说话声音柔和，十分动人。

她像一个穷苦的牧羊少女似的，谦虚地做了自我介绍。在她进来以前，国王故意混在一群贵族领主中间，然而她一眼就认出了国王。不管一开始国王怎样咬定自己不是国王，贞德还是抱吻了他的双膝。不过，因为此时国王还没有行加冕礼，她只称他为太子："仁慈的太子，"她说，"我的名字叫贞德。主派我来向您告知，您将在兰斯城举行加冕典礼，即国王位，您即将成为诸天之王的摄政，法兰西国

1 达朗松在法国诺曼底南部。

2 达努阿是查理七世军队的一位统帅。

王。”国王在别室单独接见了她，谈了片刻，二人均为之改容；她就像她平常忏悔的时候那样对他说：“我以主的名义向您宣告，您是法兰西的真正继承人，国王的儿子。”

那些仇视她的人提出反对意见说，她之所以能洞察未来，乃是由于有魔鬼从中指引。于是人们召来了四五位主教共同对她进行审查。这几位主教不愿卷入朝廷对立的两派纠纷中去，就把这项审查事务推给了普瓦捷大学。在这个大城市里有着大学、议会以及一群智谋之士。

于是，兰斯总主教、法兰西大法官、国王御前会议首席召集诸神学博士、教授，其中有教士，也有僧侣，共同审查。

博士们在大厅就座后，少女进入，坐在一张长凳末端，回答他们的提问。她庄重而简略地叙述天使显灵时所说的话。一位多明我会教徒对她提出了反对意见，但少女凝然不为所动。他说：“贞德，你说上帝要解救法兰西人民；如果这是他的旨意，那么根本就不需要兵士。”她态度从容：“呀！我的上帝，”她说，“兵士们打仗，而上帝赐予胜利。”

这时另一个人表示很不满意，他就是色甘教友、利穆赞人氏、普瓦捷大学的一位神学教授，据传是个刁钻刻薄之辈。他操着一口利穆赞土话向她发问：所谓上天的声音讲的是哪一带的法语；贞德带着有点恼火的口气答道：“比你的这种口音好听。”“你信上帝吗？”博士怒气冲冲地问道，“嘿！上帝才不会相信你的鬼话呢，除非你发出征兆来给我们看看。”她回答：“我到普瓦捷来绝不是为了显示什么征兆或奇迹；我的征兆就是解救奥尔良之围。请给我兵士，不管多少，我都要去。”

在普瓦捷也跟在沃库勒发生的情况一样，她的圣德事迹在老百姓中纷纷传闻，引起了轰动；众人都热烈拥护她。贞德当时寄住在一位律师的妻子家里，妇女、贵族小姐和平民大娘都前来争看贞德。凡是见到她的人无不为之感动。男人们也去探望；这些参议、律师、冷酷无情的老陪审员，他们心中疑云密布，但也随着众人前去；可是他们一经听过她的讲话之后，一个个都像妇女们一样哭了，说道："这女孩子的确是上帝派来的。"

那些专司审查的人也跟着国王侍卫去看她。他们又重新对她开始了没完没了的审查，给她提出一些旁征博引的经文，企图运用这些圣典证明大家不应该相信她。"你们听着，"她说，"上帝的书里比你们的那些书里说得要多得多……我一个大字不识；可我是上帝派来解救奥尔良，并给太子在兰斯加冕的……在这之前我一定要写信给英国人，叫他们滚开。上帝命令他们这样做。你们有纸和墨水吗？写吧，写下我说的话：'你们听着！苏福尔，克拉摄达斯，还有拉普尔[1]，我以诸天之王的名义命令你们滚回英国去……'"他们毕恭毕敬地录了下来。她让审查她的人一体心悦诚服。

他们认为：不妨合法地利用这个少女，于是他们征求昂布伦总主教的意见，也得到了同样的答复。高级神职人员提醒他们：上帝曾经多次把对男人隐瞒的话通过处女启示凡间，比如古代的女预言家那样。机不可失。这时奥尔良情况异常紧急，杜努阿连连派人前来求救。于是人们立即为少女装备起来，并且在她麾下组成了一个军部。首先派了一位勇敢的中年骑士让·道隆给她当副将，道隆原隶属杜努阿伯爵部，在其所属将领中最有教养。她还拥有一名贵族侍卫，两名传令官，一名膳食总管，两名仆从；她的哥哥比埃尔·达

1 她称之为拉普尔的是当时包围奥尔良的英军统帅威廉·波尔伯爵；其副将为约翰，塔尔波和托马·德·斯加尔（贞德叫他克拉摄达斯。）

克来见，也加入了这支队伍。人们任命圣·奥古斯丁教派隐修教士让·巴斯格莱尔为军中听忏悔神父。

贞德初次身披银白色铠甲，骑在一匹乌黑的骏马上，腰佩小斧和圣卡特琳娜宝剑（此剑是她请人在费尔博瓦的圣卡特琳娜祭台后面觅得，故获此名），一时万目争睹，叹为奇观。她手擎缀有王室徽记的白旗，旗上绣着手托宇宙的上帝；其旁为天使，均手执百合花，侍立左右。“我不愿，”她说，“用我的宝剑杀死任何人。”她又说，她虽爱宝剑，但是她更爱这面旗帜，“比爱剑超过四十倍。”在她被派遣增援奥尔良之际，且让我们比较一下双方情况。

英国人由于在严冬天气长期围困奥尔良城，士气渐渐衰竭。自从沙利斯伯里[1]死后，他招募来的许多骑士都日趋自由松散，各自逸去；另一方面，勃艮第人则已为勃艮第公爵召回。当贞德率领兵士攻克英军城堡的时候，有好几个邻近城堡的守军猬集其中，这样一下子就俘虏了五百人众。也许俘虏总数达到两三千名。在这个小小的数目中并非都是英国人，其中也有些法国人，无疑英国人对这些法国人并不太信任。

假若他们集结起来，这倒也是一支相当强大的劲旅；可是他们都分散在十二个城堡或大路上，大部分彼此毫无联系。这种部署证明了塔尔波以及其他英军将领在此之前所以能获得胜利主要是由于骁勇和运气好，而非因为军事才略上的优越。企图凭借这些各个孤立的小据点去攻打并准备占领巨大的城池就未免过于薄弱了；为数众多的法国人，因为长期遭受围困而得到锻炼，最后反而倒转过来包围了围城的英军。

---

1 沙利斯伯里伯爵在苏福克以前担任英军统帅，1428 年 11 月在迈恩被奥尔良守军炮击而死。

当人们看到向奥尔良挺进的诸军将领的大名单上有拉·希尔、圣特莱伊、高古尔、顾朗、科阿莱兹、阿马涅克，看到除了雷斯元帅率领的布列塔尼兵、圣塞维尔元帅率领的加斯贡兵之外还有夏多顿统领、弗罗朗·德·伊利埃带领的邻近贵族参加这场征战，可能会觉得解救奥尔良之围似乎算不上什么奇迹吧。

然而，必须指出，要使这些巨大的兵力成功地运转起来，这里还缺少一样东西，这东西非常重要，缺它不行。这就是：统一行动。当然，如果需要的只是谋略和才智，那么杜努阿也许能够提供。但是仅仅这个还不够。必须有一个权威，比王权更权威才行；国王的统领们对于服从国王并不习惯。欲令这些骄兵悍将的任性胡来有所收敛，则必须上帝亲临。在这个时代，人们虔信圣母，她比基督还要受人顶礼膜拜。需要圣母降临凡间，需要一位深得民心、年轻、美丽、温柔、果断的圣母。

战争已经把人变成了野兽；现在必须把这些野兽重新变成人，变成基督徒，变成善良的百姓。这可是一个伟大而艰巨的变化啊！某些阿马涅克统领也许是这世界上从未有过的最最凶狠的人。只要提出一个就够了，吉尔·德·雷斯[1]，单单他的名字就叫人害怕，他可是“蓝胡子”的原型啊。

兴许只有一个办法可以打动他们的心灵；这些心灵总还有人性、天良，宗教的感情并未完全泯灭。老实说，强盗们也有一套奇奇怪怪的“点子”把宗教结合到抢掠勾当上去。加斯贡的拉·希尔即是一例。他颇有独创性地说过：“若是上帝当上骑兵，他也会抢劫。”每次他去抢劫，总要先来一番加斯贡语祈祷，他话并不多，心里默念

---

1 吉尔·德·雷斯元帅（1404—1440），在对英战争中有功，遂放肆残忍地杀人，作恶多端，最后被处死，法国民间传说中的蓝胡子即以他为原型。

着，上帝对于他的要求肯定心领神会：“上天大老爷，我请你为拉·希尔做拉·希尔一定会为你做的事情，假如你是统领，而拉·希尔是上帝。”

这些阿马涅克的老强盗们的突然转变真是可笑而又令人感动。他们真的完全改邪归正。拉·希尔再也不敢乱讲渎神的话了；贞德对于他过去养成的这类粗暴作风很同情，她特准他咒天骂地。魔鬼一下子变成了好人。

随后，她下令在沿卢瓦尔河的大路上建起一座露天祭台，她领了圣体，接着他们也跟着领了圣体。都兰地区的春天的明媚风光，简直奇异地跟少女的宗教魅力融合在一起了。人们恢复了青春，忘了自己；他们仿佛再度芳华，满怀虔诚和希望，跟她一样年轻，窈窕，回到了童年……他们跟她一道，整个身心开始了一种新的生活。她会把他们带到哪里去呢？他们毫不在乎。他们跟随着她，哪怕不是去奥尔良，而是一起去耶路撒冷，他们也去。

现在来不来全要看英国人了；她在写给他们的信中和蔼地建议，无论是英国人还是法国人，应当联合起来，全部开往耶路撒冷，解放圣墓。

二、解奥尔良之围——使国王在兰斯加冕

宿营的第一夜，她先安排全军睡下，可是她自己还不习惯这种艰苦的军旅生涯，她因此生了病。她不晓得什么叫作危险。她确信英国人尚无动静，于是准备让部队在对方所据守的岸边插进英国堡寨北渡。但无人听从她的意见；人们沿着另一岸边行进，在奥尔良以上两法里的地方渡河。杜努阿迎住了她。“我给你带来了最有力的支援，”她说，“这是诸天之王的援助，还从来没有给过别人。也并非我

本人要来，而是上帝垂怜奥尔良城，并不愿公爵[1]及其城邑沦于敌手，这样才应圣路易和圣查里曼的请求，派我前来。”

4 月 29 日晚八时她缓缓进入奥尔良城；群众塞道，队伍几乎无法前进。大家争相迎接，若是无法看到本人，至少接触一下她的坐骑也好。众人盯着她看，“就像看见了上帝一样”。她轻声跟他们说着话，走进教堂，随后又来到当地的头面人物、奥尔良公爵的财务总管府上；看到她的莅临，总管的夫人和女儿们大加款待。

她带着粮秣给养进了城；全军顺流而下直扑布罗瓦。不过她原意是立即向英军堡寨发动攻击。她向英军北部城堡发出了第二道战书，接着她又向南部城堡发了另外一道。英军格拉斯达尔统领用了一连串粗话侮辱她，骂她是牛倌儿，烂污货。实际上他们认为她是女巫，对她非常害怕。他们扣押了她派去的传令使，想烧死他，认为这样做也许足以破除妖祟。不过，他们觉得在这样做以前应该先向巴黎大学的博士们征询意见。杜努阿威胁他们说要把他所俘获的对方的传令使全部杀掉。可是少女，她内心毫无畏惧；她又派了一个传令使，并对他说：“你去告诉塔尔波，如果他动武，那么我也动武……他若能抓得住我，就由他叫人把我烧死。”

军队还没有开到，杜努阿大着胆子出去寻找。圣女仍然留在奥尔良，当时所有的官府机构都已停顿，实际上她就成了一城之主。她跨马巡视全城，老百姓都跟随在她后面，一点也不害怕。第三天，她前往近处观察英军营寨；所有的老百姓，男的，女的，还有孩子，都一齐去看这些沉寂无声的著名城堡。她带领着老百姓到了圣十字教

1 指奥尔良的查理公爵（1391—1464），他在跟英军作战时在阿让占尔被俘，滞留英国凡二十五年。

堂[1]，大家都哭泣起来。老百姓忘乎所以；他们为宗教和战争所鼓舞，感到极度兴奋，好像什么都不怕，什么都能干，什么都相信，这种情形，不管对朋友还是对敌人，都是可怕的。

查理七世的掌玺大臣、兰斯大主教，在布卢瓦早先就留着一支小部队。这位年迈的政府头面人物完全没料到这种群情振奋的力量竟有这么大，要不就是他心里害怕她。他情不自禁地到来了。少女跟老百姓一道去迎接他，教士们也齐声高唱颂歌；这个行列在英国城堡前面走过来走过去；1429年5月4日，在许多教士和一位少女的掩护下军队入城。

少女，虽然当时正处在激情兴奋之中，但仍然十分仔细，对这些新来者的满怀恶意看得很清楚。她明白人家一心一意想排除她，自行其是，全盘皆输也在所不惜。杜努阿对她承认人们害怕凡尔斯托夫率领的一支英国新军即将开到。“巴塔尔，巴塔尔，”她对他说，“以上帝的名义，我命令你，一旦凡尔斯托夫到来，你得立即通知我；如果他来了我不知道，我就叫人砍掉你的脑袋。”

她思忖别人也许会撇开她单独采取行动，她想对了。她才休息片刻，就立即起来：“啊！我的上帝！”她说，“我们的人血流满地……这一仗打得真糟啊！为什么他们不叫醒我？快，拿我的枪、我的马来！”她正披挂上马，突然看见她的年轻仆从在那边玩：“啊！坏小子！”她对他嚷道，“你怎么不告诉我法兰西的鲜血正在流淌呢！”她赶快催马上阵；可是她看见伤员已经从前方抬下来。“从来，”她说，“没有一回，看见法国人的血，我不毛发直竖。”

她一到战场，原来往后退的兵士都掉转了头。杜努阿，他也没有得到通知，刚好同时到达。法军又开始向英军城堡（这是北堡中的一

---

1 圣十字教堂是当时奥尔良的大教堂，建于1287年。

座）冲击了。达尔波企图增援。可是，这时，一支奥尔良生力军倏然而至，为首的就是少女，达尔波见势不妙，只得下令撤退。英军城堡终被占领。

许多英国兵穿上教士衣服正准备逃走，都被少女俘获，他们感到生命得到了保障；这一下她才知道自己这边的人也挺残酷。这是她第一次告捷，也是她头一回亲眼看见了战场的惨状。看到这么多人没有经过忏悔即已死去，她哭了。她要忏悔，她跟她的部下，都要忏悔。于是宣布第二天，也就是耶稣升天节这天，她将领圣体，并全日诵经祈祷。

有人却利用这一天召开了会议，但没有邀请她出席。会上决定法军将渡过卢瓦尔河攻打圣让·勒·布朗（此地有营寨扼守，使法军给养难以通过），同时则佯攻敌军侧翼。这些嫉妒少女的人只把佯攻的消息告诉了她，但是杜努阿却将全部情况对她和盘托出。

英国人这时采取了本来早就该采取的措施：集中兵力。他们主动焚毁了法军准备攻打的那个城堡，退缩到南部的两个城堡，即奥古斯丁和图尔纳勒[1]城堡之中。奥古斯丁堡不久就受到袭击，并被攻克。这次成功仍应归功于少女。在酣战中，法军曾一度感到惊惧，向早就搭好的浮桥如潮水似的急速撤退；这时，少女和拉·希尔从人群中霍然跃起，登上木桥，向英军侧翼猛冲过去。

图尔纳勒堡依然屹立。胜利者在这座城堡前面过了一夜。可是他们迫使少女（这一天是礼拜五，她全日什么都没有吃）后退，重新渡过卢瓦尔河。这时召开了王家枢密院会议。当天晚上，人们告知少女会议一致决定，认为：既然城内粮秣充足，部队可以暂驻，待新

1 图尔纳勒古堡遗迹在卢瓦尔河南岸，今仍可见。奥古斯丁堡和圣让·勒·布朗堡相距甚近。

的援军开到再攻图尔纳勒。很难相信这就是上面头领们的真正意图；因为英军随时可以得到凡尔斯托夫的增援，这样等待下去十分危险。也许他们企图欺骗少女，想把她花了偌大气力争得的成功的荣誉毁于一旦。她可没有中计。

"你们有你们的打算，"她说，"我也有我的主意。"她转身对她小教堂的神父说道："明晨天一亮你就来，别离开我；我有许多事要做；我的身体将要流血；我的胸部以上将要受伤。"

第二天早晨，她的居停主人想挽留她。"留下吧，贞德，"他对她说，"我们刚捕了鱼，你就留下跟我们一道吃鱼吧。""先搁着吧，"她神情愉快地说，"把它搁到今天晚上吃好了。等我再跨过桥去把图尔纳勒拿下来；我要给你带个'godden'[1]来，也给他一份尝尝。"

她随即就上了马，跟一群骑兵和平民，直驰到勃艮第门。但是高古尔爵爷、王宫总管坚决拦住她。"你这个人真差劲，"贞德对他说，"不管你愿不愿意，骑兵一定得冲出去！"高古尔深深感到，在这群义愤填膺的兵士面前，他自己的性命危如悬卵，另外，他的部下也不服他。于是众人冲开了大门，并把另一个边门也强行打开。

当众人冲进船里的时候，太阳正在卢瓦尔河上冉冉升起。可是，等到达图尔纳勒，他们感到需要大炮，于是他们在城内四处寻觅。终于他们开始攻击掩护城堡的壕外空地了。英国人的抵抗骁勇异常。少女眼看进攻部队气势渐衰，马上就亲自冲进壕沟，取了一架云梯，支在城墙上，这时突然一箭射来，恰恰射中她的脖子和肩膊中间。英军纷纷出来捉她，但她的部下已经把她抢回。离开了战斗，卸掉了武装，她被搁在草地上，她凝视着身上很深的伤口：箭已穿透了她的肌

1 这是当时英国人常用的一句骂人的话"Goddam"之讹音，此处即指英国佬。

肤，她内心惊恐，双目流泪……蓦地，她站起来，感觉圣女在她面前显现；她避开了那些骑士，他们以为用神咒就能使她的伤口愈合；她不愿违背上帝的旨意，治好自己，她说。她只是让人给她在伤口上涂上点油，随后她做了忏悔。

一切毫无进展，而夜幕即将笼罩大地。杜努阿准备下令法军撤退。“再等一等，”贞德说，“你先吃饱喝足。”她在一块葡萄地里祈祷。一个巴斯克人从少女的侍从手中接过那面敌人为之胆寒的大旗。“大旗一碰到城墙，”她说，“你就进去。”“大旗已经碰到了。”“好，进去吧，一切都是你的。”这时，冲锋的战士奋不顾身，“像上楼梯一样”，跃登城头。英军两侧同时受到攻击。

这时守在卢瓦尔河对岸、注视着战斗的奥尔良骑兵实在忍不住了，他们敞开大门，冲上桥去。可是有一处桥拱已经折断；他们连忙架上一道沿槽，一名全副武装的圣让派骑士冒险挺进，从上面一掠而过。桥好歹算修复了。大批人马拥了上去。英军看到冲上来这么多人，以为法军全部出动，不禁一阵眩晕。有的看到了圣艾尼昂，还有的看到了大天使米歇尔。格拉斯达尔企图通过小桥向城堡里逃走；桥适为炮弹所毁，这个英国人跌入河中淹死了。从前少女曾被他辱骂过，见到这一情景，叹道：“啊！我多么怜悯你的灵魂！”城堡里共五百人，全部就歼。

卢瓦尔河南岸已无英军踪迹。第二天是礼拜日，北岸英军丢弃了城堡、大炮、俘虏和伤病员。达尔波和苏福尔指挥了这次井井有条的勇敢的撤退。既然对方主动后撤，少女禁止人们追赶他们。只是在他们还没有走远、尚可远瞩奥尔良之际，她下令在原野上搭起一座祭台，5 月 8 日礼拜天，法国人在此举行弥撒，就当着敌人面前，众人祷告上苍，表示感恩。

解救奥尔良之役令人感到不可思议。人们认为这其中有一种超自然的力量。不少人把这件事说成是魔鬼所致，但是大部分人认定应归功于上帝。人们普遍地开始相信查理七世当继承王位。

解围之后六日，热尔松[1]写了一篇论文，散发出去，在这篇文章里他阐述这场伟大的胜利应归功上帝。善良的克里斯蒂娜·德·比章[2]则撰文赞扬妇女立此功绩。当时的诸多论著赞成贞德的居多数，持敌意者较少，甚至连英国人的盟友，勃艮第公爵的下属臣民也是如此。

查理七世应当抓住这个时机，果断地从奥尔良前往兰斯，取得王冠。此举似十分大胆，但当时英军初战失利，惊魂未定，这样做并非太难。对方直到此时还没有为亨利六世[3]加冕实已铸成大错，所以自应赶在他们前面做这件事。先加冕者为法王。查理七世即位后的第一件大事就是通过英军占领下的法兰西领土亲自巡视，确定主权，以示"率土之滨，莫非王土"。

持此议者唯少女一人。这种豪迈大略的思路确实非常明智。那班政界人物、枢密院的巨头们则在一旁微笑；他们主张一切当缓慢而稳当可靠地进行，可是如果按照他们的意见去做，必将予英国人以喘息之机。枢密大臣们一个个阐述了有关意见。阿朗松公爵意欲人们开赴诺曼底，收复阿朗松。其余人等则要求继续留在卢瓦尔河地区，围攻一些小据点；这是畏缩不前的保守想法，持此议者多为奥尔良、安茹等世家，以及查理七世的宠臣波瓦特万·拉·特莱慕伊家族。

苏福克部进入雅柔后，随即坚决闭关严守。波穰西在达尔波爵士得到摄政王（系凡尔斯托夫爵士所引荐）之助以前也曾被占领。

1 热尔松（1362—1429），原名叫让·复利埃，法国神学家。

2 克里斯蒂娜·德·比章（1364—1430），法国女文学家，写过不少诗和散文。

3 亨利六世（1421—1471），当时的英国国王，年龄幼小，尚未加冕。

法国王室总管德·热什蒙，长期以来一直在自己领地内作壁上观，此时突然不顾国王和贞德的反对，率领他的布列塔尼骑兵增援获胜的大军。

一场大仗迫在眉睫；热什蒙领兵前来乃是为了获取荣誉。塔尔波和凡尔斯托夫联合起来了；可是，怪事把这块地方和这场战争点染得完全像十分偶然似的。当时这里到处是灌木丛，满地小树桩子和荆棘，人们在这片珀斯荒原中竟无法找到英军所在。一头牡鹿被法军前锋所追逐，急忙中闯入英军行列，这一下暴露了他们的阵地。

英军开始调动，但并未像往常一样布上鹿角。塔尔波想单独作战，自从奥尔良一役之后，他总是被法军到处追赶，感到十分恼火；凡尔斯托夫爵士则相反，他曾在鲱鱼之战中打过胜仗，所以不需要交锋以恢复声誉；他十分睿智地声称一支士气不振的军队应当采取守势。争论未了，法国骑兵已疾驰而至，没有遇到什么重大抵抗。塔尔波坚决准备应战，他心想也许会死于疆场，但最后却被俘虏。法军乘胜追击，歼敌甚众；两千英军尸横遍野。贞德看到这些尸身，不禁落泪；随后她又观察到军队中对待那些无钱赎身的俘虏的种种暴行，更加哭泣得厉害。有一个被毒打头部以致当即倒地殒命；少女再也忍不住了，她立即跳下马，上前扶起那个可怜人的头，给他叫来一位教士安慰他，并帮助他悠悠地死去。

在6月28日至29日的帕台战役之后，法军向兰斯进发的时机到了，否则就永远不行。那班政界头面人物想让大家仍留在卢瓦尔河不动，并准备取得科斯内和拉·夏里泰的支持。这一次他们可真白费唇舌了，那些畏怯的声音没有人听。每天都有许多外省人大批拥至，他们听人传说关于少女的种种奇迹，他们只相信她一个人，而且也像她一样，心里急着要护送国王去兰斯。这简直成了一场无法抵御的朝圣的十字军热潮。懒洋洋的年轻国王终于被这股拥向北方的群众巨浪卷起。于是，国王、大臣、政界人物、狂热者，不管愿不愿意，有理智的还是疯子，都一齐出发了。出发时有一万二千人，可是沿途群众源源而至，队伍愈来愈大，还不断有人加进来。那些没有盔甲的，哪怕是贵族，也就披着一件大袖口上衣跟随着这神圣的大军远征，当个弓箭手或是长剑兵。

6 月 28 日大军从纪昂出发，经过奥塞尔城前面，为了表示宽容并未进入；此城当时仍在勃艮第公爵手中，特鲁瓦驻扎着一支勃艮第人和英国人的混合部队；当王军初次出现时，他们竟然还发动了一次出击。对于这么一个戒备森严的城市，没有大炮，要夺取它简直不大可能。那么停下来进行围城，如何？另一种方式是大军向前开，把这个要塞留在后面，这样办行吗？大军这时已经缺少粮秣。那么仍旧开回原地，是不是好呢？那班政界头面人物的意见占了上风。

有一位年迈的阿马涅克参议、马松首席大臣独持异议，他认为在这样的行动中智慧属于勇者，在这样浩大的群众性十字军远征中实不必徒逞口辩。“国王决定这次远行，”他说，“并不是由于骑士们力量强大，或是因为他拥有大量财富，也不是因为他觉得出行是可能的；他之所以这样做乃是因为贞德叫他前进，叫他去兰斯加冕，并且对他说没有任何力量能够阻挡他，因为这是上帝的旨意。”

少女前往敲枢密院的大门，保证三天之后大军可以入城。“我们准备等六天，”掌玺大臣说，“如果我们相信你的话是真的。”“六天？不，你们明天就能入城。”

她手擎大旗，人们跟随她走向壕沟。她让大伙把弄得到手的任何东西：木柴、门板、桌子、梁柱、桁条等等，什么都往下扔。大伙干得真快，一会儿壕沟几乎就看不见了。英国人开始感到眼花缭乱，就像在奥尔良一样。他们仿佛看见一群白蝴蝶环绕着神奇的大旗上下翻飞。在他们那边的一群市民，心里很怕，回想起在特鲁瓦曾经订立过剥夺查理七世继承王位的公约，所以他们早就已经避到教堂去了。他们高呼称应当投降，战士们求之不得。他们跟王军进行了谈判，获准带着他们所有的东西离开。

他们所有的东西，主要就是指俘虏，一些法国人。查理七世的参议们起草对方投降书约时对这班败军之将并无任何规定。少女独自思量着这件事。当时英国人带着被他们绳捆索绑的俘虏正要离开，她站在门口，大声呼叫："啊，我的上帝，绝不能容许他们把这些人带走！"于是她把俘虏都留下来，由国王付了赎金。

查理七世于7月9日成为特鲁瓦城的主宰，15日进入兰斯；17日（礼拜天）他举行了加冕典礼。这天早晨，少女依照福音书的教导，在献祭之前先进行复归仪式，口授了一封致勃艮第公爵的信；信中没有提起过去，既不动怒，也不羞辱任何人，而是颇有分寸、气度恢宏地写道："让我们像忠诚的基督徒应当做的那样，真心地彼此宽恕吧。"

查理七世，由大主教为他敷上从圣·莱米教堂取来的圣器里的油；按照古礼，在国王加冕及就餐时，由高级神职人员将他在座位上略略抬起，并由世俗大臣服侍一切。随后他到圣玛古去，用手抚摸瘰疬患者。[1] 至此仪式即告完成。于是他成为唯一的真正的法国国王。英国人往后也可能为亨利加冕作王，但在平民百姓的思想中，那种加冕仪式比之前者只不过是一次滑稽的模仿而已。

当国王加冕时，少女跪在地上，亲吻他的脚，流下了热泪。众人也都流泪。

1 古代习俗认为法兰西国王加冕后具有神力，经他抚摸的患者手到病除。

经证实，当时她曾说道：“啊，仁慈的国王，现在的这一切都是上帝的旨意。上帝命我解救奥尔良之围，让我领您到您的兰斯城，接受加冕仪式，以表明您是真正的王，法兰西王国应属于您。”

少女说得对；她已经做了并完成了她应做的事。在这胜利的盛大节日欢乐之中，她对自己将来的结局有了某种想法，也许这是一种预感。当她跟随国王一道进入兰斯城，群众拥到面前高唱赞歌的时候，她说：“啊，善良而虔诚的人民啊！……如果我将死去，请把我埋在这里，我会十分高兴的！”“贞德，”大主教对她说，“你想死在哪里呢？”“我不知道，我想在任何地方，在上帝愿意的地方……我很希望能回到家乡，跟我的姐妹、兄弟一道放羊……他们再见到我会高兴的！……至少我做了主命令我做的事。”于是她抬起头来，向天谢恩。根据古代传说，当时所有看见她的人，比过去更加相信她是上帝派来做这件事的。

三、贞德被出卖了

查理七世加冕典礼的影响非常巨大，从此以后，遣军出征好像只是一种和平占领，总是旗开得胜，马到成功。这成了盛大的兰斯节日的继续。在国王面前条条道路都是平坦通衢，每个城市都为他打开了大门，放下了吊桥。从兰斯教堂到苏瓦松的圣·梅达尔教堂，到拉翁的圣母院，一路上仿佛接驾似的，热烈欢迎。查理七世在每个城市里都停驻数日，随意到处巡视，最后他进入普罗万省梯埃里城堡，经过一番歇息休整之后，他又向庇卡底地区做他的凯旋漫步了。

在法兰西国土上是否还有英国人呢？这可真令人怀疑。自从帕台战败之后就不再听见人们谈起贝德福德公爵[1]了。这倒并非他没

1 英国贵族，当时是英幼王亨利六世的摄政。从1424至1427年，他率军攻打法王查理七世，节节胜利，直至贞德解奥尔良之围始败退。

有行动或是勇气，而是他确实已经元气大伤。只要举出一件事就可以概括说明他的困难处境，这就是他无力偿付他的大司法团的费用，这个法庭所有的工作均已陷于停顿，而根据习惯，年轻的亨利王的登基也无法详细登记在册，“因为缺少羊皮文书”。

在此情况下，贝德福德无计可施。他只好完全仰赖他最不喜欢的人——他的叔父、有钱又拥有极大权势的红衣主教温彻斯忒。这位主教既野心勃勃，又很吝啬，他总是讨价还价，迟迟不前。条约至7月1日才缔结，这是帕台败绩后的第三天。查理七世进入特鲁瓦和兰斯，巴黎震惊，而温彻斯忒当时仍在英国。贝德福德为了确保巴黎，立即向勃艮第公爵求救。公爵虽曾亲临，但几乎是单身一人；摄政王从其中捞到的好处就是使他列名显贵会议，并讲了话，又重提了他父亲死难的那段伤心史。[1] 做完了这些事，他离开了，只给贝德福德留下很少的几个庇卡底骑兵作为援军；而作为回报，对方还得把莫城抵押给他……

为了大树特树红衣主教的权威，就必须要让在法国的贝德福德身份低到跟在英国的格罗塞斯特[2]一样，迫使他向温彻斯忒求救，于是就由温彻斯忒率领一支军队来为年幼的亨利六世举行加冕仪式……

7月25日，在查理七世正式加冕九个月之后，红衣主教才率军进入巴黎。贝德福德不失时机，立即率部出发警戒，以防查理七世前来。双方军队曾两次遭遇，发生了一些小接触。但贝德福德担心的是诺曼底，乃分兵前往保护，而就在这时候，八月，王军直扑巴黎。

这并不是少女的意见；她的声音告诉她切勿前往圣德尼[3]面前。

---

1 摄政王的父亲即“无畏的让”，于1419年在蒙特罗桥为阿马涅克人所刺杀。

2 格罗塞斯特和贝德福德一样也是英王亨利六世的摄政。

3 圣德尼是3世纪时的巴黎主教，受迫害遇难，是法国与巴黎的主保圣人。作为地名的圣德尼在巴黎北面。

王家陵寝所在的城市正如国王加冕的城市一样，均是神圣之地；除此之外，她预感到在某些方面她已不再起什么作用了。查理七世可能也这样想。从前那种圣战的神启，十字军远征的滔滔诚意曾经鼓舞过战争中士兵的士气，而今它面对的却是这么一个纯粹理智而散文化的城市——这里充满了爱嘲讽的人群，经院派神学博士，卡波什派的拥护勃艮第分子，难道说会没有危险？

攻击非常轻率。这样一座城市是不可能靠突然袭击一下就夺取的；只有绝其粮秣，徐徐图之；然而此时塞纳河上下游却完全控制在英国人手中。他们兵力强大，能攻能守，而且还得到许多原来跟他们有牵连的居民的支持。此时谣传，说阿马涅克人就要过来夷平全城。

不过在进攻中法国人还是占领了一处城堡前面的高丘。少女下到第一道壕堑里，冲过把这道壕堑与第二道隔开的脊地。她发现围绕城堡的最后一道壕堑里灌满了水。她不顾周围乱箭密如冰雹似的纷纷向她射来，一边大叫快拿柴捆来填壕沟，一边用长矛测量沟里水的深度。这时她几乎只是单独一人，一下子就成了众矢之的。有一支箭刚好射中，穿透了腿部。她拼命忍住剧痛，仍在原地坚持着，鼓励兵士往上冲。但流血已经过多，她只好退入第一道壕堑里暂避；直到晚间十至十一点钟光景，人们才千方百计让她决定撤下来。她似乎感到巴黎城下这场惨败也许会使她从此一蹶不振了吧。

在这次攻坚战中有一千五百人受伤，有人错误地指责她，说是听了她的主张所以才打败的。她归营后，被军队里的人像仇敌一样臭骂了一顿。她自己对于在圣母诞辰这一天（9 月 8 日）发动攻击倒并不顾忌；可是这却引得虔诚的巴黎居民十分愤怒。

查理七世朝廷中更加议论纷纭。于此神明式微之际，那些不信教的人、政界人物、盲目的教条主义者、神的死敌，一齐坚决宣称反对神。兰斯大主教、法兰西掌玺大臣，从来就不赞成少女，也跟她意见相左，坚持要求谈判。他去到圣德尼要求休战，也许他暗中已经结交了当时正在巴黎的勃艮第公爵。

少女又成了众矢之的，无人支持。整个冬天，王军围困了圣比埃尔-勒-慕斯蒂埃和拉·沙热泰。对于前者，敌人几乎已经放弃，于是她发动攻击，一举占领了那个城市。但是围攻沙热泰却旷日持久，人马疲乏，这时发生了一种突然的惊慌恐惧使得围城兵士不战自溃。

英国人决定叫勃艮第公爵前往增援。他越是觉得他们疲弱，就越是希望守住这些他可能在庇卡底取得的要塞。英国人因刚刚丢掉卢维埃，完全听他摆布。这位亲王是个很富有的基督徒，颇想从中获得好处，于是把钱财、人力投入了战争。他用金钱争取了斯瓦松总督。接着他围困贡比涅，该地省长很靠不住。不过当地居民对查理七世却是十分配合，他们听任省长交出了城市。少女立即投入战斗。同一天，她发动了一次突围，狠狠地打击了围城军队。但是人们霎时间又重整队列，奋力逼退了突围的兵士，一直逼到堡前高丘，直捣吊桥。少女原来是留在后面掩护撤退的，这时也许是因为人群拥挤，桥头堵塞，要不就是因为此时城堡大门已经关闭，她无法及时折回。敌兵从她的服饰认出了她，她被团团围住，给人一把揪住，拉下马来。捉住她的是个庇卡底弓手（人称“旺多姆杂种”），随后把她卖给了让·德·卢森堡[1]。英国人和勃艮第人现在总算亲眼看到了他们心中恐惧的对象了，他们从前一直认定的这个怪物、魔鬼其实不过是个十八岁的少女，所有的人都为此惊愕不已。

---

1 让·德·卢森堡（1391—1441），是红衣主教路易·德·卢森堡的兄弟，当时任鲁昂大主教，他和他哥哥均属勃艮第派，他参加了贡比涅之围，并将贞德以一万金镑的价格卖给了英国人。

她早就想到会突然发生这样的情况；这一残酷的事实可以说是不可避免的，必然的。她该遭受苦难。倘若她没有这番磨难和这一最高的净化，少女形象就只会朦朦胧胧地留在一片光辉之中，她在人们的记忆中就不可能是“奥尔良的圣女”了。

从前在谈到解救奥尔良和国王兰斯加冕的时候她曾说过：“我就是为此而生。”两件事既已完成，她的神圣地位就危险了。

战争与圣洁，这是两个矛盾的词儿；好像圣洁就是战争的对立面，圣洁应当是爱与和平。哪一个年轻人参加战役的勇气中没有浸染上战斗和胜利的血腥狂热呢？……她在出发的时候说过，她绝不用她的剑去杀人。后来，她又曾高兴地谈起她在贡比涅佩带的剑，她说：“这支剑用来砍树干和幼林真是好极了。”难道没有什么变化的迹象吗？少女成了统帅。达朗松公爵说她对现代武器、杀人的武器、大炮有一种奇特的杰出才能。她带领的是一群毫无纪律的骑兵，她不断地因为他们的混乱无秩序而受到折磨，至少为了控制他们，她渐渐变得粗野易怒了。

在她被俘之前不久，她曾亲手抓住了一个勃艮第方面的人，此人名叫弗朗盖·达拉，是个强盗，在整个北方，人们对他恨之入骨。王家大法官要求将他绞死，一开始她拒绝了，想用他来交换俘虏；后来她才决定将他交付法庭。此人罪恶累累，绞死一百次也不为多；但是，对一名罪犯绳之以法，同意判处某人死刑，即使在她的部下看来，这也会损害她的圣洁和伟大。

像这样一个灵魂殒落在这个现实世界中间有着多么不幸的环境啊！她几乎每天都要失去属于她的某些东西。人们蓦地变得富埒王侯，备受尊荣，这不会不受惩罚。这华美的衣裳，这些贵族的书简，这些国王的恩宠，长此以往，这一切无疑地会损坏她英雄的纯朴性格。

就因为她，她的故乡全村人都获得豁免人头税的权益，国王还曾授予她的一个兄弟沃库勒司法官之职。

但是对少女最大的祸害，还是她的圣洁本身，是人民对她的尊敬与崇拜。在拉尼，有人曾恳求她使一个孩子复活。阿马涅克伯爵曾经写信央请她，选择决定在两个教皇中究竟应当顺从哪一个。[1] 如果人们一定要她回答，她可能答应等到战争结束时再做决定，用她内心的声音来判断应奉谁为正宗。

然而这并非骄傲。她从不以圣女自居；她常说她并不通晓未来。在某一战役前夜，有人问她国王是否能打赢这一仗；她说她一点也不知道。在布尔日，有几个妇女请求她用手触摸一下十字架和念珠，她笑了，对她的房东玛格里特太太说："您自己摸一下吧，那也挺好。"

这就是，我们曾经说过的，这位少女的瑰意琦行，于奋激中透露出通情达理。这也就是，就像人们即将看到的，那些审判她的法官为何是不可饶恕的。那些神学院修士、爱推理的辩士认为她获得了神灵启示而仇恨她，既然无法把她当作疯女人加以蔑视，而且她常常以一种更为高超的智慧把他们驳得哑口无言，于是他们就更加残忍地迫害她。

她即将死去，这不难预料；她本人就感觉到这个。从一开始，她就曾说过："我应当好好利用时间了，我只能活一年，或者还不到一年。"有好多回，她跟她的神父巴斯克莱尔谈话时总是说："如果我不久即将死去，请为我告诉国王，我们的领主，要他建立一些小教堂，让大家在那里替为保卫王国而牺牲的人们祈祷。"

当她的父母在兰斯再见到她的时候，曾问过她是否毫不害怕，她

---

1 14 世纪时教会分裂，当时有两个教皇：一个是马丁五世，居罗马；另一个是克雷芒八世，居法国阿维尼翁。

答道："除了叛卖，我什么都不害怕。"

从前她在乡间，逢到傍晚时分，如果那儿有个教堂，特别是乞讨僧侣的教堂，她总要进去，跟准备领圣体的小孩们待在一起。倘若一则古老的传闻可信的话，后来她被抓去的那一天，她曾到贡比涅的圣·雅克教堂领过圣体；当时她忧郁地背倚着一根柱子，对许多在场的平民和孩子们说："我的好朋友，我亲爱的孩子们，我告诉你们，我确信，有一个人已经出卖了我；我已被叛卖，不久我要被处死。我请求你们，为我祈祷上帝：因为我再也不能为国王和崇高的法兰西王国效劳了。"

很可能少女就要被人议价出卖，被人购买，就像他们买下斯瓦松一样。英国人准备拿出全世界的黄金来购买她；在紧急之际，他们年轻的国王还曾亲自到过法国。但是勃艮第人早就企图逮捕她了，他们终于把她捉住；这不只是为了公爵，为了整个勃艮第派的利益，而是直接关系到让·德·利尼本人，他急不可待地买下了这个女囚……

让·德·利尼把少女控制在自己手中，他是勃艮第公爵的附庸，当时他的处境也跟他的主子相同。他也跟他一样贪财，极其邪恶。他属于卢森堡的著名家族，因为他是皇帝亨利七世和国王让·德·波希米的贵戚，所以处处得到人们优待。不过让·德·利尼很穷。他在家里年龄最小。他的姑母是利尼和圣保尔地方的豪富；他靠着为人机灵，使自己成为姑母的唯一继承人。这一财产赠予引起了许多人的抨击，他的长兄跟他争夺最激烈。在这一段等待的时间里让成了勃艮第公爵、英国人、所有的人的最恭顺、最惶恐不安的仆从。英国人逼迫他把女囚交给他们，这样他们就可以立即把她从囚禁她的庇卡底省的博利炮楼里抓走。不过，另一方面，如果他让他们抓走她，他就会在他的主子、继承权的仲裁者、勃艮第公爵身边失宠；这位公爵只要一句话就能叫他灭亡。于是他暂时把她送到帝国境内，康布莱附近他的博勒瓦尔城堡去收押。

英国人被仇恨和羞辱激怒，极力催逼，威胁。他们对少女恨得要命，说应该活活烧死这个女人。所以如果少女不被判为女巫并被烧死，如果不把她所取得的胜利跟魔鬼联系起来，那么在老百姓的思想里就会永远认定这一切都是奇迹，都是上帝的功绩；由此推论，上帝是反对英国人的；这一来他们就实实在在给打败了：因此，他们得下狠心干这份魔鬼的勾当。按照当时的思维方式，非此即彼，没有中间路线可走。这个结论，对于一向傲慢的英国人来说是无法接受的，特别是对于像英格兰那样一个主教政府、那样一个由教会领导一切的政权，更是绝对不能容忍。

温彻斯忒在一种几乎绝望的情况下把所有事务都抓在手中。在英国，格罗塞斯特摄政既然已经被废除，在法国，贝德福德就成了孤家寡人。他曾认为把一切带动起来会把年轻的亨利国王引到加莱（4月23日），但是英国人按兵不动。他曾试图激发他们的荣誉感，提出一条法令以"反对那些恐惧少女的魔法的人"，但毫无结果。当时国王滞留在加莱，就像一条搁浅的破船。温彻斯忒完全成了嘲笑的对象。在把进军圣地改为讨伐波希米之后，他坚决进攻巴黎。这位好战的高级教会人物发觉所有的路都封闭了；在贡比涅，敌人堵住了他的庇卡底大道，在卢维埃，通诺曼底的路也被封死。但是战争仍在继续，金钱耗费甚巨，进军已成泡影。仿佛魔鬼插进来了；红衣主教只得在马阑起诉，烧死这个魔鬼般的少女，借以摆脱困境。

一定要从勃艮第人手中把她弄过来。她是5月23日就擒的，26日从鲁昂宗教裁判所以副本堂神父的名义发来一封信函，催促勃艮第公爵和让·德·利尼从速交出这个有巫术嫌疑的女人。宗教裁判所在法国势力并不太大。它的副本堂神父是个胆子很小的僧人，属于多明我会，无疑他也像其他乞讨派修士一样，对少女抱有同情。可是他所在的鲁昂当时仍处于大权在握的红衣主教的恐怖统治之下，他饱受胁迫。红衣主教刚刚任命其心腹瓦维克爵士为鲁昂统帅、执行者、亨利总督。瓦维克负有两项完全不同的任务，均需以高度信心去加以完成，这就是既要保卫英国国王，又要监视敌人。

凑巧的是，少女是在科雄主教管区的边界上被抓获的，而不是确确实实在管区里面，但是他们希望别人相信是在里面。因此，作为普通法官的科雄致书英格兰国王为此案求情；6 月 12 日，一封王家诏书命令法国大学院主教和宗教裁判所全体法官共同审理。两个法庭准备一并进行工作，只是有一个困难没有解决，即被告的少女一直都还在勃艮第人手中。

大学院一马当先；7 月 14 日它致书勃艮第公爵和让·德·利尼。科雄非常热心，充当了英国人的代理人兼信使，情愿亲自送信，面交两位公爵。与此同时，他代主教督促，要他们立即交出女犯，以便审理。在这个奇特的法令中，他由法官的角色变成了谈判代表，并提出愿意付给酬金；尽管这个女人不能被看作战俘，英吉利国王还是准备给"旺多姆杂种"二百或三百镑年金，并另给拘禁她的人员六千镑为酬。随后，在信的末尾，他开价高达一万法郎，他指出这笔酬金甚为优厚："按法兰西习惯法，相当于赎一位国王或王子的金额。"

英国人根本不怎么信任大学院和科雄的那些办法，认为他们的措施软弱无力。科雄提出限令的当天或第二天，7 月 19 日，英国议会即通令禁止英国商人在荷兰进行贸易，尤其是安特卫普市场，不准他们在那里购买纺织品和其他货物（本来他们用羊毛交换这些东西）。这样做就打击了勃艮第公爵、弗朗德勒伯爵的要害，即弗朗德勒的棉布与呢绒两大类企业；英国人从此不再前往购买棉布，同时也不供应呢绒给他们。

当英国人积极行动起来毁灭少女的时候，查理七世有没有搭救她呢？看来，什么也没有做；当时他手里也有不少俘虏；他完全可以扬言要进行报复，威胁对方，以此来保护少女。就在最近，他还曾通过他的掌玺大臣、兰斯大主教进行谈判；可是这位大主教以及其他政界人士对少女并无好感。过去曾经热烈迎接少女的安茹-洛林派、西西里老王后在这个时候也不肯帮她在勃艮第公爵面前讲几句好话。洛林公爵已濒临死亡，人们为谁当拥有继承权争论不休，而善良的菲利普则支持勒内·德·安茹的竞争者，洛林公爵的女婿和继承人。

这样一来，形形色色的人物，唯利是图的一帮子，就都站到了反对少女方面，至少是对此漠不关心。仁慈的查理七世什么也不为她做，仁慈的菲利普公爵干脆把她交了出去。安茹家族企图并吞洛林，勃艮第公爵则想要布拉邦；他尤其想继续跟英国人在弗朗德勒做生意。那些小诸侯也各有其自身利益所在：让·德·利尼图谋继承圣·波尔，科雄一心想当鲁昂大主教。

让·德·利尼的妻子恳求他不要失去名誉，跪在他脚下，也毫无用处。其实他并不自由：他已经接受了英国人的钱；他将把少女交出去，当然，并不直接交给英国人，而是交给勃艮第公爵。利尼和圣·波尔这一家族秉承它往昔的伟大雄心，一定会追随命运，直到格莱夫广场[1]。出卖少女的人仿佛已经预感到自己的卑鄙可耻；他叫人在他的纹章上绘上一头不堪重负的骆驼，旁边题着一句为勇士所不

1 巴黎格莱夫广场本为民众游乐场所，在14世纪时常用作刑场。现为市政厅所在地。

齿的铭文:“无法办到的事谁都顶不住。”

四、受审

2月21日,少女被带上了法庭。波韦主教“温和而仁慈地”告诫她,叫她在审问时要说老实话,这样可使案件审讯时间缩短,以减轻内心不安,千万别耍花招。她的回答是:“我不知道您要讯问我什么;您也许要问我那些我根本不会对您说的事情。”她同意发誓说真话,但一切都不应触及她亲眼所见的圣灵奇迹。“对于最后这一点,”她说,“哪怕您杀我的头,我也不说。”终于,人们使她发誓回答有关信仰方面的问题。

接着第二天,2月22日,新的审讯开始了,24日继续进行。她总是抗辩:“小孩子常说,被吊死的总是那些说真话的人。”后来她不再坚持,同意起誓“说出关于她这个案件的事,但并非她所知道的一切”。

庭上问到她的年龄,名字和别号,她回答她还不到十九岁。“在我出生的地方,大家叫我让纳特,而在法国叫贞德……”至于“圣女”的别号,似乎因为那份少女的羞怯情绪,她不愿启口;她用了一句怕难为情的遁词避开了:“别号吗,我一点也不知道。”

她抱怨脚上戴着铁镣。主教对她说,因为她好几次企图逃跑,所以不得不给她钉上镣铐。“是的,”她说,“这我干过,不过这对犯人是合法的。如果我能逃脱,你们绝不能违背信仰,我什么也没有答应。”

庭上命令她诵读天主经和圣母经,下令者也许怀着某种迷信的想法,认为如果她信奉魔鬼,她就念不出这些经文。“如果波韦的主教大人想听我忏悔,我情愿念诵这些经文。”这是多么巧妙而令人感动的请求;她就这样向审问者也就是她的敌人表示了她的信念,她把他变成了她的清白无辜的见证。

科雄主教拒绝了她的请求；但是我确切相信他是被感动了。这一天他休了庭，第二天也不亲自审讯了，让一位陪审员出庭审理。

第四次开庭的时候她更显得神采奕奕。她毫不隐瞒她曾听到的声音："这种声音把我唤醒，"她说，"我双手合十，祈求它们赐予教谕；它们对我说：'你请求圣父吧。'""它们还对你说过什么？"——"要我回答你们的话坚决些。"

"我不能把一切都说出来，我害怕说出让它们不高兴的话，我宁可不给你们回答……今天，我请求你们别再盘问我了。"

主教见她十分激动，坚决要问下去："那么贞德，人们会因为说了真话而得罪上帝吗？""我的声音对我说了某些东西，不是为你们，而是为了保卫国王。"于是她急速地说道："啊！如果他知道这些，他进餐时一定会更加高兴的……我真希望他知道这些，不要在复活节喝这里的酒。"

掺杂在这些孩子话中间的，也有不少豪言壮语："我是上帝派来的，我只是在这里完成我的任务，你们把我送回到上帝那里去吧，我是从那里来的！……

"你们说你们是审问我的法官；你们该仔细想想你们将要做的事，因为我真是上帝派来的，你们这样做，就把自己放在极大的危险之中。"

这些话无疑惹得法官火冒三丈，他们对她提出了一个阴险狡诈的问题，设计好圈套来构陷她："贞德，你认为现在你属于获得赦罪的人吗？"

这一下他们以为她掉进了一个无法解脱的陷阱之中。如果说不，那就等于自认不配做上帝的工具。可是另一方面，又怎么好说是呢？

在我们这些凡人中间，有谁敢肯定自己真正在上帝的恩宠之中呢？谁也不敢肯定，除了那种骄傲的、自高自大的人，而这种人恰恰是差得最远，最不够格。

但是她以英雄的、基督徒的纯真打破了这个圈套："如果我不是，上帝会把我放进去；如果我是，上帝将把我留在其中。"

那些法利赛人[1]听了，一个个目瞪口呆。

然而，尽管她这样英勇，她终究还是个女人……她谈完了这些崇高的话，身子就倾倒下去，她瘫软了，不禁犹豫、疑惑，自然而然地做一个基督徒，她暗自思量，努力让自己安心："啊！如果我知道自己不在上帝的恩宠之中，那么我就是世界上最不幸的人了；如果我有罪，那声音就绝不会来临。……但愿每个人都能听到它，像我一样。"

这些话恰好给法官以可乘之机。中断了很长一段时间之后，他们怀着满腔仇恨重新对她猛烈打击，一连串发问直问得她无法招架。

"上天的声音是不是曾对她说过，要她痛恨勃艮第人吗？……她小时候，是不是从神树上下来过？"等等。他们早就蓄意想把她当作女巫烧死了。

审讯到第五十次，人们从一个极微妙的危险方面对她进攻，这就是那件上帝显灵的事。

主教，突然变得似乎充满了同情，怜悯，甜言蜜语："贞德，从上礼拜六以来您的身体还好吗？""您看我，"可怜的女囚手脚都戴着镣铐，"我在尽力撑持呢。"

"贞德，今年封斋期间您是不是每天都守斋呢？""是不是这跟本

---

1 法利赛人是古代犹太教的一派成员，《圣经·新约》指他们为伪善者。

案有关？”“对，那当然。”“那么！是的，我一直守斋。”

庭上提出了关于显灵的事，又问她曾经给太子以何种示意，还有关于圣加大肋纳和圣米歇尔的许多问题，硬逼着她回答。在许多充满敌意、不成体统的问题里，还问她：圣米歇尔显灵时是不是赤条条的？……对于这个下流问题，她并不明白用意何在，她只是用了一种天真纯洁的语气反驳道：“你认为主没有衣服给他穿吗？”

3 月 3 日，又提出了另外一些奇怪问题，为了让她承认使过某种妖法，曾经跟魔鬼搞过串联。“这个圣米歇尔，这些女圣徒，他们是不是有躯体四肢？这些人是不是天使？”“是的，我相信这个，就跟我相信上帝一样坚定。”这些答话都被详细记录下来。

从这里又转到法军服装和旗帜：“你方战士所用的旗帜不跟你的一样吗？他们不更换吗？”“是的，当长矛折断了的时候。”“你没有说过这些旗帜会给他们带来幸福吗？”“没有，我只是呼喊：勇敢地向英军冲啊，然后我就亲自带头冲上去。”

“那么为什么这面旗帜会在法国国王行加冕礼时给带进兰斯大教堂去，而不是其他头头的旗帜呢？……”“它过度辛劳，也就是这个缘故它很光荣。”

“人们亲吻你的脚、你的手和衣服，他们想些什么？”“可怜的人们，他们自发地来到我身边，因为我不使他们痛苦；我用我的全副力量支持他们，保卫他们。”

没有一个人的心不为她回答的这些话所感动。科雄认为从此之后应只派几个心腹悄悄地进行审讯，这样做最为谨慎。自从这一案件开始以来，大家发现陪审员每次开庭都不同；上次是这一批人，这回又换了另外一批。审讯场所也老是变动；开始是在鲁昂城堡大厅，而现在则在监狱里进行。科雄，“为了不麻烦别人”，从 3 月 10 日至

17日，每次开庭只要两个陪审员和两个证人参加。也许鼓励人们进行秘密审讯的是从此他更加确信调查对他有利；代理主教终于受到法国宗教裁判所首席大法官的批准，与主教共同审理此案。

在新的审讯中，人们只着重讯问由科雄预先布置的几点：她被俘的这一次贡比涅突击是不是她听到的声音命令她干的？她没有直接回答："女圣徒对我说我将在圣让节前被俘，事情必然会这样发生，我对此并不感到惊讶，而是听其自然，上帝会帮助我……既然上帝愿意这样，我当被俘。"

"你认为你未得父母准许就离家出走，做得对吗？人不应当敬重父母吗？""他们原谅了我。""那么你认为这样做一点也没有罪吗？""上帝命令我这样做的；即使我有一百位父母我也要出去。"

"那些声音称呼过你上帝的女儿、教会的女儿、勇敢的女儿没有？""在奥尔良解围之前，以及从那以后，那些声音曾叫过我，而且每次都这样叫我：'圣女贞德，上帝的女儿。'"

"在圣母诞辰那天攻打巴黎，对吗？""不在圣母诞辰那天当然很好；但心里常常记住这些日子更好。"

"为什么你要从博勒瓦尔炮楼跳下去呢？(他们想引诱她说出她想自杀。)""当时我听说贡比涅的穷苦人将被全部处死，连七岁的孩子都不能幸免，而且我知道我已被出卖给英国人了，我宁死也不愿落在英国人手里。"

"圣加大肋纳和圣玛加利大，她们恨英国人吗？""她们爱主所爱的，恨主所恨的。""上帝恨英国人吗？""上帝对英国人爱还是恨，对他们的灵魂做了什么，我不知道；不过我知道除了死去的人之外，他们全部都得离开法兰西。"

"抓起一个人来勒索赎金，然后就把他处死，这是不是一项大罪？”“我从没有犯这个罪。”“弗朗盖·达拉是不是被处死了？”“是我同意的，因为不能拿他去交换我们的人；他是一个匪徒，卖国贼。他的案子在桑利王家裁判所里审了半个月才定罪。”“你没有送钱给抓住弗朗盖的人吗？”“我不是法兰西财政大臣，可以给钱。”

“你认为你们的国王杀了或是叫人杀了勃艮第殿下[1]，这做得对吗？”“这是法兰西王国的一大损失。不过，无论在他们之间有什么嫌隙，上帝派遣我来只是为了帮助法兰西国王。”

“贞德，神有无启示让你逃走？”“这与你们的案情无关。你是不是想让我说不利于自己的话。”“那些声音什么也没有对你讲吗？”“这与本案无关；我把一切都托付给上帝，由他安排……”沉默了一下：“我的天，我不知道时辰和日子。上帝的旨意一定能完成。”“你的那些声音什么也没有对你说吗？”“哦，对，声音对我说过我将得到拯救，要我愉快、坚强……”

另外一天，她又说：“女圣徒对我说我将在伟大胜利中获得拯救；她们还对我说：‘请宽怀吧，不要担心你牺牲；最后你将回到天堂。’”“自从她们说了这些话，你是不是就确信会得到拯救，而不会下地狱呢？”“对，我坚决相信她们对我说的话，我必将得救。”“这个回答很重要。”“对，这对我来说是个大宝藏。”“这么说你认为你就不会犯大罪了吗？”“我不知道；我把一切托付给上帝。”

法官们终于接触到了起诉的核心问题。他们这才找到了一个焦点。把这个纯洁的少女当作女巫、魔鬼，不大可能，那么放弃这个打算吧，不行。因为在这个神圣的性质上还是有懈可击的：这个神秘的声音相当于或是胜过了教会的教谕，权威的旨意；神灵的感应，但

---

1 1419年，“无畏的让”（即勃艮第殿下）在蒙特洛桥会见太子时被人刺死。

却是自来的;上天的默启,但却是个人的;顺从上帝,哪个上帝呢?内心的上帝。

人们结束了这次初审,最后问她是否将一切言行交付给教会作出判决。她回答道:“我爱教会,我愿以全力支持它。至于我所做的义举,我当信赖派遣我来的上天之王。”

这个问题老是重复提出,她也没有别的答话,只是说:“主和教会是一体。”

人们对她说应当分清凯旋教会,即上帝、圣徒、得救的灵魂,以及战斗教会,也就是红衣主教、教士、基督徒,这个集合在一道的教会是由圣灵主宰的,不能搞错。“你不愿服从战斗教会吗?”“我是上帝、圣母玛利亚、圣徒和上天的胜利教会派遣到法兰西王这儿来的;我,我的义举,我做过的和将要做的一切都服从这个教会。”“那么你服从战斗教会吗?”“现在我不回答别的。”

如果我们相信当时的一位陪审员的话,她可能还说过在某些方面她不相信主教、教皇和任何别人;她的一切都来自上帝。

真正的争论展开了:一方面,是可见的拥有权威的教会;另一方面,是神灵启示,但看不见的教会……当然凡人的眼睛是看不见的,但虔诚的少女却看得清清楚楚,她凝视着它从不间断,而且听见它的声音,在她心里存在着这些女圣徒和天使……这就是她的教会,上帝在这里光芒迸射;别处多么黑暗!……

争论的焦点就在这里,无法解脱。少女完了。她没有退路,她不能否认她如此清晰地看到的和听到的东西。另一方面,可以这样说,权威总是权威,能放弃审判权不惩罚她吗?战斗教会是一个以双刃剑武装起来的教会,它打击谁?看来打击的就是那些不顺从它的人。

这个教会极其可怕,其化身就是这些辩士、神学院大修士,他们是神灵启示的死敌；如果说它是由波韦主教所代表的话，那可真是凶恶无情；不过在主教上头，难道就没有更高的主宰了吗？主教和大修院那一帮，他们发布主教会议的最高指示，在这一特殊案件中，他们怎么能不把刚刚举行的巴塞尔主教会议看作最高审判权威呢？另一方面，教皇的宗教裁判所，多明我会修士是其中的代理主教，当然不会怀疑教皇的审判权不高于它……

利齐厄的主教认为贞德的神灵默启可能来自魔鬼，说得好一点，可能这只是她自己编造的谎话；而且，如果她不顺从教会，就该把她当作分立派来处理，在信仰上极为可疑……

现在主要就是要了解她内心的神启是否已经沉默，她自己是否会否认这些来自神灵，当教会命令她这样做的时候。

有时她宣称服从教皇，并请求把她发送教廷。有时她又加以区分，说在信仰上她服从教皇，服从高级神职人员，服从教会，而她以前的所作所为，乃是信赖上帝。有时她又不加区别，也没有什么解释，她“信赖她的国王，信赖天主的裁决”。

不管人们怎么小心翼翼想遮掩这些东西，但是在人们企图加以神化的外貌中隐蔽的人性还是可以看出不少变化。如果认为法官终于使她在这些问题上受了骗实在是大错特错。“她很机灵，”有个当时的见证人说得对，“她有一种女子的机灵。”可是不久，她生了病，几乎奄奄一息，我把她的生病归因于这些内心的斗争。

在复活节的前一周她病倒了。诱惑大概是从圣枝主日开始的。一个出身农村的少女，生在森林边沿的地方，她一直都生活在天底下，像她这样的女孩子本来应当在钟楼深处度过这复活节的良辰佳日的。而今教会所祈祷的伟大神祐不是赐给她的；门不为她而开。

礼拜二门开了，但这是为了把女囚带到城堡大厅法官们面前。

人们对她朗读从她答话里摘出来的一条条问题，事先，主教对她指出："这些博士均系教会人士、神权和人权方面的文人学者，都很和善而仁慈，他们想平和地进行审讯，不施报复或作人身刑罚，只是搞清问题，按照弄明真相与拯救的方针使本案得以顺利进行；而且，鉴于她的文化程度不高，主教和宗教裁判所的法官们建议她挑选一个或几个列席者以咨询意见。"少女在这一大堆人中间找不出一个友善的面孔，轻轻答道："对于你们晓谕我的权利和信念，我表示感谢；至于你们给予我的忠告，我可绝对不想抛开主的忠告。"

第一条就触及了根本问题，顺从。她像以往一样答道："我和我们的圣父[1]、主教和其他教会人士都赞成保持基督教信仰，而惩罚那些信仰不坚的人；至于我的种种作为，我只能顺从上天的教会，顺从上帝和圣母，顺从天堂的男女圣徒。我绝不缺少基督教信仰，而且我不愿缺少。"

她接着又说："我宁愿死，对我奉主的指示所做的事也不悔改。"

法官席上的那些博士们一个个缺少才智，盲从条文，根本不从精神上去考虑事情，这也是个时代特色，他们觉得没有什么比一个女人穿男人衣服罪恶更大。他们向她指出，按照教规，凡改穿异性服装者在上帝面前都是一桩滔天大罪。一开始她不愿直接回话，请求推迟到第二天再做答复。法官们坚持要她脱掉男人衣服，她回答"脱掉男装不由她做主"。"但是如果我们不许你听弥撒呢？""好！没有你们，我们的主也能让我听到。""你愿穿着女人衣服，在复活节迎接我们的救世主吗？""不，我不能脱掉这件衣服；为了迎接我们的救世主，我觉得这件衣服跟别的衣服没有什么不同。"接着她似乎有点动摇，

1 圣父，指罗马教皇。

便要求人们至少要让她听弥撒，她说：“那么，好，你只要给我一件像那些平民人家的女孩子穿的袍子，一件长长的袍子就行。”

要晓得在这期间总是有三名兵士睡在她的卧房里，这是三个人们称之为“恶棍”的强盗。要晓得她是被用一根粗铁链子绑在柱子上，那件人们想要她脱掉的男人衣服就是她的保护物……

她整天都在众目睽睽的监视下，在兵士们的凌辱和讥笑之中，随人侦察；温彻斯忒，宗教裁判所的法官和科雄，每人都有一把炮楼的钥匙，时刻在窥伺着她；他们故意在墙壁上钻洞；在这间地狱式的牢房里，每一块石头都有眼睛。

她所能得到的安慰，就是一开始人们还让一位神父跟她联系，这位神父自称犯人，说是属于查理七世一派。他们叫他洛瓦斯勒，实际上是个依附英国人的诺曼底人。他赢得了贞德的信任，接受她的忏悔，而每逢这个时候，几个公证人就躲着偷听并把她的话笔录下来……他们要洛瓦斯勒鼓励她抗拒，让她走绝路。当他们讨论是否要给她上刑时（既然她不否认，而且毫无隐瞒，上刑一点用处也没有），通常只有两三个人秘密研究这种残酷暴行，这位听忏悔的神父也参加。

到了复活节的前一周，女犯被剥夺了天主教的圣事，她的景况愈来愈悲惨了。礼拜四，也不让她领圣体赡礼；这一天基督成了普天下千家万户的客人，应当邀请所有的穷人和遭受苦难的人，但是她似乎已被遗忘。

耶稣受难日（复活节前的礼拜五），整天寂静无声，每个人只听到自己心跳的声音，仿佛法官的心也讲话了，仿佛一种人道的宗教的感情竟在他们古老的经院神学的灵魂中苏醒过来了。真的，礼拜三这一天，他们三十五个人都出了庭，但礼拜六这天却只剩下九个；其余的人无疑都托词当天需要祈祷，没有出席。

相反，她恢复了勇气；她把所受的痛苦和耶稣基督联系在一起，于是又重新振作起来。她答道“她信任战斗教会，只要教会不要强迫她做不可能做到的事”。“那么你是不肯顺从地下的教会，顺从我们的圣父教皇，顺从红衣主教、大主教、主教和高级神职人员咯？”“对，无疑的，天主为先。”“你所听见的声音禁止你顺从战斗教会咯？”“它们什么也不禁止，奉天主为先。”

五、诱惑

礼拜六她仍然很坚定。但是第二天，礼拜日，这个伟大的复活节的礼拜日，她怎么样了呢？这破碎的心灵里发生了什么呢，在这普天同庆的节日，全城喧声震天，热闹非凡，鲁昂的五百口钟同时欢快地鸣响，所有的基督徒都随着救世主一起苏醒过来，而她却仍然陷于死地？

在这个好日子，这种孤独的感觉对她是多么残酷！对于一个一直依靠信仰生活的年轻的灵魂，这是多么难以忍受！在她洋溢着圣灵和默启的内心生活中仍然是恭顺地服从教会的命令，直到此时她还天真地自认是教会的驯服的女儿，就像她自己说的“好女儿”，但猛然间却发现反对自己的正是教会，她怎么能毫无恐惧呢？在这天门向着全人类开放的日子，众人在对上帝的信仰下面团结在一起的时候，只有她一个人孤零零的，被排斥在欢乐的人群和所有信徒之外，就她孤零零的一个！……

那么这种开除是不公正的吗？……她是什么人，竟敢反驳那些高级神职人员、那些博士呢？她怎么敢在这么多充满智慧的饱学之士面前夸夸其谈？一个无知的村女妄想反对大学者，一个纯朴的少女妄想反对高级权威人士，难道这不是傲慢和该死的自负吗？……

恐惧向她心头一阵阵袭来。

另外，也并非贞德坚持这种反抗，因为直到现在那些答话都是女圣徒和天使们口授给她的……为什么，唉！在这样困难的情况下，这些圣徒是不是很少来临了呢？为什么这些令人慰藉的女圣徒的面容只是在昏暗的光线里来临，而且一天天失去光彩呢？……多少次他们答应过使人解脱，怎么总不来临……无疑，女囚并非常常想到这些问题，她也从没有低着声儿，悄悄地跟这些女圣徒和天使们顶过嘴。但是那些说话不算数的天使们是不是光明天使呢？……但愿这些可怕的念头丝毫不曾在她脑海里闪过。

她有一个办法可以逃避，这就是：不否认自己曾经说过“我似乎觉得”。法院人士认定她说过这个词儿。但是对她来说，吐出这么一个多少带着点疑惑意味的词儿，那就是彻底否定，就是背叛了上天的温柔的好姐妹们……宁死也不能这样……实在，这不幸的少女，既被看得见的教会所排除，又被看不见的教会所遗忘，为众人和她自己的心灵所委弃，她终于感到支持不住了……身体也随着衰颓的心灵垮了下来……

正巧这一天仁慈的波韦主教给她送来一条鱼，她吃了鱼，自以为中了毒。主教对此案很关注，因为如果贞德一死，那么这件棘手的案件即告结束，审判人员也从此可以摆脱困境。可是英国人不这样打算。瓦维克爵士十分惊慌地说：“国王[1]绝不愿意让她正常死去；国王已经买下了她，她对他很值钱呢！……一定得经过司法审讯判她死刑，烧死她……你们赶快安排把她治好。”

于是，派来了人给她看病，放血，但是病情仍不见好转。她体质虚

1 指英王。

弱，几已濒于死亡。他们真怕她想就这样逃避，白白死掉，什么也挖不出来。他们希望她既然身体衰颓，心灵就更容易被征服，于是法官们企图说服她。4月18日，他们来到她的卧房，向她指出：如果她不听话，不接受教会的旨意，那么她的处境就极其危险。她答道："我确实觉得我的病已危在旦夕。如果确实如此，那就让上帝随便处置我吧，我愿忏悔，接受我的救世主，把我安置到圣地去。""如果你想领教会的临终圣事，你得像个好基督徒那样，服从教会。"她毫无反驳。接着，法官老是重复这些同样的话，她说道："如果我的躯体死在狱中，我希望你们把它葬在圣地；如果你们这样去做，我将把这报告我们的主。"

在审讯中，她早就表示过她的遗愿。问："你说你是奉上帝之命穿男人衣服的，那么你临终的时候是不是愿意穿妇女的衬衣呢？"答："只要长些就可以了。"这份感人的答话足以说明在这极大的危难之际她重视贞操远远胜过生命。

博士们对病人开导了很久，专门负责告诫的是尼古拉·米狄，他是巴黎大学的修士，最后尖刻地对她说："如果你不顺从教会，你就要像一个撒拉逊人[1]那样被抛弃。""我是一个好基督徒，"她轻声回答，"我受过洗，我将像一个好基督徒那样死去。"

不断的延迟使得英国人忍耐不住了。温彻斯忒曾经希望，在打仗以前能结束这个案子，他想从女囚嘴里掏出点供词来破坏查理王的声誉。这一招一旦成功，他就重新攻下鲁维埃，占领诺曼底，然后径赴巴塞尔开始另一场战争，神学理论之战，坐镇该地，成为基督教国家的主宰，迎立或废黜教皇均将权由己出。他意欲早日完成这一雄图，但这时却为等待少女的供词，枉费了时日，因此心情非常焦灼。

1 撒拉逊人是中世纪十字军东征时对古阿拉伯民族的统称，泛指异教徒。

笨拙的科雄要求从速做出惩治少女的决定，这实在叫鲁昂的教士会议感到不快。温彻斯忒决定：不再坐待诺曼底人的缓慢行动，直接去找巴黎大学的大神学法院帮忙。

在静候回音的这段时间，人们试图以新的计谋压制少女的反抗；他们使出了狡猾恐怖的手段。5 月 2 日，在第二次告诫时，主持人为沙第荣师傅，他叫她把所看到上天显灵的实况告诉她自己一边的人。她没有上当。“我信任，”她说，“我的主宰，天地之王。”这一次她像以往一样什么也不再说了，“信奉上帝和教皇。”“好吧！教会就要召唤你，你的灵魂和肉体会遭到火刑。”“只有你的皮肉和灵魂受到痛苦，你才会做你所说的事。”

他们终于不继续采取空泛的威胁了。第三次告诫是 5 月 11 日在她的卧房里进行的，他们召来了刽子手，并告诉她刑具已准备停当……可是这毫无效果。相反她更加精神抖擞起来，以前还从来不曾这样过呢。在他们诱供了一番之后她勇气倍增，好像朝着圣宠之源更迈上了一级。“加布里埃尔天使使我更加坚强，”她说，“这正是他，女圣徒们对我证实了这一点……上帝永远是我的行为的主宰，魔鬼对我无能为力……纵然你们准备砍断我的肢体，打得我灵魂出窍，我也不会说什么别的。”圣灵在她身上显现，甚至连她的老对手也不禁为之感动，为她说话，宣称一件案子这样拖下去他觉得毫无意义。科雄怒不可遏，叫他不要再讲。

这时大学的答复到了。答复根据十二条条款声称这个少女已经成为魔鬼，她忤逆父母，基督徒的血液在她身上已经变了质，等等。这是神学院的意见。法学院态度比较和缓，认为她应受惩罚，但是有两个条件：一、如果她继续固执；二、如果她神志清醒。

来了这个答复，就有人主张不必再等，立即烧死她。这样，当然可以令博士们心满意足(因为她否定他们的权威,所以他们恨她),但是并不能满足英国人的要求;他们要的是公开收回前言,以羞辱法王查理。人们又进行了一次新的告诫,这次是由一位新的宣教师比埃尔·莫里斯主持的,并不成功;他盛赞巴黎大学的权威为"一切科学的杰出光辉"。"即使我面对着刽子手和火刑,"她说,"即使我已被架上火刑堆,我也只能说出我说过的那些话。"

这时已经是5月23日,圣灵降临节的第二天;温彻斯忒不能在鲁昂再留下去了,必须结束。人们决定布置一个可怕的、规模浩大的公开场面,想叫固执的少女感到心惊胆战,要不,至少也可以骗骗老百姓。先一天晚间,人们派了洛瓦斯勒、沙第荣和莫里斯去向她许愿,说如果她顺从,如果她脱掉男人衣服,就可以把她交给教会,从此跳出英国人的手心。

在壮丽而严肃的僧侣教堂后面,圣乌昂墓地上演出了这场充满恐怖气氛的戏剧。台上坐着红衣主教温彻斯忒、两名法官、二十三名陪审员,许多录事都蹲坐在那里。在另外一个台子上,坐在执达吏和行刑人员中间的是身着男人衣服的贞德;此外还有几个公证人准备记采证词,一个宣教师准备进行训诫。在下面场地里的人群中间,有个特殊听众,那就是刽子手。他待在一辆双轮大车上,早已准备停当,一俟判过刑就把她拉走。

值班的宣教师叫吉尧姆·埃拉尔,是一个著名的博士,认为在这样的好场合,应当放开嗓子,口若悬河地大讲一气,可是热心反而把一切都搅糟了。"哦,法兰西的贵族世家,"他吼叫着,"你们永远是信仰的捍卫者,你们竟致这样受骗上当,会喜欢一个异端分子和分立派教徒吗!……"一直到这时候少女都在细心谛听,可是宣教师话锋转向了她,手指着她说:"贞德,我对你说,你的王是异端分子和分立派教徒。”听到这话，这位可敬的少女，竟忘记了自身的危险，大声呼叫起来：“大人，对不起，我敢对您说，以我的生命对您起誓，他是一切基督徒中最高尚的基督徒，千真万确，他最热爱信仰和教会，他一点也不像您说的那样。”“叫她闭嘴！”科雄也大叫了。

就这样，那么多气力、工作、费用全泡了汤。被告人坚持她的证词。这一回从她那儿得到的，就是她情愿顺从教皇。科雄答道：“教皇太远了。”接着他开始朗读预先拟好了的判决书；他说：“加以，你头脑顽固，你拒绝顺从圣父和主教会议，等等。”这时，洛瓦斯勒、埃拉尔要她可怜可怜自己；主教又重新有了某种希望，打断了她的话。这时英国人气愤已极；温彻斯忒的一个秘书对科雄说看得出他在袒护少女；红衣主教的管堂神父也说了同样的话。“你在说谎！”主教大叫。“你呢，”另外一个说，“你背叛了国王。”这些显要人物在讲台上揎拳怒目，简直要打起来了。

埃拉尔还不泄气，他又威胁又祈求。一会儿他说：“你快发誓放弃原来的信仰，否则你要被烧死！”大家你一言我一语，混讲一气，直到有个好心的执达吏，基于同情，恳求她让步，向她保证会把她从英国人手里弄出来，仍旧移送教会。“好吧，我签字。”她说。这时，科雄朝红衣主教转过身去，很尊敬地问他该怎么处置。“送苦役监狱。”这位教会王子说。

温彻斯忒的秘书从袖子里取出一份极小的六行撤销文书（后来印出来成了六页）；他把鹅毛笔放在她手中，可是她不会签字，笑了笑，画了一个圆圈；秘书抓住她的手，画了个十字。

赦免判决得很严厉，上面写着：“贞德，我们特别宽容，判决你在狱中度过你的余生，食苦面包，饮苦恼水，以眼泪洗净你的罪孽。”

教会审判庭容许她以服苦役赎罪，当然不在别处，就在教会牢狱中服刑。教会的 in pace[1] 无论怎样困苦，难熬，但至少总可以摆脱英国人的魔掌，免遭他们侮辱，也不致损及荣誉。只听见主教冷冷地说道："把她带到原来关押她的地方去。"她这时是多么惊讶和失望。

可是，当她还想坚持下去的时候，英国人的怒气却不允许她这么做。他们早就来到圣乌昂墓地准备烧死这个女巫了；他们等得非常心焦，而到头来人们只交给他们一张羊皮纸文件、一个签名、一副鬼脸，这样就想把他们打发掉！……正当主教打断判决书朗读的时候，也不管红衣主教在场，忽然无数石块扔到台上来了……博士们下到场地时几乎送了命；这倒不是到处有利剑架在他们脖子上；英国人中的温和派也骂出侮辱性的话："教士们，你们没有拿法国国王的钱吧。"博士们急匆匆地列队走过去，抖抖索索地说："你们别担心，我们觉得她挺好。"

不只是兵士和那伙英国流氓表现出嗜血的本性；甚至连贵族、大人物、爵士也是如此；国王的人、总督、瓦维克爵士，也像士兵一样地说："国王糟了，少女不被烧死。"

犹太人反对耶稣也不像英国人反对少女这样积极。当然，她曾经狠狠地打中了英国人的痛处，他们的那种天真而深沉的自尊心受了损伤。在奥尔良，所向无敌的重骑兵团、塔尔波率领的著名弓箭手们落荒而走；在雅柔，在要塞高耸的堡墙后面，他们被擒；在帕台，他们望风披靡，在一个少女面前逃得无影无踪……这多难受，沉默寡言的英国人在心里不停地反复思量的就是这个……这少女令他们怕得发抖，纵然她现在浑身捆着铁链，但还是令他们害怕。他们至少是这样想，并且企图要别人相信：他们怕的不是她，而是以她做替身的魔鬼。

1 拉丁文：和平。此处指"地牢"。

六、贞德之死

礼拜一早上，也就是三一节那天，她要求起床（这是她本人对提供供词者[1]说的），她对看守她的英国兵说："替我卸掉脚镣吧，我好起床。"于是，一个卫兵脱掉她披在身上的女衣，并打开存放男人衣服的包包，对她说："起来。""先生们，"她说，"你们知道这是禁止我穿的；无论如何，我绝不穿。"为此一直争论到中午，最后，因为生理需要，她只得穿了那件男人衣服出去。回来的时候，不管她怎么哀求，英国兵也不肯给她别的衣服。

其实，让她再穿上男人衣服并不是英国人关心的事；这个时候他们的愤怒简直到了极点。圣特拉伊刚刚大胆地进攻了一次鲁昂，差点儿把法官全部从法庭上掳走；把温彻斯忒和贝德福德带到普瓦捷[2]，后来贝德福德又几乎在归途中再次被擒。只要这个该死的少女再活下去，英国人就毫无安全可言；准是她在监牢里继续施了什么妖术。一定得把她处死。

陪审员，一得到报告，马上就来到城堡看看她怎么又换了衣服。院子里有百来个英国人，挡住他们，不让进去。这些兵认为放这些博士们进去，肯定会坏了他们的大事，于是纷纷举起斧头、长剑，赶他们走，嘴里不断咒骂着阿尔马涅叛贼。科雄，好不容易才进去了，装出一副满面春风的样子来讨瓦维克欢喜，笑着说："她忙着呢。"

礼拜一，他和宗教裁判所的法官以及八个陪审员又来到监狱提审少女，并问她为什么又穿上这件衣服。她毫不辩解，勇敢地承受了一切危险，她说只要她还被几个男人看守着，这件衣服就合适不过；

1 执达吏马西厄一直跟她到火刑台，此系其证词。

2 当时法王查理七世驻跸于此。

而且，人们对她说话全不算数。她的女圣徒曾经对她说过："放弃自己的主张而苟且偷生是可耻的事。"尽管如此，她并不拒绝再穿女衣。"给我一间好些的、安全的牢房吧，"她说，"我会听话的，教会要我干什么我就干什么。"

主教出来时遇到了瓦维克和一群英国人。为了表示他英语讲得好，他用他们的话说："Farewell，farewell.[1]"这个愉快的告别那意思差不多就是说："你们好，你们好，一切快完了。"

礼拜二，法官们在总主教教区组成了这样一个陪审员会议，其中有些人在首次开庭时曾经出席过，其余的人根本从来没有到过，这里面各色人等都有，教士、法学家，还有三个医生。他们汇报了过去的情况并征求意见。可是征求到的意见跟人们所期待的却完全不同，大家认为应当再把女囚召来，对她反复朗读她发誓弃绝的文书。这是否属于法官的权力范围很值得怀疑。其实，这时候，在兵士们的一片愤怒的喧哗中，在这刀剑丛中，早已是既没有法官又没有审讯的可能了。所要的，就是血。他们急匆匆地写好传票，准备第二天早晨八点钟签字；除了被烧死之外她将不必再出庭了。

早上，科雄派了一名叫马丁·拉德弗凡的修士作为听忏悔的神父，前往"宣布她的死刑并启发她进行赎罪忏悔……"当他向这可怜的女子宣布死刑，当天即将执行时，她开始痛苦地大声号叫起来，双手挥动直揪头发："呜啊！你们对待我竟这样可怕，这样残酷，今天就要把我清白的躯体整个烧成灰烬！啊！啊！我宁愿挨杀七次头也比烧死好啊！……哦！我呼吁上帝拯救我，伟大的审判者啊，他们竟这样残暴地伤害我！"

---

1 英语：再见。

在这样一阵痛苦的爆发之后，她又恢复了常态，她做了忏悔，接着她要求领圣体。修士感到为难，不知所措；乃向主教请示，主教回答可以给她领圣体，“满足”她的一切要求。在把她判为堕入歧途的异端分子，并将她逐出教会的同时，又给了她教会给予其信徒的一切待遇。也许这时候一点最后的人道感情在恶毒的教士心中漾起，他想，烧死这个可怜的女人也算够了，不必让她绝望，永堕地狱。也许，这个恶毒的教士，装作不拘泥于世俗之见，同意她领受圣事，不过是小事一桩，但这样做却足以平息怨气，使受刑者无言。总之，人们试图悄悄地了结此事，于是拿来了圣体圣事，只是没有襟带，也没有灯火，僧人对此抱怨起来。鲁昂教会这时已经得到了正式通知，乐于表示一下他们对科雄判决的态度，于是送来了基督躯体和许多火把。一大群神职人员，嘴里唱诵着连祷文，沿街对跪着的老百姓说：“为她祈祷吧！”

领圣体时她直淌眼泪，后来她望见主教，她对他说：“主教，我因您而死……”接着又说：“假若您那时早就把我投入教会监狱，并派上教会的看守，眼前这件事就不会发生了……我在上帝面前向您呼救！”

接着，她看到出席者中间有个从前给她布过道的人——比埃尔·莫里斯，于是她对他说：“啊！比埃尔师傅，今夜我将在哪里呢？”“您对主没寄予良好的希望吗？”“哦，是的，愿上帝助我，我将升入天堂！”

九点钟，她换了女人衣服，被押上一辆四轮货车。在她旁边立着为她做忏悔的马丁·拉德弗尼修士，另一边是执达吏马西厄。奥古斯丁教派的伊藏巴尔修士表现得如此仁慈而勇敢，不肯离开她。人们要那个可耻的洛瓦斯勒也坐在一辆双轮大车上前往并请她原谅；要不是瓦维克伯爵，英国人早就把她杀了。

直到此时，少女仍不失望，兴许在复活节前的一周她曾有过一些思念吧。有时，正讲着话，她忽然说“那些英国人要弄死我”，其实她并不信这个。她毫不指望会被释放。她相信她的国王，相信善良的法兰西老百姓。她特意说：“在监狱里或者在审讯中将会出现某种纷乱，我将因此解脱……大获全胜地解脱出来！……”可是现在，国王和老百姓似乎都忘记了她。这时她还有另一个救星，更加强大、有力、可靠，这就是她天上的朋友们，善良而亲爱的女圣徒们……以前当她包围圣皮埃尔[1]时，以及当她的部下在冲锋中丢下了她的时候，女圣徒就曾派遣过一支看不见的大军帮助过她。她们怎么会抛弃她们的忠诚的女儿呢？她们曾多少次答应过拯救她，使她脱离危难的啊！……

当她看到死亡真正就要来临，当她上了大车，在八百名擎着长矛利剑的英国兵押送下，穿过万分激动的人群前进时，她是怎么想的呢？她哭泣着，哀号着，但是对她的国王和女圣徒们却毫无怨言。只一句话时时脱口而出：“啊，鲁昂，鲁昂！我就要死在这儿了吗？”

凄怆的旅程的终点是老商场里的那个鱼市。三座台子已经搭好在那里。其中的一座上是主教和王室席位，英吉利红衣主教的宝座摆在他的高级教士席位中间；另外一座，上面坐着这幕悲剧的始作俑者，宣教师、法官和御前大法官，最后是女囚。除了这些，还可以看到一座巨大的灰泥砌的高台，上面满堆着木柴，简直高得怕人。这不只是为了使这场死刑的执行显得更加庄严隆重，还有一个企图，把柴堆堆得这么高，刽子手只能从底下点火，这样他就无法缩短死刑时间，也无法草草了事，一下子干掉犯人，使其免受烈火长时间烧灼之苦，以前曾经有过这种情况。这样，就不会发生司法上的舞弊行为，把一

1 指圣皮埃尔-勒-慕斯蒂埃。

个已死的人投入火焰;人们要她真正地被活活烧死。所以把她放在这高高的柴山顶上,四面刀枪林立,在整个广场众目睽睽之下,慢慢地长时间地焚烧。他们认为最后总会抓住她身上某些人性的弱点,她也许会流露出某些被人看作悔恨的东西,或至少会吐出几个含糊不清的词句,这样就可以解释为疯狂的少女终于发出了让她丢脸的、求饶的哀鸣。

恐怖的仪式以讲道开始。尼古拉·米蒂,这是巴黎大学的一位杰出人物,他按照感化书文讲道:“教会的一个肢体得了病,那么整个教会就都生了病。这时可怜的教会只有砍掉这个肢体病才能痊愈。”最后他用了这句话结尾:“贞德,平静地去吧,教会不再能庇护你了。”

接下去是教会的法官、波韦主教温和地劝告她要关心自己的灵魂,要好好回想自己所犯的一切罪行。陪审员们曾经决定应当给她再读一遍她发誓弃绝的誓言;但主教对此毫无反应。他怕遭到反驳和异议。然而可怜的少女并不想这样为生命抗辩,她另有想法。在人们劝告她“贡献”以前,她跪在地上,祈求上帝、圣母、圣米歇尔和圣加大肋纳,饶恕一切人并请求宽谅,她对所有在场的人说:“请为我祈祷!……”她特别恳请每个教士为她的灵魂默诵弥撒。她做这一切时态度如此虔诚,如此谦恭,如此感人,在一种激情的感染下,没有人能抑制自己的感情,波韦主教哭了,布洛涅的主教啜泣不已,甚至连那些英国人都泪流满面,温彻斯忒也跟在场的其他人一样。

是不是在这人人激动、充满眼泪的时刻,不幸的少女软弱得又成了一个普通妇女,会承认她以前错了,觉得过去人们曾答应她能得到拯救的,而现在是受了欺骗呢?关于这,我们不能过于相信英国人的证词。

然而,在这尴尬时刻,法官们又振作起来,变得坚定了;波韦主教揩了揩眼睛，开始高声读判决书了。他列举她的一切罪行：分立教会，崇拜偶像，乞灵于魔鬼，她是如何接受忏悔，如何为“虚幻”所蛊惑，以致愈益堕落，哦，痛苦啊！就像狗改不了吃屎一样……为此，吾人宣布着即将尔开革，有如教会截去其腐烂之肢体。吾人将尔交付世俗权力，唯仍将为尔提请减轻处分，免尔于死亡，亦不毁伤身体。

就是这样她为教会所抛弃，然而她仍坚信上帝。她要一个十字架。一个英国人递给她一个用木棍制成的十字架，她还是十分虔诚地收下了。她吻了一下，把这只粗糙的十字架放在衣服下面，紧贴身体……可是她原本是想得到一个教堂里的十字架，她准备在面前擎着一直到死。那个善良的执达吏马西厄和伊藏巴尔修士费了好多气力，才叫人从圣救世主堂区的教堂里取来一个十字架交给她。因为她总是抱吻这个十字架，伊藏巴尔在一旁鼓励她，可英国人开始觉得这一切花费的时间太长了，时间已是正午。兵士们大声吼叫，军官们嚷道：“怎么！教士们，你们想叫我们在这儿吃晚饭吗？……”这时，这群军人鼓噪起来，也不等代表国王执法的大法官下令（只有他有权下令执行），就叫两名士官登上台子，从教士手里把少女拉出来。在法庭脚下，她被骑兵们直拖到刑台那边，士官对刽子手说：“执行吧。”兵士们的这种狂暴行动使在场的人感到恐怖：许多列席者，甚至法官，都连忙避开，不愿再看下去。

她一到广场中间，英国人就劈头盖脸一阵乱打，她痛苦极了；她大叫：“啊，鲁昂，你真是我的最后归宿啊！……”她没有再说什么，“未犯口孽”，在这恐怖而混乱的时刻……

她对国王和女圣徒毫无怨言。但是，等到达柴堆高处，看到这伟大的城市，下面这静谧无声的人群，她情不自禁地说：“啊！鲁昂，鲁昂，我真害怕你要为我的死感到痛苦！”这位拯救过黎民，而为黎民所遗忘的少女，在她临死之际，仅仅表示了对他们的同情和怜悯……

她被绑在耻辱柱底下，在她头上罩了顶高帽子，上面写着："异端分子，重犯罪者，叛教者，偶像崇拜者……"于是刽子手点燃了火……她从上面看见火光，叫了一声。接着，因看见劝说她的修士还没有注意到火焰已经升起，她为他担心，连忙叫他下去。她忘记了自己。

直到此时她仍然义无反顾，何以见得，人们看到那个可悲的科雄不得不（无疑这是由于撒旦的最高旨意在支配他）亲自来到柴堆下面，不得不面对为他所害的少女，企图从她嘴里引出几句话来……他只得到一句令他不快的话。她轻声对他说了句从前曾经说过的话："主教，我是你害死的……如果你早就把我投进教会监狱，眼前这件事就不会发生。"人们无疑是希望她会自认是被国王所抛弃的，她会责怪并诟骂国王。可她还是为他辩护："无论我做得对还是做得不对，我的国王都没有责任；不是他教我这样做的。"

这时火焰蹿上来了……身子一接触到火，不幸的少女颤抖了一下，连声叫喊要圣水，水，一阵似乎是恐惧的叫声。但是她立即昂起头来，只是呼唤着上帝，还有她的天使和女圣徒："对，我内心的声音来自上帝，那声音从未欺骗过我！"一切无法预料的事物都在烈火中终结，这可能让我们相信她接受的死亡正是日夜期待的解脱吧，她不懂得获得拯救真正涵义（直到现在她所理解的只是"字面"上的世俗意义），现在她终于明白了；从阴影中走出来，她却获得了她还缺少的智慧和圣洁。

这伟大的言词有当时在场的见证人做证，有跟随她登上柴堆，她催他赶快下去的多明我会的教士做证，他在下面曾跟她说过话，听见她所讲的话，并曾把十字架递给她。

亲眼看见少女之死的还有另一个人，一名很重要的见证人。历史上应当记下他的名字。这就是上文提到过的奥古斯丁僧侣伊藏巴尔·德·拉·比埃尔。在审理中，他差点因为劝告过少女而罹祸，然而，他不怕被英国人所恨，情愿跟着她一同登上大车，并叫人为她取来堂区的十字架。他在疯狂的人群中看着她，在看台和在柴堆上面。

二十年后，有两个许愿献身贫穷，在尘世间分毫不取、无所畏惧的教徒，这两个普通僧侣为我们刚刚读过的这段事迹做证，说道："当时我们听见她在火光中祈求着她的女圣徒和天使。她不停地念着主的名字……后来，她的头低垂下去，大叫了一声：'耶稣！'"

一万人都哭泣了，只有些英国人在笑或是想笑出声来。他们中间，最疯狂的一撮人中间的一个，满口诅咒着拿起一捆柴放到火刑堆上；他放上去的时候她刚气绝，他感到不适；伙伴们把他送到一个小酒店里让他喝点什么，振作一下精神；可是他无法恢复平静，他像走了神似的说道："我看见了，我看见从她嘴中，随着呼出的最后一口气，飞出一只白鸽。"其他有些人在火光里听见她不停地重复的那两个字："耶稣！"刽子手晚间曾经去找过伊藏巴尔修士，他吓坏了，他忏悔，但仍不能相信上帝会饶恕他……英吉利国王的秘书在回去时高声说道："我们完了，我们烧死了一个圣女！"

人　民

米什莱前半生完全潜心于历史研究，其后，在受聘于法兰西书院之后，逐渐对现实政治发生兴趣。他觉得法国人民在历史中默默无闻，经常为人诬蔑，于是写了《人民》这本书，阐述各个阶级的法国人的思想感情、痛苦和德行。此书于1845年出版。

《人民》共分三章。第一章“奴役和仇恨”，检阅了法国农民、工人、工商业者、官吏和资产者的情况；不同的阶级地位使他们之间产生了种种猜忌和仇恨。第二章“对大自然的爱”，写平民、普通劳动者从大自然汲取力量，以获得创造才能。第三章“对祖国的爱”，描绘了团结人群的不同形式的祖国之爱，如友谊、婚姻、社团、祖国等。米什莱极力阐明这些因素对法国社会和法国革命所具有的特殊意义，并指出如何才能形成祖国的凝聚力与信心。

这本书是米什莱根据他本人的经验与回忆写成的。

《人民》序（节选）

这是一本以我自己、以我的生活和心灵为素材写的书。这本书出于我的亲身经验，实在要比出于我的研究为多。我是从我本人的观察，从我的友谊，以及与邻居的情谊中获得它的；我在街巷道里收集了它；偶然的机缘总喜欢为一直坚持某种思想的人效劳。终于，我主要地在我少年时代的回忆中找到了它。为了认识人民的生活、劳动和痛苦，我要探寻我旧日的回忆。

我的朋友，因为，我自己曾经用我的双手劳动过。现代人真正的名字，就是劳动者，我在不止一种意义上配得上这个名字。在从事著述以前，我曾亲手排过书版；在凝思属文以前，我曾自己拣过铅字；我深深懂得工场车间的忧郁，漫长时间的烦恼……悲惨的时代啊！那是帝国[1]的最后几年；当时我只感到家庭、财产和祖国，这一切仿佛都已陨灭。

我所拥有的最好的东西，无疑我应该把它归功于这些灾难；一个人和一个历史学家的这点价值，就是把这些都说出来。我总是保持着一种人民的深沉感情，一种对人民身上这宗财富的充分认识；这财富就是牺牲的美德，我在最贫困的生活条件下体会到这种金子般的心灵的亲切回响。

我跟大家一样，懂得许多历史先例，另一方面也因为我一直跟人

1 此处“帝国”指第二帝国时代。

民在一起，当人们对我谈起它的时候，我总感到最迫切需要的就是真实，这一点丝毫不必奇怪。我的历史研究的开展促使我关心某些当前的现实问题，而且，在我阅览讨论这些问题的著作时，我承认我十分惊讶地发现：这与我的回忆几乎是完全矛盾的。于是我合拢书本，尽可能地再投身到人民中间；孤独的作家又重新走入群众之中，倾听种种街谈巷议，记录下他们的声音……人民仍然是同样的人民，变化了的只是外在环境；我的记忆没有错……我去征询大家的意见，听取他们关于自己命运的想法，从他们嘴里收集到许多在最著名的作家那里找不到的东西，许多富有卓识的话语。

我的这种调查开始于里昂，至今已历十年。我在许多别的城市也这样做；同时我还向有实践经验的人、富于才干的人请教，了解那些我们的经济学家所忽略了的农村真实情况。我这样收集来的新资料是任何书籍中所不载的，都是人们很难相信的东西。除了那些天才人物和专家学者们的谠论之外，人民的对话肯定是最有教益的。如果我们不能与贝朗瑞、拉默奈或拉马丁[1]对语，那么就应当到田间去跟农民谈话。跟那些介于这两者之间的人们学习什么呢？至于沙龙嘛，我没有哪一回从沙龙里出来不感到我的心衰飒、冰凉……

1 贝朗瑞（1780—1857），法国民歌诗人；拉默奈（1782—1854），法国哲学家；拉马丁（1790—1869），法国浪漫派诗人。

法国的农民[1]

倘若我们想了解法国农民内心的想法和激情，这很容易做到，我们星期天到田野里去散步，老跟着他，就行。你跟着前面走的那个农民走好了。现在是两点钟。他妻子正在晚祷，他穿着一身星期天才穿的漂亮衣裳。我对你说他是去会情人的。

谁是他的情人呢？——他的土地。

他并不径直到那儿去。不，这一天他是自由自在的，去不去都由他自作主张。一星期整整六天他每天都过去看望，难道这还不够？……你瞧，他改变了方向，他到别处去了，好像有什么事情似的……不过，他还是到那儿去了。

是的，他走得很近了。这倒好。他看看那块地，要是以前他将进入其中，那么现在他在那儿干什么呢？……终于他还是走进了地里。

至少，今天他总不至于还在地里干活。他穿着一身只有星期天才穿的漂亮衣裳——一套雪白的衬衫、长裤呢——不过什么也挡不住他动手拔掉一些野草，捡掉几块石头。这儿还留着个绊脚的树桩，可惜他没带十字镐，那可是明天的事喽。

这时，他抱着双臂停下，凝重地望着，那样子仿佛不胜思虑。他望了好久，好久，简直像忘记了时间。最后，若是他自以为被人注意到了，或者他看见一个行人，他就缓缓走开。大概走了三十步，他

1 本篇描写19世纪初法国农民的情况。他们热爱土地，因为这是他们奋力从山岩之间开发出来的，农民们往往受到高利贷的剥削，劳动所得甚至无法还债。

停步，转过身来，向他的土地投过最后一瞥，多么深沉而忧郁的一瞥啊！但是善于藻鉴的人准看得出，这目光里饱含着热情，整个内心都充满了虔诚的感觉。

要说这不是爱，那么在这世界上你还能从什么迹象里看到爱呢？这正是爱，不要笑他……为了耕作土地是这样需要爱呢；如果没有爱，土地将寸草不生，没有牲畜，没有肥料，这可怜的法兰西土地啊。这儿物产丰饶，就是因为她为人所热爱啊。

法国有许多地方，农民对土地的第一要务就是耕种。我就随便谈谈：你看这些焚烧过的岩石，这南方的光秃秃的山头；那边，你瞧，哪一块土地上没有人？这里的土地完全掌握在业主手中。土地在不知疲倦的劳动者手臂里，他们击碎土壤，并在泥中掺进一些腐殖土。土地在种葡萄的农民的硬脊梁骨里，他们从山坡下面把老是坍下的土块翻上去。土地在妇女、儿童的温存、耐心的热忱之中，他们赶着驴子，拖着犁耕耘……看了真令人难过……大自然对此是寄予同情的。在岩石与岩石之间，悬挂着幼嫩的葡萄藤。胡桃树，这朴实而勇敢的植物，根部不沾泥土，昂然矗立在无数光光的砾石上面；它仿佛就靠吸点空气过活，而且，也像它的主人一样，饿着肚子生产出丰盛的果实。

1844年5月，当我穿过阿尔代什[1]，从尼姆到比邑，我感到这块十分贫瘠的地区，完全依靠人的双手创造了一切。大自然赋予它的环境恶劣得可怕；由于有了人，而今才显得如此妩媚可观。一到五月风光更加妍丽，当然总还是带着几分质朴味儿，不过这种风韵却格外令人感动。在这里我们没有听说过什么庄园主把土地交给农民的事；因为这儿根本就没有土地。因此，当我看到山区里这些可怕的黑色

1 法国的阿尔代什省位于塞文山脉与罗讷河之间，全是山地。

城堡如此长久地向这些贫穷而善良的老百姓（他们完全不靠城堡生活）征收捐税时，我的内心多么悲伤。我心中的丰碑——它们使我双目得到宁静——就是涧谷中这些干巴巴的石头和碎石砌成的农家陋屋。这些房屋，有的还附带着一个贫乏、荒芜、无人浇灌的小园子，十分寒碜、凄凉；但是那些支撑屋宇的长廊，阔大的楼梯，以及拱廊下面宽广的石级，却给这些房屋增添了无限恢宏的气派。眼下正是秋收季节，每年一到这美好的辰光，人们就开始缫丝：这可怜的地区似乎也变得富起来了；每户人家，在那阴暗的拱廊下面，都有几个少女，踩着缫丝机架的脚踏，露出一排雪白明丽的牙齿，微笑着。

对，正是人创造了土地。可以这样说，甚至在那些不太贫穷的地区也是如此。永远不要忘记，若是我们想懂得人们多么热爱这片土地。想想吧，在许多世纪里一代一代的人在这儿流过多少汗水，葬过多少死者，还有他们的积蓄，他们的粮食……在这块土地上人们长时期以来贡献了自己最宝贵的东西，他的精华，他的物资，他的努力，他的德行，我们感觉得到这是人的土地，人们爱它，就像爱一个人那样爱着它。

人们爱土地。为了得到它，什么都舍得，甚至连不再看它都行；若是必需，他可以流亡他乡，远远离开，但只要牢牢拴住这点思念，这份记忆。这个萨伏瓦商贩坐在你门口的那块界石上幻想，你猜他幻想些什么呢？他幻想着回家之后准备买下他山里的那一小块燕麦地，还有瘦瘠的农场。需要十年啊！管他呢……阿尔萨斯人，为了七年之后能获得一块土地，就卖命漂流到非洲，并在那边死去。[1] 勃艮第的妇女，为了得到几株葡萄苗，不惜把奶头从自己孩子的嘴里拔出

---

1 当时服兵役期为七年，但也只是部分抽上了签的青年平民才服役；一般出二千法郎，即可雇人代替。

来——这么幼小就给他断奶——出去给外地人喂养孩子。留在家里的父亲对孩子说："你活下去，要不你就死吧；若是你活下去，将来准能得到土地！"

难道说这是一桩难于启口、几乎是渎神的事吗？在决定之前，先让我们想想。"你将来准能得到土地"，这就是说："你将不会做一个被人吆来喝去的佣工，你将不会做一个成天为衣食劳碌的奴隶，你将是自由的！"自由！多么伟大的字眼，它实际上包含了人类的一切尊严；没有自由就没有德行。

诗人常常谈到水的魅力，谈到这种危险的魅力老是要诱惑不谨慎的渔夫。可是更危险的也许还是土地的魅力吧。无论大小，土地具有一种神奇的力量，它吸引人，它永远不完整，永远要求人们扩大它，以自成方圆。只缺一点点，只是这个区域，要不更小，只是一隅之地而已。这是个诱惑：要扩大，要购买，要借钱。"你尽量自己积累好了，不要借钱。"理智说。但是这需要的时间太长了，情感说："借就借吧！"——财东可是胆怯的，不愿给别人贷款；尽管农民把一块平平整整的地指给他看，还申明他至今不欠任何人的钱，可财东呢，他害怕泥土里会突然冒出一个妇女、一个幼儿来，他们的至上权利会冲掉抵押品的价值。因此，他不敢贷款给人。那么谁贷款呢？当然是本地的高利贷者，或是握有农民的所有票据的律师，他比农民更了解他们的经济情况，也晓得这件事并不冒险，那么他愿讲个交情贷给农民钱吗？不，要他贷款，得七分、八分、十分利！

农民借不借这份倒霉的钱呢？他老婆很少替他拿主意。若是他问祖父，老人总不吭声。他的祖先，我们法国的那些老农民，肯定没教过他这些花招儿。这个朴实、忍耐的种族，他们从来不依靠别的，就指望自己的一点微薄的个人积蓄，从每天伙食里省下来的每一个

“苏”，从市场回家有时撙节下的个把铜子儿，这钱币当夜就要会放进埋在地窖里的那只罐子底下，跟它的姐妹们躺在一起。

今天的农民不再是这样的人了，他心高气傲，还当过兵。他在这个时代做过的伟大事业毫不困难地使他相信这世界上没有什么不可能的事。对他来说，获得土地，这是一场战斗；他冲上去，像打冲锋一样，绝不退却。这是他的奥斯特利兹战役，必将打赢这一仗。他知道会有痛苦，他曾经在老头子[1]带领下经历过多少痛苦。

如果他曾满怀豪情地在枪林弹雨里战斗过，你想他会没精打采地到这儿来跟大地开战吗？现在天还没亮，请跟着他，你准可以看到这人在劳动，他本人和他一家子，他那才坐过月子的老婆在潮湿的土地上来回蹀躞。中午时分，当岩石已经碎裂，种植园主叫他的黑奴休息的时候，这自甘情愿的黑奴却仍不休息……你瞧他吃的那些东西，拿它们跟工人吃的比比吧，工人每天的食物比农民星期天吃的还要好得多。

这位英雄人物总认为，以他伟大的意志，可以无所不能，甚至取消时间。但是这里可不像在战争中那样；时间无法取消；他考虑，时间积累下的重利和衰退下去的人的气力之间的斗争必将持续下去。土地给他带来的只是二，而高利贷却要求八，这就是说高利贷对付他就像四个人对一个人一样。这样，每年所付的利息就掠夺了他四年的劳动。

若是这位乐天派的法国人从前总是不停地歌唱，今天就不再欢笑了。你觉得这奇怪！倘若你在这块掠夺他的土地上遇见他，你会发现他竟如此忧郁，你觉得奇怪吗……你走过去十分友好地跟他招

---

1 1805 年拿破仑率法军于此大败奥俄联军，历史上称为“奥斯特利兹战役”；法军士兵私下称拿破仑为“老头子”。

呼，他把帽檐压得低低的，不愿看你。不要向他问路吧！倘若他答复你，那准是叫你掉转头去，回家。

农民这样离群索居，脾气渐渐变得越来越坏。他的心老是绷得紧紧的，对谁都不肯敞开，也不再善意待人了。他恨富人，恨他的邻居和整个世界。一个人待在这可怜的土地上，就像生活在荒岛上一样，他成了一个足不出户的人。他这种与社会格格不入的性格，来自他感情的贫困，使他不可救药；这种性格阻止他跟别的农民，那些本来可以成为他的天然助手和朋友的人融洽相处；他宁可死也不愿朝他们靠近一步。另一方面，城市居民也绝对不会接近这个山野粗汉；他们简直害怕："农民凶得很，什么都干得出……跟他们做邻居一点也不安全。"这样一来，那些生活富裕的人渐渐地都离开了，他们在乡村里只住一阵子，但绝不愿在乡下定居；家总还是安在城里。他们把这个空白留给了村子里的财东，法律界人士，神秘的乡民所虔信的、爬在众人头上捞钱的人。"我不想再跟这些人打交道，"业主说，"公证人会安排一切的，我去把这些事告诉他；他会替我计算，然后随他的便付钱，分摊，土地租佃。"在许多地方，公证人就这样成了唯一的农场所有者，财主和劳工之间唯一的中间人。这正是农民的巨大灾难。为了逃避业主的奴役，他总以法界、财界人士为师，只晓得到期收钱。

工人诗人

工人正因为书籍少，所以爱书。有时他只有一本，但如果他好学，他就能更好地去阅读它。仅仅就这一本书，但是他把它读了又读，反复地琢磨、研习，这常常比那种囫囵吞枣、食而不化的泛读更有收获。从前许多年我只有一本维吉尔的书，我觉得从中得益匪浅。从码头上偶然购得的一本残缺不全的拉辛著作就曾经培育过土伦的一位诗人[1]。

一切心灵丰赡的人必然具有足够的才华去加以表现。这些发展了他们的天赋，丰富了他们的思想，使之更趋于无限宽广。对于浊世他们毫不艳羡，他们给自己创造出一个光明璀璨的新天地。他们对人说："你珍藏着的被你看作财富的那份东西，实际上只是贫穷；而我的内心世界却更加丰富。"

最近一个时期，工人们所写的大部分诗歌抒发了一种独特的忧思和温馨的气息。这些诗歌使我常想起他们的祖先，那些中世纪的工人。当然其中有些作品难免生硬粗涩，但那只是一小部分。如果说他们在形式上难免过于恭谨地追随了贵族的范本的话，那么他们的高尚情愫却使这些真正的诗人的作品更臻完美。

不管成功与否，他必将走上康庄大道，充满思想和痛苦的道路。"他追求光明（我心爱的维吉尔曾经说过），他看见它了，他大声呼叫！……"他大声呼叫着，努力去追求光明。谁能看见了它，又会将

1 指法国 19 世纪诗人奥特朗（Autran）。

它舍弃呢？

平民在写作时往往会离开自己的心灵(这正是他的力量所在)去向社会上层阶级借来抽象的、概括性的东西，这实在是错误的。他拥有一大优点，但却毫不加以重视，这个优点就是不说套话。不像我们，着了迷似的追求那些腐词滥调和古老模式，偶一动笔，则陈言满纸。这可正是那些工人文学家们最羡慕我们，尽力想得到的东西。他们衣冠整齐地戴上手套去写作，不知道这样却恰恰失去了那粗大的手和坚强有力的胳臂所给予平民的优势(如果他们懂得怎样使用它们)。

这又有什么呢？为什么一定要去问这些敏于行动的人他们曾写过什么呢？天才的平民，他们真正产生的并不是书，而是勇敢的行为，而偶有灵感，就妙语如珠，就像我每天在大街小巷所听到的那些话，平民的嘴里仿佛不假思索、随口说出的那些话。这个人，尽管他俚俗到令人却步，可是你只要脱掉他的旧衣裳，给他着上制服，挎上军刀和枪，配上铜鼓旗帜，开步走……这一下大家都认不出来了，他完全变成了另外一个人。那么以前的那个人呢，哪儿去了呢？无影无踪。

衰颓、退化的只是外表，而本质依然存在。在这个种族的血液里永远蕴含着烈酒；在这些看上去好像早已寂灭了的灵魂里，你会发现一点闪烁的火星。他们有的永远是军人的充沛精力，永远是那份满不在乎的英勇模样，一种独立不羁的伟岸气派。这种无法掩藏的、遗世独立的风度，仿佛处处被束缚住，他们过多地把它置于罪恶之中，然而却总以还不太坏自豪。这方面跟英国人完全相反。

外表虽然受到束缚，但强烈的生命却在内心里大声祈求，于是，这种对峙状态就产生了许多失误的动作，在行为和言语上产生一眼即可看出的不一致。这也使得欧洲的贵族社会总喜欢把法国的平民和那些富于想象力、又爱手舞足蹈的民族，如意大利人、爱尔兰人、威尔士人等混同起来。其实最足以明确地区分他们的就是在这种矛盾最大的差距中，在这种矛盾想象力的跃动中，在人们爱把矛盾的这种冲动称之为堂吉诃德作风的精神之中，他依然保持着理性。即使在最激动的时候，一句坚定而冷静的话就表明了他并未丧失理智，他并未为自己的兴奋激昂所支配。

我们称之为“下等”的、紧紧遵循本能的那些阶级，他们最杰出的是敏于行动，随时准备着实干一番。而我们呢，我们这些具有文化教养的人，只不过是整天喋喋不休地清谈，无穷无尽地争论，我们的全部精力都化作了空洞的语言。由于精神涣散，徒然流连于书卷之间，或争议辩难，以为雅趣，我们已经变得多么软弱无力。我们会为一些琐事大发雷霆；这就是我们行动的障碍……总之，我们什么也不做，我们没有行动……一波甫平，我们又转入了什么其他的争论。

他们呢，他们从不夸夸其谈，也不像学者和老人那样高声嚷嚷，纠缠不已。可是，机会来了，他们却一声不响地毅然干起来。沉默有利于果断有力的行动。

手工工场工人的苦恼

精神空虚、完全没有文化生活，这是手工工场工人堕落的主要原因。他们的劳动既不需要多大气力，又不需要技巧，更谈不上什么思想！没有，没有，什么都没有！……任何智力中的东西都与这些人无缘。学校应当让青年人懂得像这样一类劳动不会使他们在这些大量空洞无聊的日子里产生某种高尚丰赡的思想，也无法使他们在漫长而令人厌倦的时间里感到愉快。

在目前这种情况下，设立学校原意是想消除他们的无聊，但实际上却只能在他们的疲劳上面再增加疲劳。夜学，从大部分夜学来看，这只是一种嘲弄。你想想吧，这些穷孩子，每天天不亮就去上工，晚上回家已是浑身汗透，精疲力竭，他们还得跋涉到离米鲁斯一两法里的地方去，手里提着灯，脚下打滑，踉踉跄跄地走过戴维尔[1]的泥泞小路：而这时候你还要叫他们进学校，学习！

农民尽管很苦，但是拿他们跟这班手工工人的痛苦比较，还是有很大区别，因为农民的那份痛苦并不会意外地加于某一个人，而是深深地、普遍地施加在他们这伙庄稼人身上。俗话说得好："住在乡下，小儿可嘉。"

农家孩子从小就赤条条的，连木鞋也不穿，啃着块黑面包，不是看牛就是看鹅，成日价在露天里生活，尽兴嬉游。渐渐地，别人让他

1 戴维尔是当时法国阿尔塞斯省米鲁斯附近的一个工人村。

干些农家活儿，这倒使得他身体格外健康。在一个人长身体的那些个宝贵年代，他总是生活在这样一种自由自在的状态，在全家人的温馨气氛中度过。好，现在他身强力壮了，不管吃什么苦，干什么活，他都顶得住。

往后农民也许会守穷，依靠别人；但是在一开始，他就挣得了十二年、十五年自在日子。只这一点就使他在幸福的天平上重得多了。

手工工场的工人可是一辈子都背着十分沉重的担子，童年时期他们的体质就过早地受到摧残，孱弱不堪，甚至完全给搞垮。他们在体力上比不上农民，在道德风尚方面也不如农民淳厚。但是他们有一个优点，就是比较合群，秉性温和。他们中间最穷苦的人，哪怕生活困难，毫无生计，也能克制自己，不会干出任何暴力行为；他们总是耐心地等着盼着，默默顺从，饥饿而死。

有位作者曾对此进行过比较完善的调查[1]，他不受任何其他动机驱使，坚持冷静地观察，关心属于这个阶级的人们的利益，但对于他们的缺点也毫不隐瞒，他提出佐证，写道："我发现在我们的工人身上，有一种最崇高的美德，即：他们具有助人的自然禀性，乐于帮助别人摆脱一切困难。"我不知道是否他们只有这一项优秀品质，但这项优秀品质多么伟大！……他们虽然最缺少幸福，然而却最仁慈宽厚！愿他们永葆这种不畏贫苦的本色！愿他们在经受外界的奴役中永远保持一颗没有仇恨的心，**愿他们爱得更深**！……啊！爱是一种无上光荣，无疑在上帝面前这将令人变得极其崇高！

---

1 这里指的是韦莱尔迈《棉、毛、丝织工场工人的体格和心态情况调查》。

我们的低级兄弟们[1]

动物！这可是暧昧难明的奥秘啊！……充满梦幻，充满痛苦，沉默的芸芸众生……这些动物虽然不会说话，但他们的许多极其明显的表情却流露出它们的种种痛苦。人类总是轻视，贬低，甚至折磨自己的这些低级兄弟，整个大自然对此提出了抗议，在人与动物这两者的创造者面前大声控诉。

请你不怀偏见地注视它们的那份温柔而梦幻的神情吧，它们中间最进化的，明显地让我们感到某种吸引力；请别以为这是哪位邪恶的女仙阻止了孩子们的成长，她无法解开摇篮最初的梦魇，也许这是一些遭受天谴的屈辱的灵魂，在它们身上还重压着暂时的厄运吧？

可悲的魔法使这些被禁锢的生灵在不完美的形态里像睡熟了似的永远从属于它周围的人……但是，正因为它仿佛睡熟了，作为回报，它却有着一条我们不知道的通向梦乡的小径。我们只看得见世界上光亮的一面，但它却处于阴暗的一面；然而谁能知道那另一面是否两者之中更宽广的一面呢？

现在，如果我们愿意，且让我们自命不凡地当个创造主吧。但是，千万别忘记我们在大自然的规律中所接受的教育。在这方面，植物和动物正是我们的启蒙老师。我们所管理的一切生灵，指引我们比我们自己所能做到的还要好呢。它们曾经用可靠的直觉开导过我们

---

1 米什莱热爱生命，也热爱一切动物。他认为人类不应任意虐杀动物；他把动物称为比人类在智能方面低下的兄弟；在这个世界上，某些物种绝灭并不是一件好事。

年轻的理性；今天我们瞧不上眼的这些小家伙，它们曾经给过我们多少美好的忠告啊。我们在静观这些上帝的善良无辜的孩子时获益良多。它们安静，纯和，在它们沉默无语的生命中好像永远保持着某种上天的奥秘。树木亘古长青，禽鸟飞越殊方，它们难道会没有什么可供我们学习的吗？鹰隼不是能通晓阳光下的事物吗？夜枭不是能明察黑暗中的毫末吗？那些躯体魁梧的群牛，神情严肃地聚集在橡树树荫底下，在它们悠长的梦境中难道会没有一点思想吗？

东方人仍然相信，动物是一种沉睡未醒、中了魔法的生灵；于是又回到了中世纪。一切宗教、制度怎么也无法杜绝大自然的声音。

印度，比我们更接近于创世纪[1]；在这个国度里很好地保留了大千世界博爱的传统，其精义记载在《罗摩衍那》和《摩诃婆罗多》这两部伟大的神圣诗歌的开端和末尾诸章之中。这两部诗歌伟大浩瀚如金字塔，任何西方的著作比起它们来都显得微小单薄，无法相侔。当你对西方那些好争论的人感到厌倦时，我劝你回到你的母亲身边，回到辉煌的古代，去享受如此崇高、如此柔和的母爱的温馨吧，在那儿你可以找到爱、谦逊和伟大，在那朴实的感情中，没有一丝骄傲。印度因为这份温馨才获得了大自然的厚贶；在印度，天才是恻隐之心的礼物。第一位印度诗人看见两只鸽子翩翩飞过天空，正在他欣赏它们优美的风姿、它们的爱情追逐的时候，其中的一只却中了箭，跌落尘埃……他无法自制，哭泣不已，随着他心的怦怦跳动，哀吟悲悼，节奏天成，于是产生了诗……从此时起，这对富有旋律的双鸽在人们的歌声中重生了，怀着爱，飞遍整个大地——这就是《罗摩衍那》。

睥睨一世的希腊和罗马城邦，根本就瞧不起大自然；他们重视的

---

1 米什莱的意思是印度文化比欧洲文化更古老。

只是艺术，他们器重的则是他们自己。这个骄傲的古代文明，以崇高为尚，其余一概视若粪土。凡是外貌委琐、难看的东西他们都不屑一顾，这样动物也跟奴隶一样消逝了。罗马帝国，失去了往昔繁华，化作一片壮丽的沙漠。土地沦于靡耗，无法恢复，原来建在地面上的辉煌无比的历史性建筑物变成了一座座大理石的园林。城市犹在，但茅屋荡然无存，劳动者也没有了。泱泱大道怅惘地等待着旅客，宽阔的引水渠继续把河水送往静逸的城区，但是却再也没人来这里饮水解渴了。

只有一个人，面对这份沮丧，他心里对一切消逝了的东西祈求申诉。在这场生灵涂炭的内战的破坏中，唯有他一个人怀着无限怜悯，为终生劳苦的牛（它曾使古代意大利的土地肥沃）流泪。他献给这消失了的种族一首神圣的歌。他是谁？——维吉尔。

温柔而深沉的维吉尔啊！……我曾接受过他的滋养，仿佛坐在他的双膝之上，我为唯一光荣的重新降临感到无限喜悦，这伟大的悲天悯人的心灵的光荣啊……这位芒都[1]农民，带着处女的羞怯和村野的满头长发，完全是一位真正的祭司，一位处于两个世界之间的、历史的占卜者。他朴实，性格温和像个印度人，热爱人类像个基督徒，在他无限广阔的心田里重新建立起全世界美丽的城邦，把凡是有生命的东西都纳入其中。

1 诗人维吉尔生于上意大利芒都附近的昂德。

我们的儿子

该书于 1869 年出版,是一本关于教育的著作。米什莱认为过去古老的那套教育制度不能适应时代;他提出教育应以造就人为目标,应当注重行为,教育应当持续一生。

“我的书”

我年轻的时候，工人、穷人嘴里常常不由自主地念叨着“我的书”，这个词儿给我的印象很深。

那时不像现在这样，报纸、小说，各种印刷物充斥坊间，泛滥成灾。人们几乎只有一两本书，但总是视若瑰宝，极其珍爱，就像农民爱惜历书一样。这唯一的书籍俨如良师益友，令人信服。偶有闲暇，朋友邀请你去咖啡店小坐，于是徜徉于旧雨情谊之间，展书共赏，其乐何如。

当时人们读的书虽然不多，但是态度很认真，总是把阅读妥善安排在这一天的生活日程里。无论是天气晴和还是阴霾，个人的情绪愉快还是愁闷，快乐还是不快乐，贫穷还是不太贫穷，总要读书；一本书随人意兴，自然也染上了不同的色彩。没有哪个朋友会像书籍这么温和，即使常来看望你的伙伴有时也会跟你意见相左；书就不是这样，当你愁闷欲绝的时候它仍然是愉快地来临。我不知道它是怎么搞的，反正它总能跟你情投意合。

这本书，人们曾读过二十遍。它的优势并不在于它有什么新的魅力，不像现在的不少书籍那样，刻意求新，以新取胜。这本值得珍爱的书籍具有极大的灵活性，可以由读者着意补充、渲染：而不像今天的书籍只是提供各种信息。但是，从另一方面看，它能启发你的首创精神。独立的思想透过字里行间随处可见，可以找到，创造出来。

年轻人的心灵需要音乐旋律，他们唯一牢记在心中的书具有一种宣叙调[1]，使人坚强，振奋，仿佛思想织物上一根有力的纽带。对于许多意大利人来说，有一本塔索[2]就足够了。对于我呢，就是维吉尔；他那可以咏唱的诗篇总是悠悠地在我心中回荡，永不停息。这如果配上和音就足以使人们在辛苦的劳动中忘却疲劳。

伏尔泰的重版书在复辟时代为人们争相购买。卷帙相当浩繁。为了开拓心胸，梳理一下上个世纪伟大的笔战的经典著作并从而得出结论，应当有一个正确评价。

7月[3]以及后来的那些年代书籍猛增，宛如火山爆发。乌托邦、社会主义的小说、某些更加模糊不清的新圣经混乱不堪地大批涌现。其中杂有不少富于创造性的、奇奇怪怪的想法，时时激荡着一种真实感情。自从12月2日[4]以来，长篇小说大量出版，许多下流污秽的东西蜂拥而出，大为畅销，其时书籍主要是春情艳史、浪荡的幸福、荒唐的彩票、加利福尼亚[5]的奖券和淘金狂热，人们拼命盲目地追求奇迹、好运气，追求命运中的突然变化，这耗费了多少精力、劳动和恒心。

我们需要的书正好是与那些追求奇迹的念头完全相反的书，即教人如何行为的书。

我从这里懂得了培养日常行为的准则，培养依靠自己的力量，一心放在工作和意志效果上的人。

首先应当读的是那些真正的书。生命是短暂的。我们没有时间用一堆谎话（这该立即忘掉）填满心胸。在这方面孩子们的天性中

---

1 宣叙调指的是歌剧、清唱剧等大型声乐中类似朗诵的曲调。

2 塔索（1544—1595），意大利诗人。

3 指1830年的法国七月革命。

4 1851年拿破仑第三次发动政变的日子。

5 1848年美国加州发现金矿，于是形成一股淘金狂热。

具有良好的本能。你要是跟他们谈起某一件事情，他们首先就会发问："这是真的吗？"

除去那些空中楼阁或虚幻的希望，旅行对人很有好处。旅行把未加工的现实呈现在人们面前，而不是什么"可以不劳而获地致富"的浪漫奇想，劳动的英雄，不知疲累的战士，大自然的征服者鲁滨孙[1]这倒是一个如实编写的十分真实的故事。

工业界的鲁滨孙们是我们这个时代的圣者。他们毫不动摇，克服重重困难，经历了多少艰苦行程，最后才获得成功。看到我们这些伟大的劳动者，雅加尔[2]和斯蒂芬森[3]们的兴起，我非常高兴。

摆脱压在我们身上的重担，跳出深渊，用额头顶开土地坚强地站立起来，生活使人们懂得了应该这样做。但是在这些传说、这些劳动的《圣经》中，我首先需要的是这本《法兰西圣经》，这是伟大的工人，是人民，年复一年地，自己创造出来的悠长历史。任何一个贫穷的劳动者，如果他的心灵沿着我们先辈所走过的道路前进，那么，他就绝不会失败。他一定会获得那些伟大心灵的支持与维护，他将在战斗中总是看到他们，即使有时会磕磕碰碰，甚至跌倒，跌倒了再爬起来，他将永远为不可驯服的勇敢和朝气蓬勃的希望所鼓舞。

倘若在我死后打开我的心房，人们将会发现这个老是存在我心中的疑问："一本深受人民喜爱的书籍是怎样产生的？"

这真是个难题。在这方面有三样东西是必要的，但三者很少会同时到来。天赋和感染力（别以为人民会忍耐哪怕有一点差劲的、枯

---

1 鲁滨孙是19世纪英国小说家笛福作品《鲁滨孙漂流记》的主人公。

2 雅加尔（Jacquard，1752—1834），法国工人，发明了一种以他的名字命名的新纺织机。

3 斯蒂芬森（Stephenson，1781—1848），英国工程师，自学成才，是一种火车机车的发明者。

燥无味的东西)。极其细腻、极其可靠的经验。最后(这多矛盾!)还需要奇妙的单纯和有时可以在青年人中间偶然发现的那种稚气的崇高气概,纵然那只是像闪电划过天空般一刹那的显现。

啊,这个问题!要年老,同时又要年轻;要是一位圣哲,又要是一个儿童!

我一生中总是在不断地考虑这些想法。它们老是出现,压在我的心头。因此,我深深感觉到我们的贫困,文人学士的无能为力,我自感十分惭愧。

我出身平民,我一直把平民放在心里。平民的往昔的丰碑曾经令我喜悦。1844 年我肯定了平民的权利(过去人们从来没有这样做过);1864 年我写下了它漫长的宗教传统。但是它的言语,它的言语,我实在无法企及。我没能使他们说话。

在 1848 年 6 月 24 日的那场可怕而充满邪恶的事件[1]之后,我身子蜷缩着,心被痛苦所压倒,我曾对贝朗瑞说:“唉!谁懂得对平民说话呢?对他们宣传新的福音呢?要做不了这个,我们还不如死。”这位智者坚定而冷静地回答:“耐心吧!今后写书的一定是他们。”

十八年过去了。这些书,在哪里呢?

---

1 指 1848 年 6 月发生的革命。当时巴黎工人起义反对资产阶级政权,遭到镇压。

女　巫

《女巫》，这部半史半诗的书写于1862年，当时米什莱正在准备资料写作《十七世纪法国史》。他研究了路易十八朝代有关巫术的文件，并探索巫术的起源，乃作此书。

书计二卷。他在导言中说明巫术可能是古代异教的残迹。卷一阐述了中世纪的巫术情况，卷二叙说16—18世纪的法国巫术。

仙女的童话

就像有了鸟巢才孵育出小鸟一样，有了独立分居的家庭，这才有了真正的家。从此，才有了灵魂，而不再只是物品……妇女诞生了。这真是非常令人激动的时刻。这样妇女才有了自己的天地。可怜的女人，因此她才可能纯真圣洁。当她单独一个人在树林里一边纺织、一边梦想时，才能产生思想。你瞧，这座小茅屋，又简陋，又潮湿，四处漏风，冬天只听见朔风怒号，却也十分静谧。室内有些昏暗的角落，好让妇女安置她的梦思。

现在，她拥有了一切。她有了属于她自己的东西——纺车、床铺、箱子，就像一支古老的歌谣所说的那样。[1] 再加上桌子，长椅，或者两张矮板凳……可怜的穷家啊！但是而今它有了灵魂。炉子里的火光闪耀得令人心花怒放，祝祷过的黄杨木护持着床铺，有时上面还装饰着一束美丽的马鞭草。住在这所“宫殿”里的“贵妇人”端坐在门口纺织，顺便还照料着几头母羊。他们的家境还不怎么富裕，买不起母牛，不过长此以往，总会有的，但愿上苍降福。林子里，有片青草地，一群蜜蜂在荒野里嗡嗡飞翔，生活就是这样。虽然耕地远僻，收成毫无保障，人们还是种上了麦子。这种十分贫困的生活并不过于艰苦；她并没有被累垮，容颜没怎么变得难看，不像后来兴起的那种大规模的农业那样折磨人。她还有些余暇。她孤单单一个人，没有邻

---

1 在一首法国《舞师古谣》里是这样说的：朝长椅走三步 / 朝床铺走三步 / 朝箱子走三步 / 再三步，回到这儿来。

居。那种黑黢黢的闭塞小城里卑劣、不健康的生活，人与人之间互相窥伺、飞短流长的可耻险恶风气，还没有开始呢。

这女人除了梦想就没有友伴了，她只能跟她饲养的牲畜或是林子里的树木谈话。

它们跟她说话；可我们知道是说些什么呢。它们使她回想起从前她母亲、祖母跟她说过的那些话，那些古老的事物，那都是多少个世纪以来妇女们常常讲起的旧话。这都是当地耆老真实的回忆，家族间动人的宗教信仰；这些在同居共处的杂沓闹嚷之中，无疑力量是很单薄的，但它会在记忆中重新浮现出来，时时光临这座寂寞的小小茅屋。

仙女、淘气的小精灵，那美丽而奇异的世界，这都是为妇女的心灵而创造的。自从古代的圣徒传说逐渐停止、枯竭了之后，这类更加古老、富于诗意的传说就开始与它们平分秋色，并秘密地、悄悄地占了上风。它是妇女们最心爱的瑰宝，这令她们欣喜，感到安慰。仙女也是女人，她常照的魔镜使她的容颜格外娇艳。

仙女是什么呢？有人说：这是古时候高卢族的皇后，基督和他的使徒来临时她们仍然骄矜怪僻，显现出一副桀骜不驯、不理不睬的神气。当时她们正在布列达尼跳舞，跳个不停。因此她们受到了残酷的惩罚，被判一直生活到最后审判的那一天。[1] 她们有些被幻化成兔子、小老鼠那么大小。比如，小矮人，就每天夜里围绕着古老的巨大石柱跳舞。又比如，娇艳的玛布王后[2]，她能变成一辆装在胡桃壳

1 这里所有的关于古代神话的记载来源于阿尔弗雷德·莫里（Alfred Maury）的两本学术著作：《仙女》（1843 年），《魔法》（1860 年）。关于北方传说可参看格林的《神话》。——原注

2 这是梦幻仙子，莎士比亚对她十分赞赏。

里的王家马车——这些妇女都有些任性，有时候脾气还很坏。不过，在这悲惨的命运里怎么会对此感到高兴？——尽管她们又小又古怪，可她们都有一颗善良的心，她们需要被爱。她们又和气，又坏，满脑子奇妙的幻想。每当婴儿诞生之际，她们就从烟囱里下来，给孩子以才智，并安排其命运。她们挺喜欢织女，而她们自己纺织起来简直美妙极了。所以才落下一句俗话：纺织得像仙女那样好。

“童话”，如果摒去近世那些编纂者们[1]给它们披上的可笑的装饰物，童话实在就是人民的心灵。

这些童话是历史的一部分，它令人回忆起大饥荒年代（如吃人巨妖[2]等）。不过一般地说，童话实超然于历史之上，翩翩青鸟[3]饱含诗意地表达了我们的祝愿，这永远同样的祝愿，倾诉着人们心灵的历史。

呼吸、休息、盼望着能找到一宗财富以结束自己的贫穷生涯，这类可怜的古代农奴的愿望常常从其中显现出来。或者，出于某种崇高的愿望，他梦想的财富就是一个心灵，沉睡着的爱情宝藏（在《睡美人》的故事就是这样）；不过由于命中注定的魔法，美丽的人儿总是隐藏在厚厚的假面下面。因此才产生了感人至深的三部曲，像《红帽儿里盖》《驴皮记》和《美人与野兽》中那种值得赞美的、用渐强声段奏出的曲调。坚贞的爱情是绝不气馁的。在那些丑陋的形象底下这爱情仍然探求、寻觅，最后终于找到了隐藏着的美丽。在最后面的这个童话里，这简直达到了极其崇高的境界，我想凡是读过这部作品

1 17世纪末法国开始有人把童话编辑成书，其中最主要的作家是贝洛（Perrault）。

2 吃人巨妖（Ogres）这个字源于匈牙利语，古法语作 ongres。匈奴人曾于公元10世纪时侵入欧洲。

3 “青鸟”始见于17世纪道尔努瓦夫人编的童话集。

的人没有不流泪的。

无限的温馨正存在于这一切之中。这个欣悦的灵魂不只是想到自己，还专心致志于挽救整个自然和整个社会。一切受苦受难的人，比如被后母毒打的孩子，受比他年长者轻蔑、虐待的幼小者，都是它的宠儿。它甚至把这种同情推及城堡里的贵妇，惋惜她落入那个凶恶的男爵手中。(《蓝胡子》)他还同情牲畜，惋惜它们仍然披着走兽形相，他安慰它们，劝它们要忍耐着点儿，不要难过，这些总会过去的。它们饱受束缚的灵魂有朝一日肯定能振翼飞翔，获得自由，样子也变得可爱，并为大家所喜爱——这就是《驴皮记》和其他一些童话的另一面。人们相信这其中有着一颗妇女的心。她的牲畜长年干着田间粗活，真是够艰苦的。妇女不把它看作畜生，而把它当自己的孩子看待。一切是人道的，一切出于至情。整个世界是高尚的。啊！可爱的喜悦！她是这样谦抑，自甘丑陋，却把她的丽质、她的妩媚给了整个大自然。

这个出身农奴的小女人，完全沉浸于对这一切的缅想之中，难道她真是这样丑陋？我曾谈过，她操持家务，一边纺织，一边照料牲畜，还要到树林里去捡柴火。她还没干什么粗活，还没有像后来麦收之后变得那样丑陋。她也不像城市里的那些阔太太，又胖又懒。这女人没有一点安全感，她为人腼腆，温和，总感觉自己是在上帝手中。她仿佛看见山上有一座阴森森的令人恐怖的城堡，千万种罪恶即将从那儿降临。她心中惶惑，敬重丈夫。她丈夫尽管是个农奴，但对她来说他是王。她把一切好的奉献给他，自己什么都不要。她的身躯苗条而轻盈，宛如教堂里的仙女一样。这段时间的极其可怜的食物使女人变得十分清秀、娇妍，但生命却脆弱不堪。这些苍白的玫瑰花只剩下筋络罢了。由于这随后才产生了14世纪的那种狂舞。现在，将近十二点了，两个弱点都与这种半斋戒有关：夜里，是夜游症，白天就是幻觉，梦和眼泪的礼物。

这女人很单纯，但是我们曾经说过，在她心里也深藏着一个秘密：这，就是回忆，对于堕落为精灵的可怜的古代神祇的同情。她想它们成了精灵，你可不要以为它们从此就脱离了种种烦恼。它们居住在山上那些橡树之中，年年冬天都很不幸。它们特别喜欢温暖，老是围着人家房屋转悠。人们看到它们在家畜棚里紧挨着牲口取暖。它们不再要人们焚香上供，有时只喝些牛奶。这女人作为家庭主妇，本人非常节俭，宁愿削减该自己吃用的一份，但从来也不克扣丈夫，晚上，她都要留点奶油给他。

这些精灵只在夜间出现，白天则流荡远方，它们总是渴望亮光。夜里，女主人大着胆子，怯生生地走去，把一盏小马灯送到精灵居住的那棵大橡树跟前。橡树紧傍着神奇的泉水。这泉水多像一方明镜，光彩照人。这就让这些悲愁的逋逃客感到心情愉悦。精灵们绝不忘恩负义。有一天，她大清早醒来，还没有动手呢，就发现什么家务都已经做得停停当当。她不禁怔住了，只画十字，一句话也说不出。她的男人早外出了，她反复寻思，毫无所获。这准是精灵干的。“是谁呢？怎么回事呢？”……啊！我多么想看看它！……可我又害怕……人家不是说看到了精灵要死吗？——忽然，摇篮晃起来了，自个儿不停地摇晃……她心里感到恐惧，只听见一个非常轻柔、低低的声音（仿佛就在她自己身上）说道：“我亲爱的，最亲爱的女主人，若是我喜欢摇摇您的孩子，这可是因为我自己也是个孩子的缘故啊。”她的心怦怦地跳，这一下才稍微安定了些。摇篮的天真纯洁表明了这个精灵的天真纯洁，人们可以相信它是善良而温和的，至少已为上帝所原宥。

从这一天起，她不再孤单了。她实实在在感到它就在她旁边，离她很近。它刚才掠过她的袍子；她听见它掠过时窸窸窣窣的声音。随后，它总是在这周围走来走去，显然不能离开她。她去牲口棚，它也去。于是她想，那一天，它准是在奶油罐里。

她没能抓住它仔细瞧瞧，多遗憾！有一回，她无意间碰到炉子里的一点余烬，她相信当时曾见着它在那儿翻滚，淘气，溅起无数火星。还有一回，她差点在一朵玫瑰花上把它逮住。当然，它身量小，可它干活挺勤快，会打扫卫生，能替她做不少事呢。

它颇能叫她丈夫高兴，百般殷勤，博得他的欢心。它给他清理工具，收拾园子，晚上，辛苦了，它就在壁炉边蜷着身子睡觉，在孩子和猫咪后面。人们听见它那像蟋蟀似的细声细气，只是看不大见它的模样，除非微弱的光线照亮它最爱待的某个缝隙。现在人们看到，依稀看到一个清秀可爱的面庞了，于是，对它说："啊！小不点儿，我们看见你啦！"

妇　女

米什莱认为在现代家庭中妇女应当占有相当重要的地位，为此他专门写了一部著作《妇女》，谈妇女的教育与婚姻。在导言中，他描述了妇女的不幸情况，要求改善。全书分三章：一、论教育；二、女子的婚姻；三、社会中的妇女。这是其中的一篇。

女孩和花

女孩子把她最喜欢的一粒娇艳的红芸豆纳入土中。好，等着吧！可怎么能无所事事地等待大自然去孕育呢？于是，从第二天起，她老是去看望这粒豆子。豆子好端端地待在土窝儿里，还是那个模样。这年轻的保育员心里不耐烦了，她想总不能就这么由着它；她想着就动手拨开表层泥土，不停地用喷壶浇水，催促这懒惰的种子赶快发芽。泥土喝饱了水，太多了，却好像还总是口渴。可经过她这样一番照料，灌溉，豆子却死了。

干园艺可是一种需要耐心的活儿。这可以锻炼孩子的性格。那么，从几岁正式开始好呢？我想小女孩对自己心爱的植物总是非常喜爱的（比男孩子更喜爱），她们等待，照料，关怀。一旦试验成了，她们看到地上冒出了幼芽，就高兴得不得了，抚弄着，亲吻这个小生命。她们心里总想着再看到这一奇迹，这样她们会变得富有耐心的。

女孩子的真正生活是田野里的生活；即使住在城市里，也应当尽可能地让她们常常接触到绿色的植物世界。

为了实现这一点，并不是说需要有一座大花园，一个公园。东西越少，就越叫人喜欢。她只要在家里的阳台上或是屋顶的延伸部分种一棵依傍在墙边的桂竹花。你知道吗，她从这仅有的桂竹花所获得的快乐要比富豪人家的女孩从扔在大花坛上的花枝所获得的要多得多，那些小姐只晓得糟蹋东西。细心照料，静静地观察花儿，去了解这种植物和各个季节、气候的关系，通过观察，经验，思考，推理，在这方面可以学习许多知识。谁不知道贝纳丹·德·圣-皮埃尔[1]因为偶然看到窗台上瓦盆里的草莓而产生的奇妙想法呢？他在其中看到了一个无限，并以此为他的植物和谐论奠定了基础，简单，明了，通俗，而且亦不乏科学价值。

时值二月，在一次冬日的漫步中，小女孩凝望着枝头的红色嫩芽，叹息着问道："春天快来了吗？"她突然呼叫起来……因为她蓦地发现脚下就是春天……路边的绿意中，一朵铃铛形的银花，雪花莲，报告了新春消息。

太阳的热力又渐渐增加了。从三月份开始，在时有时无的初阳的照射下，这小小的世界整个绽开了，报春花和雏菊都急不可耐地依次出现，这些年轻的花儿推出金色的小圆盘盘儿，她们以太阳的女儿自居呢。这些花，除了三色堇之外，并无多大的香气。泥土仍然太湿。水仙花、风信子和铃兰在潮湿的土地上，在林子的树荫里露面了。

多么欢乐啊！这又是多么令人惊奇！……这些天真无邪的植物仿佛都是为女孩子生的。每天，她都想得到许多花儿，采摘，搜集，捆扎，带几束小花回家，到明天再扔掉。她还要向所有的新来者问好，像姐姐似的吻她们。在这明媚的春光里可千万不要打扰她啊。不过，当一个月、两个月过去之后，她会感到满足的，我对她说："孩子，当你在大自然中嬉游的时候，大地完成了它辉煌、壮丽的嬗变。你瞧，她披一身翠绿衣裳，那上面还带着山峦和丘陵的褶纹呢。你以为她怀抱着这一片繁花似锦的海洋只是为了带给你几支雏菊吗？不，朋友，伟大的万物的母亲这一席丰富的盛筵首先是供应给我们卑微低下的兄弟姐妹们的，因为正是它们哺育着我们啊。善良的母牛，温柔的母羊，质朴的山羊，它们所要求的是那么少，而给予的却那么多，它们使最穷苦的人足以生活，

1 贝纳丹·德·圣-皮埃尔是18世纪法国作家，他在《自然界的和谐》一书中生动地描写了各类植物之美。

这富饶美丽的草原正是为它们准备的呀……它们将把大地的初乳装满它们的乳房，给你奶汁和奶油……你收下吧，得感谢它们。”

在这些新鲜甘美的食物上还要加上田园里的春日菜蔬和瓜果。随着天气转暖，应时而来的还有茶藨子和草莓，馋嘴的小女孩顺着这份香气总找得到的。尝第一口略微带了点酸味，第二口入口即化。天气炎热时人们常常会心烦意乱，甜甜的樱桃正是为热天准备的良药。烈日下收获的繁重农活开始了。这种兴奋狂热首先出现在玫瑰飘香的季节，香气袭人，昏昏欲睡，娇艳的花中之后兴高采烈地引来了她的无数姐妹，药用花卉，还有不少可以治病的药草。

接着哺育全人类的、可敬的豆科家族到来了，禾本科植物到来了，就像林奈[1]所说的，它们是植物世界里的可怜人。它们是植物界勇敢的英雄人物；不管人们怎样虐待它们，践踏它们，它们的后代却更加繁衍，愈来愈多！

我的女儿，可别模仿那些浮华、轻率的女孩子啊，她们目迷于随风荡漾的金色海洋，于是就穿越田野去寻找虞美人和矢车菊华而不实的花枝。我愿你小小的脚沿着这条路笔直走去，敬重养育你的父亲——这片好麦子，你瞧，它们用一根弱茎支撑着那沉重的头，这就是我们明年的面色啊。你弄断每一根麦穗就等于是夺走了穷人的生命，夺走了有功的劳动者的生命呢，正是因为他们终年辛苦，庄稼才有了个好收成。这麦子本身的命运就值得你全心敬仰。一整个冬天，它都藏在地里，在皑皑的白雪底下耐心等待；之后，春季的冷雨浇出了它的绿色嫩芽，细小的芽儿冒出地面，它在搏斗，有时遇上乍暖还寒的天气，难免会受到冻伤，还有时被羊吃掉；但终于它顶着炎热

1 林奈（1707—1778），瑞典博物学家。动植物双名命名法的创立者，近代生物学，特别是植物分类学的奠基人。

的太阳长大了，成熟了。明天，就开镰收割啦，连枷打了又打，大麦粒啊，[1]经过石头碾碎，研磨成粉，烘成面包，送入齿颊之间或酿制啤酒，供人饮用。为了人的生存它牺牲了自己。

全民族都用许多充满喜悦的歌儿歌唱这位殉道者和它的姐妹——葡萄。我们这里出产的麦子里储存着很高的营养物质，而葡萄则给予我们某些香甜、令人酣醉的东西。当一个人感到疲劳、衰弱、汗流浃背的时候，大自然母亲会更多地赐予他更富有生命力的食物。

草原和牛乳的春天之后，接着来临的是营养丰盈的金黄色小麦的季节，麦子刚刚割完打好，小小的葡萄（这儿的葡萄枝蔓萦绕，味道特别鲜甜）就在准备它美妙的饮料了。劳动多么繁忙，我的女儿！春季里还瞧不上眼的这些弯弯的植株，现在得花费多少人力啊！从三月起，你若是去广袤的香槟、勃艮第和南方地区漫游，你准能看到在法国的这一大片土地上，人们正在搭架葡萄枝蔓的柱子，种植，捆缚，接枝，然后在周围壅上土，就这样，整年都得付出辛勤劳动服侍这娇嫩的庄稼。然而，只要一阵大雾它就全完。

这是生与死的交替。每一株植物死了，它也就营养了别的植物。你没有看见，当晚秋肃然降临，北风还没有刮，木叶就纷纷陨落了吗？叶子略略在空中打了个转转儿，就完全顺从、无声无息地落下。植物（如果它有知觉），至少它会感到它有责任哺育它的姐妹，于是它为此而死。它心甘情愿地死去，落在地上，把它的残躯献给把它带下来的空气和它终将进入的大地，它的伙伴们将会接替它，而它培育了它朋友们的生命。它将心满意足地归去，也许还挺愉快，因为它觉得自己的责任已尽，它将休息，遵循上天的规律。

---

1 这是一首英国歌曲，将麦子拟人化，歌咏麦子的经历。

我的少年时代

这本书是米什莱的遗著之一。作者死后,由他的夫人整理他的文稿,汇编而成。主要写的是他自己二十岁以前的家庭情况和本人生活情况。读者可以看到,一个贫穷的青年是怎样克服困难境遇,努力学习,成为著名的历史学家的。米什莱说得对:“我坚信我的未来,因为未来掌握在我手中,未来将由我自己铸造。”

我的少年时代

我出生的两个家庭，一个来自庇卡底，另一个来自阿登，原来都是务农，不过除了种庄稼外，也还兼营一点企业。由于两家人口繁多（一家是十二个孩子，另一家十九个），我父亲和母亲的兄弟姐妹大部分都不愿结婚，好让家里送去上学的几个孩子不致辍学。这是我要记下的一大牺牲。

特别是我母亲家，姐妹们一个个都非常节俭、庄重、严谨，心甘情愿地做她们的兄弟伙的忠顺奴仆。为了供应他们上学，她们就埋头一辈子待在农村里。她们之中的很多人，没有文化，居处在森林边沿的那种孤单寂寞之中，但她们并不缺少一颗玲珑的、充满智慧的心灵。我曾听人说起过其中的一位，年龄已经很大了，还能像瓦尔特·司各特[1]那样娓娓叙述边境地区古代的历史轶事。她们的共同点就是那份明慧和思路清晰。当时，在表兄弟和亲戚中还有许多教士，各式各样的教士，世俗的或是具有狂热信仰的——不过这种人不占多数。我们的这些聪明而端庄的女孩子也不对他提出什么批评的话。她们常常主动地讲起从前我们祖父辈的一位叔爷爷（名字叫米肖还是巴耶尔？）曾经因为写过一本书而被活活烧死的事情。

我父亲的父亲原来是拉翁的音乐师，恐怖时期之后，就携带了微薄的积蓄去巴黎，我父亲当时在国家证券印刷所当职员。祖父并不

1 瓦尔特·司各特（1771—1832），英国小说家。

像当时的许多人那样购置田地，而是把他所有的钱都纳入了他的长子——我父亲的财产之中，随着大革命形势的发展，我家开了一家小印刷厂。我父亲的一个兄弟和一个姐妹，为了家计，都不结婚，只有我父亲结了婚；他娶了一位端庄严肃的阿登小姐，这我在后面还要谈到。我于1798年生在一座修女教堂的祭坛里，当时我家的印刷厂占用了这所房子：占用，但并非亵渎。在新的时代里，除了《圣经》，还印什么呢？

这家印刷厂开始十分兴旺，因为承印我国议会里的讨论汇编、军队新闻，以及这一时期沸腾的社会生活新闻，所以生意挺不错。大概到了1800年左右，才因为大规模取缔报纸而受到打击。我父亲只获准印一种教会出版的报纸。当时企业开销很大。后来许可证突然被撤销了，官方把证批给了一个颇得拿破仑信任的教士，但这教士不久就背叛了他……

一天早上，一位先生来到我们家，这人举止比一般皇家人员彬彬有礼，他通知我们皇帝陛下已经把印刷厂商的数目核减为六十家，小的一律取消，规模较大的厂可以保留，但需缴纳一笔款项，差不多要按四法郎交四个苏计算。我们是片小厂：照办，就得饿死，真是毫无办法。我们外面还有些债务，皇帝不许我们延期还债，他就像对待阿尔萨斯那样对待我们。我们只有一个办法：就是替我们的债权人印一些版权早已归我父亲所有的著作。雇不起工人了，就只好自己干这份活。我父亲专门在外面承接业务，无法再给我们帮忙。母亲拖着生病的身子做装订工的活，裁纸、折纸等等。我嘛，还是个孩子，就负责排版。祖父虽然年迈体弱，还得做印刷重活，他用不停颤抖的双手印刷着。

我们印刷的这些书籍销路还不错，只是非常琐碎无聊，跟这充满破坏的悲惨岁月适成奇异的对照。印刷的只是些小玩意儿，什么社会娱乐、猜谜游戏和藏头诗之类的东西，一点也不能丰富我这个青年排字工人的心灵。不过，实实在在，这些无聊出版物的枯燥乏味也给了我更多的自由。我觉得自己从来没有像我在排字盘前面凝神时想象力这样无边无际地驰骋起伏。我个人的浪漫幻想在心中越是活跃，我手的动作就越加迅疾，铅字也就越发快速地拈起来……从这时起我才懂得手工活既不要求极端精致，也不要求花费太多气力，它们丝毫不会阻碍想象。我认识很多杰出的妇女，她们说只有在缝制绒绣的时候，才能好好思索，或是妙语如珠。

这时我十二岁，除了我在一位老藏书家、以前的村学教席那儿学到了四个拉丁字之外，还什么都不懂得。这位先生好钻研文法，颇具古风，又富有革命热情，甚至不顾自己的生命去援救他所憎恶的国外流亡者。他临终时把他在这世界上所拥有的一切遗赠给我：一部手稿，一本很出色的文法书，但并不全，他在这部书稿上总共花费了三四十年时间。

我很孤独，也很自由自在，我的双亲极其宽容，让我完全信赖自己。我的想象力十分丰富。我只读过偶然碰到的几本书——一本神话，一本波瓦洛[1]，《圣哲传》中的几页而已。

我的家庭屡遭不幸，困难重重，母亲生病，父亲终日奔波在外，在这种情况下我仍然没有接受任何宗教思想……在这些篇章里我蓦然在这悲惨的世界尽头看到了解脱死亡的另一种生活和希望，这该是多么欣慰啊！就是这样，并没有什么人的媒介，我接受了宗教信仰，而且这种信仰在我心中十分坚定，好像成了我自己身体的一部分

1 波瓦洛（1636—1711），法国古典诗人。

似的，自由开朗，生气盎然，完全沁入了我的生命。它以一切丰富我的生命，让我从艺术和诗歌中汲取了许多温馨而圣洁的事物营养自己——从前人们还误以为这一切无关呢。

我怎样解释这些《圣哲传》的词句把我投入的梦境呢？当时我还没有阅读，但是我听见……仿佛这种温柔而充满父爱的声音就是在跟我讲话……现在我还看见那个冷飕飕的、没有陈设的大房间，仿佛真有一缕神奇的光芒把它照得通明透亮……我无法深深地进入到这本书中去，当时我虽然不懂得基督，但我感到上帝的存在。

其次，童年时给予我最强烈印象的，就是法国古建筑博物馆（不幸今已毁圮！），在这儿我最初接触到了历史的生动印象。我让我的想象充盈于这些陵墓中间，透过大理石我感觉到这些死者，当我走进低矮的拱廊时（这儿沉睡着达戈贝尔特[1]、齐尔佩里克和弗蕾代贡德[2]），不无某种恐怖之感。

这时我工作的地方就是车间，几乎整天都是一片昏暗。有一段时期，我就在地窖里干活，这地窖一边位于我们居住的这条林荫道，另一边是街面房屋，朝着一条低矮的小街。跟我做伴的，有时要是我祖父来这儿，那么就是祖父，但是跟我经常在一起的，还是一只勤劳的蜘蛛，它在我身旁孜孜不倦地工作着，可以肯定，比我做得更多。

在非常艰苦、远远超过一般工人所能承受的贫困境遇中，我所能获得的补偿乃是我双亲的温情和他们对我前途的信心。除了那些工作必需品之外，我拥有绝对的独立性，但我从不滥用。当时我虽是学徒，但并不与那班无赖之徒接触，否则他们的粗暴行径可能会摧毁我心中的自由之花。每天早晨，我在干活之前，总要去看望我的老师、

---

1 达戈贝尔特一世（605—639），墨洛温王朝国王，他完成了法兰克王国的统一大业。

2 齐尔佩里克，公元561—584年间纽斯特里的国王；其妻弗蕾代贡德篡权且嗜杀。

那位老文法家，由他给我布置五六行作业。我把这一一牢记在心，我的工作量比人们想到的要少得多；实际上孩子们每天只做一点点：这就好像一个细口瓶一样，无论你倒少倒多，但总不能同时注入过多。

我在音乐上毫无才能，这使我的祖父十分失望，但是我对拉丁文雄壮而庄严的谐和声调很敏感。这种古代意大利铿锵的旋律对我简直像一缕南方的太阳光。我则仿佛一棵生长在巴黎街上砖头缝里的常年不见阳光的小草。这种异域的热力在我身上引起了很大变化，使我从无知到获得大量知识，甚至获得古代语言的精巧节奏；我在将法文译成外文的作业中努力探索并终于找到了通俗罗曼语的谐律，宛如中世纪做弥撒时的续唱一样。一个孩子，只要他是自由的，就能准确地走上许多平民家庭出生的孩子所曾走过的道路。

除了贫穷给予我的痛苦之外（对我来说冬天更甚），这一时期，劳动、拉丁文和友谊（一个时期里我有一个朋友，我将在本书中谈到他）交错融合在一起，这是我的一段非常甜蜜的回忆。也许我已拥有了丰富的童年、想象和爱，这使我对任何人都不羡慕。我曾说过：一个人是不会懂得羡慕自己的，必须由别人教他去羡慕。

可是，不久，一切又笼罩上了阴云。我母亲的病加剧了，法国也一样（莫斯科！……1813年……）[1]，在我们处于极度贫困时，父亲的一个朋友劝他把我送进帝国印刷厂去干活。这对我的双亲是多么大的诱惑啊！要是别人，那是绝不会犹豫的。但在我们家里信仰总是看得最重：首先是父亲的信仰，为了信仰大家都曾做出过牺牲；其次是我本人的信仰：我必须弥补一切，挽救一切……

要是我的父母，顺应理智的想法，让我当工人，以拯救他们自己，

---

1 这里是指拿破仑大军远征俄国败绩的事。

那么我是否就此完蛋了呢？不，在所有工人中间我看到了不少事业卓有成就的人，他们的聪明才智足以与文人相侔，而在性格上却更加优越……然而我会遭遇到什么样的困难啊！为了克服资财的匮乏，为了反抗时代的厄运，我又进行了怎样的剧烈斗争呢……没钱的父亲和我的正生着病的母亲决定：无论如何我都应当继续学习下去。

我家经济非常拮据。我既不懂诗歌，又不懂希腊文，但我还是进了查里曼大帝中学三年级。我的困难，大家都知道，但是没有老师帮我解决。母亲直到此时虽然还是如此坚决，但也感到有些气馁，以至哭泣。父亲从没有学过拉丁文，现在却开始写起拉丁诗来了。

在这一从孤独到人群、从黑夜到白天的过程中，对我最好的，无疑是我的老师安德里厄·达尔巴先生。他是个正直的人，高尚的人。但最坏的还是那些同学。我在他们中间就像猫头鹰在大白天似的，对什么都感到惶恐、骇怕。他们觉得我可笑，而现在，我回想起来，他们那样看我也确实有理。我把他们对我的讥讽嘲笑归因于我的衣着打扮，我的那份穷相。我发现我实在穷。

我觉得所有的有钱人都坏；我几乎找不到还有什么人不比我富。我成了孩子群里少有的愤世者。在巴黎最冷僻的马莱区里，我还要寻觅最冷落无人的街道……然而在我这种对人的极端厌恶中，只留下一样好的东西：不羡慕。

最令人愉快的是星期天或星期四，可以用来连续阅读两三回一首维吉尔的歌行，一本贺拉斯[1]的书。渐渐地，我能记熟它们了；尽管如此，我从来不能过目不忘。

我回想在这重重的不幸之中，眼前的穷困，对未来的恐惧不安，

1 贺拉斯（公元前65—8），古罗马诗人。

仇敌即已迫在眉睫（1814年！），我的敌人每天都在嘲弄我。有个星期四的早晨，我浑身瑟瑟缩成一团：没有炉火（外面雪盖满了整个世界），也不知道晚上有没有面包，一切仿佛对我全完了，我心里没有一点宗教的希望，只有一种纯粹坚忍的自甘淡泊之情——我用已经冷得麻木了的手，拍打着我的那张橡木桌子（我一直保存着它），感觉到一种年轻的、对未来充满希望的男子汉的喜悦。

我的自信绝不荒诞；它融化于我的意志之中。我坚信我的未来，因为未来掌握在我手中，未来将由我自己铸造。我很快就圆满地完成了我的学业。

圣马丁林荫大道的地窖

我们家的印刷所坐落在邦蒂路，是一幢街面房屋，地窖则在林荫大街那边。这地方非常阴暗而潮湿。当时我还没有上学，每天的大部分时间都是在这里度过的。

有时，冬季将尽，天气乍暖之际，太阳渐渐照到南边。一道斜斜的光线透过阔大的气窗射了进来，在我放置铅字的排字盘上徘徊弄影。并非我一个人对此感到欢欣。我清清楚楚地看到一只蜘蛛在墙角落上。它大概认定这光线会给它送来某些冒失的小蠓虫当午餐吧，于是，它小心翼翼地、悄悄向我的字盘爬过来。阳光不在它那一边，而恰恰照临在比较靠近我的地方，这自然而然就构成了它向我靠拢的愿望。我承认我几乎从未经历过这样一个亲切的遇合；我至今还记得这些，但是这位密友的形象却很少能重新回忆起来了。我欣赏它那份愈来愈浓的羞怯姿态，纡徐而明智的动作：似乎它确定必须把自己的生命托付给我了。

我没有细察它的形象或是看清它的眼睛，我只感觉到自己正为它所注目，观察；看来，时间一长，它似乎对我更加满意。兴许是由于某种劳动本能吧（在此类昆虫中这种本能很强），它觉得我大概是个劳动者；也像它一样正在结自己的蛛网。就是这样，它直截了当，立即抛开了任何防范，敏捷地从蛛网上滑下来，定定地落在我们共同的边界，我的铅字盘的边缘上，那字盘上闪烁着一缕淡淡的金黄色阳光。尽管如此不同，但我们一起从贫困的劳动和冰冷的阴暗中走了出来，共享这份温馨的阳光盛宴。

每当我排字的时候，我的想象力总是十分活跃。越是浮想联翩，我的手动作就越是迅速，文稿也就排得越快。但这可不再是什么空中楼阁，也不是令我情绪激荡的鲁滨孙和他的小岛，这别是一番滋味，洋溢着某种心潮澎湃的梦幻感觉。

我还没有谈过在我童年时阅读《榜样》[1]之后的那种强烈情绪；但现在我倒想谈谈法兰西古建筑博物院（不幸早已于1815年毁去）给予我的深刻印象。就是在那里，而不是别处，我深深感受到了一种强烈的历史的直觉。

当时我的父亲在监狱里，[2]我母亲常常带我到博物院去散散心。我俩从不分开。多少心灵在这里汲取了历史的光辉、伟大回忆的兴趣、回溯古老年代的夙愿啊！

每天晚上，当一片深沉的寂静笼罩着整个房屋，我在那盏小灯闪烁不定的光线下面排字时，总看见许多漫长的阴影沿着潮湿的墙壁滑过或是不住晃动——啊，这些沉默无声的怪影，这时我的激情又重新兴起，总是那样相同，那样强烈，直使我心跳不已。当我走进这昏黄的拱门，观看这些苍白的面容，当我怀着热情、好奇、惧怕的心情走过去寻觅，逐年逐年地，从一个厅室转到另一个厅室，我寻觅什么呢？我不知道。是那个时代的生活吗？大概是，还有那个时代的精英人物。这些横陈在墓石上的大理石雕塑的沉睡者，我不能肯定是否他们没有生活过；而一些16世纪的豪华宫榭，光辉晶莹得令人目眩。当我走进墨洛温王朝[3]馆时，那里安放着达戈贝尔特的十字架，我不知道是否我曾看见齐尔佩里克和弗蕾代贡德在墓石上蓦地坐起。

1《耶稣基督的榜样》，这是15世纪的一本宗教书籍。

2 米什莱的父亲曾因债务入狱。

3 墨洛温王朝（448—751）是法国历史上第一个王朝，由法兰克人建立。

教　师

从前我并不想靠笔耕谋生。我希望从事一种真正的职业；这样，我选择了由于进过学校因而对自己比较方便的工作，就是教书。那时候，就像卢梭那样，我想文学是一份应当慎重对待的事业，其中蕴含着生活的美好篇什，心灵中的花枝。每天，当我上午上完课之后，回到拉雪兹神父公墓附近郊区我的家里，懒洋洋地整天在那儿阅读许多诗人的佳作，如荷马、索福克勒斯、忒俄克里托斯[1]，有时也读一些历史。我的一个老同学、好朋友波莱，也跟我读同样的书籍。我们时常在去万桑森林的长途漫游中一道研习、谈论。

这种无忧无虑的生活前后不到十年，当时我丝毫没有想到过将来有一天我自己会从事写作。我同时研习着语文、哲学和历史等课程。1821 年，通过会考，我当上了一所中学的教师。1827 年，我出版了两部著作，一本是《维科》[2]，另一本是《现代史简编》，这样就使我成为高等师范学院的教授。

教书给了我很多好处。中学里可怕的考验改变了我的性格，使我变得相当拘谨、内向、腼腆多疑。年纪轻轻的就结了婚，生活在一种深沉的孤寂之中，这使我对人群对社会愈来愈隔阂了。只是，在我的高等师范学院和别处的学生中间我找到了与人交往之乐，这种友

1 这几位都是古希腊诗人。

2 维科（1668—1744），意大利哲学家。自学成材，著有《新科学》对后世影响很大。米什莱称维科是他的理性先驱。

谊打开了我的心灵，并进一步扩展开来。这可爱的、充满信心的青年一代，他们相信我，使我的人性复苏。看到他们在我面前快速地相继而过，我大为感触，不胜悲怆。可是在我心里才刚刚产生了依恋之情，他们即已离去。而今大家都星流云散，不少人（还这么年轻！）已经死去。但我却丝毫也不能忘记；对于我，无论是生者还是死者，我都永远不能忘记他们。

说真的，他们并不知道，他们曾给过我多少帮助。如果说，作为历史学家，我有某些特殊贡献足以使我立于许多卓越的前贤身旁，我想这应归功于教学，对我来说这就是友谊。这些伟大的历史学家成绩辉煌，卓识浚智，极其深湛，令我倍加爱戴。

丧　葬

我第一次看到的死亡是突如其来的，这件事使我心中久久不能平静。这一天，我像平时一样，坐在窗口做功课，正忙于把一篇文章由法文译成拉丁文。一阵榔头的巨大响声惊动了我的母亲，她叫我抬起头，看看院子里究竟发生了什么事。原来是一个木材店的人在钉棺材。这时我父亲从外面走来，指着那边低声对我说："他的儿子死了。"院子里，那个不幸的人不时停步，哽咽着用衣袖直揩眼泪。

我从来没见过光溜溜的棺材。一想到人就要被封闭、塞紧、固定在这个狭窄的盒子里，(万一要是实际上人还没有死的话也无法动弹、逃脱) 我就觉得十分骇怕。一个做父亲的亲手给他的孩子准备了这么个狠毒悲惨的囚室，他本人得把这个昨天还活蹦乱跳的少年的胴体放进棺材，然后盖上，这样做多么违反人性，多么残酷！

最后，榔头又响了几下，这才完结，我好像听见原来弥漫在院子里的那种令人疼爱的细微声音，那种原来愉快、欢乐的笑声现在正哭泣着哀求他父亲，哀求死神开恩："不，不，时候还不曾到呢！"

不久之后，我也遭到了一次巨大的悲痛，这就是我祖父的去世。他生前非常爱我，还白白地费了千辛万苦教我学习音乐。现在我还看到王家广场[1]上从前我常看见他坐着的长凳，我还听见那位外科医生嘴里念着这句可怕的判词："太晚了。"实际上他的病是癌症，随着

1 在巴黎东区，后来改称"孚日广场"。

七月的炎热天气，病情急速恶化，不久他就恹恹死去。这对我真是一次深切的悲哀；但比他的死更叫我流泪不止的是，在他下葬的第二天——恰好当天夜里刚刮过一场暴风雨——我听见祖母说："我的天，雨落在他身上啦！"

现在，轮到我可怜的妈妈了。浮肿又发作起来，蔓延到心脏部分。她一点也不能动。这样的身体无法活动，需要精心护理，得时时把她的上身抬高才能呼吸。父亲帮助她这样做，除此之外，还要没精打采地做些家务。白天他不得不外出挣钱养活全家，其余的时间就全陪着她，千方百计想让她舒坦一些，给她解解闷。

她的那种耐心顺从真值得人们佩服。对于病情，她心里明白，自己感到这已经是寿命的最后时日了。她诧异的倒是怎么会拖这么久。死亡丝毫也不能令她惧怕，有时她以冷漠的态度谈到死。

有一天人们在收拾床单，她说："就把这一条留着给我做裹尸布吧！"

行圣灰礼仪的那个星期三(这一天是1815年2月8日)，正逢我入学前夕——在封斋节假日之后——我到雅各宾弄堂去买几本旧书，看到当时住在那儿的梅罗先生。天空彤云密布，异常沉郁。

我回到家里，发现母亲比平常病情更坏；她呼吸困难，不停地要人替她把上身用枕头垫高一些。肿胀似乎使她窒息得厉害。

整个晚上我都守在她身旁，一边做明天要交的作业，题目是《蔑视死亡》。后来我一直把这份作业当作这个伤心的夜晚的宗教性纪念物保存着。

这时最折磨人的就是熬夜和跟瞌睡斗争了，内心上上下下泛起多少艰难的幻梦……双目含悲，沉浸于空虚之中，显示出幽明两界间的变化无常。我的思想阴沉而辽阔，反复回想起全部往日的生活，无边无际的预感使它变得崇高起来……她，正是这场伟大斗争的见证人，曾与我分享这潮涨潮落，重重烦忧，就像在海难中那样紧紧倚靠着这坚定的信仰：一个灵魂在返回到我们的原始本能之际早就已经抢先进入未知世界的本能之中，根本不可能从此毁灭。

一切都让人揣想到她将从这双重的本能出发赋予某种青春的存在，这个存在将担负起生命的事业，并且会把早已丧失了的声音给予这个心灵之梦，给予她开始具有的思想，给予她沉默的意志。

午夜时分，她又略略恢复了知觉，连连催我去睡。看来她对我的服侍心里很感动。

第二天早晨，我乍醒来，就看见父亲哭得像个泪人儿似的；他对我说："你母亲死了。"[1]

死！我简直不能理解什么是死，真奇怪，对于亲人的死我一点也不感到害怕，当死亡来临时也没有什么想法；我仿佛觉得我所钟爱的人永远不会死去。

整整一天我就这样待着，目光定定地凝望着母亲，坐在现在我写字的这张桌子旁边，不时诵读给亡灵的祈祷文。死一点也没有使她变样；其实，这么长的一场大病已使她消瘦得十分厉害，容颜憔悴不堪，简直叫人以为她已经死了很久了似的……

送葬回来，我心里感到极度沮丧。这个空空荡荡的大房间，这张空床，这种孤寂的感觉撕碎了我的心。整整一个月我仍然待在这座凄凉的屋子里，走路总是踮着脚尖，生怕发出一点响声。什么也无法消磨掉我的悲伤，当我苏醒过来时，我发现我的一切预防措施完全白费。

---

1 据米什莱夫人回忆，米什莱的母亲死于 1815 年 2 月 9 日，米什莱本人死于 1874 年 2 月 9 日，整整相距六十年。

失去了她，对我来说这实在不仅仅是失去了母亲，我是失去了一位朋友，一个榜样，一个督促鼓励我做作业的人。我在她身边勤奋工作的习惯都打乱了。我再也看不到落在我身上的她那充满母爱的温柔目光，再也听不见她倚门守候我回家时的笑语，只要父亲还在外面跋涉未归我就不愿回家。我独自一人到处游荡；我总是去探看从前小时候她带去游玩的地方；我宁愿跟那些仍然保留着我的悲悼之情的人在一起。

我的历史志趣[1]

阿登[2]林务官这个头衔对我叔父来说不过是个挂名的闲职：反正他只要能经常作穿越森林的长途旅行就行。这种必须履行的职责使他成为一个不知疲倦的步行者。当他的巡行只需要他离开村子一天时，他就常携我同往。这倒是熟悉这个历史和传说异常丰富的国度的最佳方式。

朗维兹村，这地方本身就是个历史见证。它位于边界线上，又曾经历过千百次灾难：战争，大火，鼠疫。一直到 1832 年，还有一块草地依然叫“病人街”，因为从前这里住过鼠疫患者。无论你在哪儿挖掘，你总可以找到无数火灾残迹，还有枯骨。这里的居民严肃得简直到了生硬冷酷的程度：他们受过的苦实在是太多了，仇敌永远近在咫尺。

人们在朗维兹村四处所看到的景物，无一处足以娱目畅怀；有的人深入到蒙特考纳[3]城堡遗址下面，这儿往昔是封建时代的罗马竞技场，充满了令人毛发悚然的种种传说；还有的人走得更远更偏僻，进入赖富尔，完全置身于孤寂包围之中，简直叫人发疯。一个人在这里会变得粗野，饥饿欲绝，碰上了迷路的孩子都会逮住吃掉的；这里，

---

1 米什莱叙述了他是怎样对历史研究发生浓厚兴趣的。当时他正住在法国阿登省任林务官的一位叔父家里。

2 阿登的森林主要分布在默兹省东部山区。

3 其地在麦齐埃尔（Mézières）西北十一公里。

当冬季积雪笼罩大地时，狼群时常出来报复，袭击行人，连马匹也不放过；人们前去游览一座名叫“默兹圣母”的山，山峦间也弥漫着一片悲怆气氛，勒诺[1]的烈马从黝黑的山崖间忽然冲了出来，在岩石上留下它永不磨灭的蹄印。这里，古迹到处都是，历史在我脚下苏醒过来了。

我很能走路，有一天叔父带我去寻访本地的一大奇观，那条模样儿挺古怪的莱斯小河。可以看到这河涌入一个进口很低的岩洞，人只有匍匐着才能进去，较远的地方却极其挺拔耸起，河水高悬在百尺之上。岩洞的拱顶和地面上，那些巨大的钟乳石，当阳光照临时，就像无数多面体钻石似的，争先恐后地从各方聚集在一起，仿佛它们都成了廊柱，寺庙建筑因之显得愈益坚固。这个幽暗的岩洞人们敢于进入的时间距今并不久，过去很长的一段时间全区都晓得这是一个恐怖所在。

从这个岩洞入口处，你扔什么东西到河中都不会再浮起来，一下子就再也看不见了，大概是被乌黑而静谧的渊潭吸进去了吧。在黑暗中，人们只好沿着这个深潭走进去，危险丛生，潭水留着被它吞没了的一切。这儿的农民几乎永远是那么快活，他们还给这让他们不安或惧怕的事物和地点取了个绰号——他们把这条莱斯河叫“神河”。

这一切对自然界和人类历史的发现于我如此新奇，使我内心激动不已。有许多时候我本可以把我的印象写出来，但是我宁愿单独一个人凝思着，在挂着绚丽的、金黄晶亮的槲寄生的叶丛下走过。

你白白走了好几个钟头，总以为望到了尽头，其实这还不是尽

1 勒诺·德·蒙托邦是16世纪意大利诗人阿里奥斯托歌颂的一位著名游侠骑士。

头，这只是一块林中空地罢了。浩瀚无边的森林在你面前时开时合，就像一片潮水猛涨的绿色海洋。在秋天的肃穆气氛中，雨潺潺地落在闪闪发光的橡树叶丛上，雨仿佛是，几乎让人误认作海洋的喧声，每当浪花带着朦胧的睡意，慵懒地在滩头细沙上来回往复的时候。

我叔父在守林人屋里逗留下来，于是我抽身出去，十分欢快地沉浸在这无限寂静之中。我随身带着地图，足以指示行踪，实在我想象不出什么比这长时间的孤独更加甜蜜的了，特别是跟我的许多惋惜的愁思联系在一起。

在森林的边缘，夜总是来得早而去得迟。初秋的日子里，甚至有时夏季也如此，若是寒冷，晚间我们就生起一炉好火，挡挡树木的潮气，以免肌体受到侵袭。为了盛情款待我，我们用古老的陶盘共进晚餐，这一切使我觉得非常精致、舒适；晚餐后，全家围坐炉边，这明亮的炉火开始毕毕剥剥地越烧越旺，就像真正的焰火一样，闪烁着迸溅出无数星星。

我的婶母阿莱克茜是全家的说故事能手。她常给我们讲述边境地区的种种传说，以及弗拉萨[1]和瓦尔特·司各脱的历史轶事。我们百听不厌。她讲起故事来充满活力，那亢奋的声音，清晰利落，用一种少有的聪慧在我身上强烈地唤醒了我童年时早就感觉到的对历史的热烈兴趣。在这方面我母亲也从阿莱克茜婶母那儿学到不少。我几乎无法辨认自己所写的那些字，为了督促我很快地学会阅读，她亲自把我们的老历史轶事作家的书籍念给我听，特别是写我们古代奥斯特拉西王朝[2]的那些作品。这些读物燃起了我的想象力。母亲

1 弗拉萨（Froissard）是14世纪时著名的弗朗德历史轶事作者，他编写了百年战争的首卷。
2 这是6至8世纪中默兹河与莱茵河之间东法兰克人建立的王朝。

只要打开《蓝色文库》[1]就可以让我一连好几个钟头安安静静地待在她身边。这部世代相传的书，在冬天漫长的夜晚，我们就着悬挂在高大的壁炉台下面不住摇曳的灯光阅读；因为多少回看了又看，反复摩挲，书已呈黝黑色，有的地方都磨破了。“呐，全部历史都在这儿啦，从高卢祭司的奥秘到15世纪‘阿登野猪’[2]的征战；从那头改变了圣于贝尔[3]宗教信仰的神鹿到满头金发的伊瑟尔及其情人[4]。他俩正在青苔上安睡时，突然被伊瑟尔的丈夫所发现。但是这位丈夫看见他俩如此美丽，如此文静，在他俩之间隔着一支巨大的宝剑，于是他悄悄走开了。”

这些千口相传的古代传说使我百读不厌。我感到它们万古常新。我的婶母阿莱克茜也是如此。只要我央请她，她会上百回地叙说同样的故事，就像大人要孩子们第二天把头天听到的那些话复述一遍那样。为了更好地品味这些故事，每天晚饭之后，家人围炉而坐，我总是端上一把椅子紧紧地靠在她的身边。

---

1 据米什莱夫人说，米什莱幼时对历史研究的兴趣还受到过另一部书的影响，即德勒·杜·拉蒂埃著的《法兰西王后及摄政母后》，此书凡六大卷。

2 这是路易十一朝的一个爱打仗的领主德·拉·马克的绰号。

3 圣于贝尔，古代的一位著名猎手。传说他曾追逐一鹿至一山洞，猛然间看到有金十字架出现在鹿角之间。于是他皈依宗教，后成猎神。

4 中世纪传说《特里斯当和伊瑟尔》中的女子，她既爱情人特里斯当，又念及对丈夫马克国王之忠贞，无法解脱。

米什莱年表

1798年8月21日

儒勒·米什莱生于巴黎。父亲是印刷工人。因家境贫寒，从十二岁起，就经常在圣马丁大街的那个作坊里干活，排版，拣铅字。当时是拿破仑时代。1804年5月拿破仑加冕称帝，第一帝国建立。

1812年，14岁

进查里曼公学读书，成绩优异，在1816年全国会考中曾获得多种学科奖励，但是课后仍得自谋生计，在马莱区一所私立小学任辅导教师。1815年6月，拿破仑兵败滑铁卢，二次逊位。路易十八二次复辟。

1819年，21岁

获得文学博士学位。

1821年，23岁

获得大学、中学教师证书。

1822年，24岁

其后五年，直至1826年，在布里昂中学、查里曼公学和圣巴勃公学教书。1824年，路易十八卒，查理十世嗣位为国王。

1825年，27岁

《现代史年表》出版。

1827年，29岁

发表《现代史简编》，翻译维科《历史哲学原理》出版。这位意大利哲学历史学家给米什莱很大影响。同年，担任巴黎高等师范学校历史哲学讲师。

1830年，32岁

法国发生七月革命，查理十世被推翻，外逃，奥尔良公爵路易·菲利普继任国王。“七月革命使米什莱更坚定地接受维科的学说，强调人本身在形成历史中的作用，认为历史就是人类反对宿命、争取自由的持续不断的斗争。”

1831年，33岁

《罗马史》(两卷) 出版。不久被任命为国家档案馆历史部主任，并受聘于巴黎大学，教授历史课程。开始撰写《法国史》。

1833年，35岁

《法国史》首卷、二卷 (1—1270) 出版。全书至1867年才出齐，他为此辛勤工作近四十年。

1835年，37岁

《路德回忆录》和《维科文选》出版。

1837年,39岁

《法国史》第三卷 (1270—1380) 出版。

1838年,40岁

被任命为法兰西书院历史和伦理讲座教授。和他一起讲学的有基内[1]和密茨凯维支[2]。讲课受到热烈欢迎,尤其在青年中产生很大影响。

1840年,42岁

《法国史》卷四 (1380—1422) 出版。《米什莱文集》首次在布鲁舍尔出版。

1841年,43岁

《法国史》第六卷 (路易十一——鲁莽者查理) 写成。

1845年,47岁

《谈教士、妇女、家庭》出版。《法国史》头几卷英文译本在纽约出版。

1846年,48岁

当时仍是路易·菲利普统治时期发生饥馑,整个法国反对君主立宪派的基佐政府,示威运动风起云涌。米什莱由于出身贫苦以及早年所受的民主教育,写出《人民》,鼓吹革命。为此他暂时停止《法国史》的著述,转向撰写《法国大革命史》。

---

1 基内 (E. Qunit, 1803—1875),法国历史学家。

2 密茨凯维支 (A. Mickiewiez, 1798—1855),波兰诗人。

*1847*年，*49*岁

《法国大革命史》第一、二卷出版。他在法兰西书院讲学，课题为《米拉波与法国大革命精神》。7月，去荷兰旅行。8月，在诺曼底小住。12月，又在法兰西书院讲学，课题是《社会改革和法国大革命》。

*1848*年，*50*岁

政府下令撤销米什莱在法兰西书院的讲座。2月24日，爆发革命，国王路易·菲利普垮台，第二共和国宣布成立。3月，讲座恢复。7月，继续编写《法国大革命史》。

*1849*年，*51*岁

完成《法国大革命史》(三卷)。1月在法兰西书院讲座，题目是《爱情与教育》(献给他的再婚妻A.米阿拉雷)。《法国史》卷五。卷六出版。8月，去比利时旅行。12月，在法兰西书院讲座，题目:《平民教育妇女》。

*1850*年，*52*岁

《法国大革命史》卷四出版，开始卷五写作。9月，在枫丹白露小住。12月，在法兰西书院继续讲学。

*1851*年，*53*岁

(路易·波拿巴·拿破仑发动政变，建立帝制。称拿破仑三世。) 法兰西书院在米什莱讲座中发表反对拿破仑第三称帝的宣言。3月13日，讲座停辍。4月，《法国大革命史》(卷五) 出版。3月20日，学生游行示威反对取消米什莱讲座。4月8日，政府停发他的薪给。7月，去波尔多和阿卡松旅行。10月24日，米什莱拒领半薪。

1852年,54岁

3月,编写《法国大革命史》卷六。4月,法兰西书院讲座被正式撤销。6月3日,拒绝效忠拿破仑三世,并向国家档案局弃职。6月12日,去南特。7月,编写《法国大革命史》。

1853年,55岁

2—3月,米什莱生病。6月,居住巴黎。8月1日,《法国大革命史》(共八卷)全部完成。11月,去意大利居住。

1854年,56岁

发表《法国大革命的妇女》。

1855年,57岁

《法国史》卷七、卷八(文艺复兴和改革)出版。

1856年,58岁

《法国史》卷九、卷十(宗教战争,神圣联盟与亨利四世)出版。散文集《虫》写成。

1857年,59岁

《法国史》卷十一(亨利四世和黎塞留)出版。散文集《鸟》写成。

1858年,60岁

《法国史》卷十二(黎塞留和投石党)出版。

1860年,62岁

《法国史》卷十三(路易十四和取消南特赦令)出版。

1862年,64岁

《海》《女巫》出版。《法国史》卷十四(路易十四和勃艮第公爵)出版。

1863年,65岁

《法国史》卷十五(摄政时期)出版。

1864年,66岁

《人道的圣经》出版,这是一本关于宗教的历史哲学方面的论文集。

1866年,68岁

《法国史》卷十六(路易十五,1724—1757)出版。

1867年,69岁

《法国史》卷十七(路易十五和路易十六)出版。

1868年,70岁

《山》出版。

1871年,73岁

发表《法国面对欧洲》,抗议德国吞并阿尔塞斯、洛林两省。(1870

年普法战争，法军败绩，拿破仑三世被俘，法国凡尔赛政府与普鲁士签订和约，赔款并割让阿尔塞斯、洛林两省。）

*1872*年，*74*岁

《十九世纪史》（卷一）出版。

*1874*年*2*月*9*日，*76*岁

米什莱在法国南方耶尔去世。

图书在版编目（CIP）数据

意大利的冬天：米什莱散文选／（法）儒勒·米什莱著；徐知免译．—南京：译林出版社，2020.4

ISBN 978-7-5447-7342-3

Ⅰ.①意… Ⅱ.①儒… ②徐… Ⅲ.①散文集－法国－近代 Ⅳ.①I565.64

中国版本图书馆 CIP 数据核字（2018）第 085876 号

意人利的冬天：米什莱散文选 ［法国］儒勒·米什莱／著 徐知免／译

责任编辑 彭 波
特约编辑 唐洋洋
装帧设计 韦 枫
校 对 宿旭芳
责任印制 董 虎

出版发行 译林出版社
地 址 南京市湖南路 1 号 A 楼
邮 箱 yilin@yilin.com
网 址 www.yilin.com
市场热线 025-86633278
排 版 南京展望文化发展有限公司
印 刷 江苏凤凰通达印刷有限公司
开 本 890 毫米 ×1240 毫米 1/32
印 张 8.75
插 页 2
版 次 2020 年 4 月第 1 版 2020 年 4 月第 1 次印刷
书 号 ISBN 978-7-5447-7342-3
定 价 39.00 元